春陽文庫

探偵小説篇

盲目の目撃者

甲賀三郎

春陽堂書店

目次

盲目の目撃者……5
山荘の殺人事件……143
隠れた手……287
好敵手甲賀・大下　横溝正史……392
『盲目の目撃者』覚え書き　日下三蔵……398

盲目の目撃者

難破船の船医

そのころ、私の前途は暗闇だった。私はただ酒によって思考力を乱し、毎日を胡麻化《ごまか》して行くより他はなかった。昼間は大方屋根裏の薄汚い狭い室に煎餅蒲団に包まって、ウツウツと寝て暮し、夜になるとノソノソと起き出して、銀座のカフェからカフェ、バーからバーへと飲み廻るのだった。元来大した酒飲みでない私は、直《す》ぐ酔った。然《しか》し、他の客のように、美しく着飾った女給達《ウエイトレス》と空虚な恋を語ったり、握手したり、抱擁したりするようなことはせず、隅の方に陣取って、朦朧とした眼で、そうした人達の愉快そうな場面を、黙って眺めているだけだった。女給達に取っては、恐らく私は扱い悪い人間だったろう。どこのカフェでもバーでも私の姿を見て鳥渡《ちよつと》会釈ぐらいする女給はあっても、馴々《なれなれ》しく傍へ寄って来るようなものはなかった。

私はそんなことをして、ブラジル丸で難破して以来、一月余りを東京で送った。この話の初まる時分には、私が遭難の時に持合していた金や、救い上げられた貨物船の船長以下船員達の義捐金《ぎえん》や、上陸してから会社で受取った解雇手当と積立金を合したものなど、大方は使い果していた。

私は元《もと》より明日のことなどは考えていなかった。明日のことを忘れたいために、こうして、飲み廻っていたのだから。けれども、もう一日二日で無一文になるという事はさすがに考えない訳には行かなかった。然し、結局考えて見た所で仕方のない事だったから、やはり、無暗に、飲み廻っている他《ほか》はなかったのだった。

それは五月の初めの或《あ》る晩だった。気圧の異常な配置のために、気温華氏八十度という、真夏にも劣らない蒸されるような暑熱に、全東京は喘《あえ》いでいたが、殊《こと》に、銀座五丁目のカフェ・ミニオンでは、数十人の客が互《たがい》に話合う声、蓄音器の喧騒なジャズ、盃の触れ合う音、女給の忙しく行き交う音、彼女達の嬌声、皿の破れる音などが、行き所がなくて濛々《もうもう》と立籠《たちこ》めている煙草の煙と一緒に、部屋中の壁に反響して、機関室《エンジンルーム》のような息苦しさを呈《てい》していた。

私は相変らず隅の卓子《テーブル》に陣取って、黙々としていた。他の客と大袈裟な巫山戯《ふざけ》方《かた》をしている女給達も私の所へはただ義務的に註文を聞きによって来るだけだった。最後の日の近づいている私は、その夜はいつもより以上に酔っていた。壁の鏡に写った私の顔は蒼《あお》ざめて、吾《われ》ながら不快になるような凄い眼をしていた。私は大声で何か怒鳴るか、さもなければ大声で泣き出したいような気持で一杯だった。そうしてもう少しの所でそのどっちかを実現する所だった。

私が非常に悲しい、そうして兇暴な気持でよろよろと立上った時に、私の眼の前に、私よりは二つ三つ下と思える瀟洒《しょうしゃ》たる青年紳士が、ニコニコしながら立った。彼はあちこちのカフェで時折見かけるので、満更《まんざら》知らない顔ではなかった。

彼はいった。

「今晩は、あなたは何だか寂しそうですね」

「いや、どうも」

一月あまり人から馴々しく話しかけられたことのない私は、ドギマギして意味の分らないことをいうと、椅子にペタンと尻もちを搗《つ》いて、眩《まぶ》しそうに青年の顔を眺めた。

「あなたに友達がないのですか」

青年紳士の問い方は露骨だった。然し、そうした露骨な言葉のうちに、人を外《そ》らさない一種独特の魅力が籠《こも》っていた。私はこの青年に逆らうことが出来なかった。私は縺れ舌でいった。

「友達？　この広い東京に、いや、日本に誰一人私の事など構ってくれるものはないんですよ」

「そんな事はありませんよ。私は是非あなたの友達になりたいものです。失礼ですが、船乗りでいらっしゃるでしょう」

青年は華奢な指で銀のシガレット・ケースから高価らしい煙草を撮《つま》み上げながら訊いた。

「ええ、まあ、そうです。でも、今はもう乗る船がありません。船が沈んで終《しま》ったのでね。私一人だけ助かったのですが、船主にして見れば、船がなくなれば、船員など一人もいらないって訳でしてね。親類は愚か、友達一人ないという人間ですから、いっそ一緒に沈んで終った方が勝《まし》でしたよ」

「そんなことはないでしょう。沈んだ船というのは何というんです」

「ブラジル丸ですよ」

「ほう。それでは最近のことですね」

「ええ、二月ばかり前のことですよ」

ブラジル丸は南米航路の八千噸《トン》ばかりの老客船だった。日本への帰航の途中で、印度洋で大暴風雨に遭い、一週間以上も難航海を続けているうち、とうとうベンガル湾のアンダマン島附近で坐礁して沈没したのだった。

「助かった方はあなたの他には？」

「助かったのは私一人です。乗客も船員も一人残らずやられて終《しま》いましたよ」

「ほう。それは運が好かったですね」

青年はそういって、探るような眼をして私を眺めた。私はこの時は少しも気がつかなかったけれども、ブラジル丸で助かったのは私一人でなく、他に、もう一人乗客で助かった者があった。私はその事を全然知らなかった、この事については後に委《くわ》しく物語る機会があるが、青年紳士はその事を知っていたので（当時の新聞には委しく出た事であるから、諸君のうちにも知っていられる方があるかも知れぬ。新聞紙上では、その乗客が唯一の生存者という事になっていて、私の事などは少しも出ていなかったのだ）私を探るように見たのだった。

「失礼ですが、船では何をしておられましたか」

青年は香の高い煙を静かに吐き出しながら続けていった。

「船医でした」

「えッ、船医？」青年は意外という風に私の顔を眺めたが、「それじゃ、あなたは先刻日本に友達がないといわれましたが、お医者さんなら、ちゃんと学校も出ておられましょうし、船でなくても、勤め口はいくらもありましょうに」

「それはね、学校も出ましたし、勤め口もないことはないでしょうが」

酔いはいつの間にか大分醒《さ》めていた。私はこういっているうちに眼頭が熱くなるのを覚えた。ああ私はここで書いて終《しま》わなくてはならぬ。諸君、私はなんと悲しい人間だろう。私は生みの母も父も知らないのだ。私は長崎の医専を卒業したのだが、小学校から医専を卒業するまで、私の面倒を見てくれたのは、赤の他人の婆さんだった。私はどうしたのか幼少のころに両親に棄てられて終い、専門学校を卒業するまでの養育費と学費とを銀行預金にして、通帳と一緒にその婆さんに預けられて終ったのだった。こうした悲しい月日に育った私は、卒業すると、日本にいるのが嫌で、船医を志望したのだった。船医になると間もなく私を真の子のようにして面倒を見てくれた婆さんは死んだし、平素から級《クラス》の者と余り交際しなかった私は、そうした友達とはすっかり音信を断《た》って終い、ホンの同じ船の乗組員と交際《つきあ》うだけだったので、船が難破して、そうした人達がみんな死んで終うと、私は天にも地にもひとりぽっちになったのだった。そうして、日本に帰って来ても、勤め口を探すのも億劫で、よしあったにせよ、永く海上生活をした偏屈な私には、到底勤まらないような気がして、すっかり自暴自棄になり、度々《たびたび》述べたように、毎晩酒を飲み廻っていたのだった。今青年からいろいろと訊《き》かれると、ついそうした悲しい過去のことを思い出して、ホロリとせずにはいられなかった。

「そんな立派な履歴を持っていて」青年紳士は励ますようにいった。「そのまま埋れて終うということはありませんよ。私が一つ是非お世話しましょう。この間から、ちょいちょいあなたにお目にかかりますが、そう飲んでばかりいては身体のためにも宜《よろ》しくありませんよ。ハハハハハ、これは失礼、釈迦に説法でしたね」

「どうも有難う」

はじめて口を利《き》いた人ではあるが、一月あまりの東京の生活に、こんな親切な言葉を聞いたことは絶無だったので、私はすっかり感激して終った。

「いや、お礼は痛み入ります。それにはおよびません。人はお互ですから」

青年紳士はしみじみした調子でいったが、急に思い出したように、

「おお、あなたが、お医者さんなら、丁度《ちょうど》幸いです。私の伯父なんですが、もう久しく

寝込んでいるんです。一つ診てやって下さいませんか」

「さあ」

私は躊躇しながら答えた。

「何しろ長く船にいましたし、どういう御病気ですか知りませんが、私には自信がありません」


お前は！　お前は！

カフェは相変らず喧騒を極めていた。レコードのジャズは気狂《きちが》いのように鳴り響いていた。然《しか》し、すべての雑音は狂気したジャズのうちに吸い込まれて、私達の会話だけが、独立した声となって、ハッキリ聴き取れるのだった。(これがカフェの特長かも知れない)私達は不思議な事にはこうした喧騒裡《り》に、夜更けて大洋に浮かんでいる船の甲板で、二人だけで会話をしているかのように、静かに落着いて話合う事が出来た。私にはカフェの部屋が、ブラジル丸の休憩室のように思えた。部屋全体が緩く右に左にローリングをしているように感ぜられたのは、必ずしも私が酔っていたからではなかったであろう。

「いいえ、御謙遜にはおよびません。是非伯父を診てやって下さい。失礼ですが、謝礼は出来るだけの事をしますから」

青年紳士は熱心に勧めるのだった。

「謝礼なんかには及びませんが」

私はいった。然し、頭のどこかでは全く別な事を考えていた。明日にも無一文になって、それから先をどうするか、少しも方針の立っていない私は、謝礼という言葉に無関心ではいられなかった。その上運好《よ》く行けば、この青年の世話で、将来収入の道が開けるかも知れないのである。

青年紳士は早くも私の心の動きを見て取ったらしく、

「是非お出で下さいませんか。伯父も喜ぶでしょうし、結果によりましては、将来、何かお世話が出来るかも知れません」

「それでは」私はいった。「どんな事になりますか、一つお伺いして見ましょう。明日にでも」

「いや、お出で下さるなら、今からにして下さい」

「今から？　こんなに遅く、もう十二時でしょう」

「遅くても構いません。いや、反《かえ》って今ごろが好いのです。伯父は不眠症でして、夜中に寝られないで苦しんでいますから、今ごろ訪問すると大変喜ぶんです」

「そうですか、では今からお伺いしましょう」

私はこの青年紳士が余りに話上手なので、つい釣込《つりこ》まれて、承知してしまった。私は軽卒だった。連日の酒に思考力がなくなったのか、その晩の酒の酔いは醒めたように思ったが、その実まだ十分醒め切らなかったのか、とに角、私は顔馴染《なじみ》は多少あったにもせよ、名も碌《ろく》に知らず、どうした人間であるかも確めないで、うかうかと承知して終ったのは、実に迂闊千万《うかつせんばん》だった。考えて見ると、いかに相手に同情したにもせよ、相手が医者だといった言葉を信じて、初めて会ったどこの馬の骨か分らぬ男を、しかも夜中に病床にいる伯父の所へ連れて行って診察させようというのは、常識では考えられないことである。私が不用意にもこんなことを承知して終って、奇々怪々な日に会い。非常な苦しみをすることになったのも、いわば自業自得である。

「ではお願いいたします」

青年紳士はこういって、私の考えの変らぬうちにと思ったか、大急ぎでカフェの支払いをして、私を外に連出した。

外に出ると、彼は通りがかりの自動車を呼び留《と》めて私を促して乗込んだ。行先がどこだったか、一月あまりしか東京にいず、然もその間は下宿の一室と銀座とを往復するだけだった私には一向見当がつかなかった。

自動車は十五分ばかり走って、ある通りの西洋館の前に止った。それは後で思い合すと、ホテルだったのだ。彼の伯父というのはそのホテルの一室に寝ていたのだった。彼は三階の隅の部屋に私を案内した。

部屋の前に立つと、彼はコツコツと扉を叩いた。暫《しばら》くすると、中から嗄《しわが》れた弱々しい声がした。

「誰じゃ。今ごろ来たのは」

「桝本《ますもと》です」青年紳士はいった。

「何じゃ、桝本じゃ。何の用でこんなに遅く来た」

「医者を連れて来ました」

「何じゃ、医者じゃ。そんな者に用はない。俺《わし》は君にもっと他の者を連れて来るように頼んだはずじゃ」

「その人ですよ。まあ、お会い下さい」

「なに、その人じゃ、ふん、今開けるから待ってくれ」

やがて、鍵をガチリと廻す音がして、扉《ドア》が開いた。

「さあ、這入《はい》りなさい」

青年紳士は私の耳許《もと》で命令するように囁《ささや》いて、私を部屋の中に押し込んだ。

部屋の中には鬚を蓬々《ぼうぼう》と生《は》やして、骨と皮とに痩せ衰えた白髪頭の老人が、今起き上って扉を開けたのが非常な努力らしく、肩でせいせい息をして、寝台にグッタリ腰を下しながら、じっとこちらを見ていた。

私はおずおずと老人の傍に寄った。

「今晩は、大へん遅くなりまして」

老人は然し私の挨拶には返辞をしようとせず、無言のまま私の顔を凝視した。

暫く沈黙が続いた。それは息詰《づま》るような沈黙だった。骸骨のように落窪《おちくぼ》んだ老人の眼は怪しく光り出して来た。やがて彼はよろよろと立上って、息が感ぜられるほど近くに顔を寄せた。私は食人鬼の前に曝された人身御供《ひとみごくう》のように、いい知れない戦慄を覚えた。私は桝本と名乗った青年紳士に救けを求めようと思って、振向《ふりむ》いた。彼はどこへ行ったのか姿が見えなかった。

突然老人が私に飛びかかった。そうして、私の腕をしっかりと握った。そうして呻《うめ》くようにいった。

「お前は——、お前は——」

そういうと共に老人はよろよろとして、バッタリ床の上に倒れた。

私は吃驚《びっくり》して老人を抱き上げようとしたが、老人の様子を一眼見るや否や、ハッと顔色を変えた。私は急いで老人の脈を握った。最早《もはや》脈は打っていなかった。

人工呼吸？　食塩注射？　いや、そんなことをするまでもない、老人は明《あきら》かに死んで終ったのだ！　この痩衰えた心臓の弱り切っている老人は、ホンの些細な刺激で、あの世に旅立つようになっていたのだった。注射の道具は元より持っていないし、よし用意があったにせよ、それは無駄な事は分り切っていた。

私は当惑しながら、老人の死体から眼を離してあたりを見廻した。そうして、初めて、私の位置を悟って、底知れぬ恐怖を感じた。

私をこの部屋に入れた怪青年の姿は見えなかった。私はもし人に見咎《とが》められたら、何といって弁解したら好いか。初めて会った名も知らない人間に、ここへ連れ込まれたといって、誰が信じてくれよう。老人の死は自然死であることが証明出来るだろう。然し、老人の状態は、ホンのちょっとした衝動で死ぬようになっていた。こんな瀕死《ひんし》の老人を殺すのには刃物などはいらないのだ。大声で威《おど》かしただけでも死ぬかも知れぬ。何と疑われても仕方がないではないか。

私はワナワナと体を慄《ふる》わせながら、恐ろしい部屋を滑り出た。そうして、幸いに誰にも見咎められないで、家の外に出ることが出来た。

ブラジル丸の生存者

家の外に出た私は無我夢中で、横丁から横丁へと走り抜けた。やがて、電車の停留場に出た。柱に書かれた文字を読むと、人形町と書かれていた。そこで私は通りかかった自動車を呼留《よびと》めて、本郷の下宿へ逃げ帰った。

あの怪青年は一体何者だろう。あの老人とどういう関係があって、またどういう目的で私をあそこへ連れ込んで、彼は隠れて終ったのだろう。そんなことをそれからそれへと考えて、転々としながら一夜を明かした私は、いつに似ず朝早く起き出して、通りに出て、新聞を出来るだけ買込んだ。そうして、眼を皿のようにしながら、社会面を貪《むさぼ》り読んだ。某々邸の怪事件、夜中に這入り来んだ二人の怪漢、他殺か病死か、謎の死などと大きな見出しの下に段抜きで書かれた記事があるに違いないと思って。

ところが、なんと不思議なことには、そんな記事は愚《おろ》か、似通った事柄さえ、どの新聞にも出ていないのだ。私は何回となく読み直した。然し、全然見出すことが出来ないのだった。

昼間はズキンズキン痛む頭を抱えて、ウトウトと眠った。夕方になって、ハッと跳起きて、また夕刊を買い込んだが、やはり似寄りの記事は一つも出ていなかった。

私は不安でならなかった。私はじっとしていられなかった。そういう事をするのは非常に危険だと感じながらも、昨夜のあの奇怪な家に行って見なくてはいられなかった。

私は自動車に乗って、人形町の電車停留場に行った。そうして、それから、昨夜無我夢中で走った所だったけれども、どうにか記憶を手繰り出しながら、見憶えのある家を探し当てる事が出来た。それは、前にも述べたように、個人の住宅でなくて、日本橋ホテルという洋式の旅館だった。

見咎められては大変だと思いながら、おずおずとホテルの様子を眺めたが、別に取込んでいるようでもなく、刑事らしい者が警戒している模様もなかった。さすがにホテルの書記に聞く勇気はなかったが、附近でそれとなく探って見ても、別に変った事があったという風はなかった。

恰《まる》で狐につままれたような気持だった。然し、私の不安はすっかり除《のぞ》かれはしなかった。私はふと思いついた。昨夜、あの怪青年は自ら桝本と名乗ったではないか。電話帳なり紳士録なり見たら、或《ある》いは彼の家が分るかも知れぬ。私は銀座に出て、カフェに這《は》入《い》り、まず電話帳を調べることにした。

桝本という名では、酒屋があり、会社員があり、官吏《かんり》があったりした。然し、中でも、あの青年らしいと思われるのは、桝本達雄という弁護士だった。住所は神田錦町だった。私はとも角《かく》も、そこへ行って見ることにした。

桝本というのは相当の構えをした家だった。私はいきなり桝本を訪ねることは鳥渡《ちよつと》気が退《ひ》けたので、近所について訊いて見ると落胆した。桝本という人はもう四十近い胡麻塩頭の人だという。念のために弟子か書生に昨夜の青年のような人がいないかを確めて見たが、そうした人相の者はいないらしいのだった。して見ると、この桝本弁護士は昨夜の怪青年とは全然関係のない人らしい。

私は落胆しながらも未《ま》だ諦め切れないで、桝本氏の玄関の横に暫く佇んでいた。すると来客らしい美しい若い婦人が、主人の桝本氏らしい人に送られて玄関に出て来た。私はその若い婦人を見ると、思わずアッと叫んだ。その婦人は難破したブラジル丸に乗っていた船客の一人に相違ないのだった。今が今まで、ブラジル丸の生存者は私一人だと固く信じていた私は、余りの意外に驚かざるを得ないのだった。

婦人は外に出ると、直《す》ぐ待たしてあった自動車に乗った。余程《よほど》傍に行って言葉を掛けようかと思ったが、あまり不躾《ぶしつけ》だと思って止めた。然し、私はその婦人がブラジル丸の乗客に違いない事を確め、かつ現在の住所を聞いて置きたいと思って、おずおず桝本法律事務所の中に這入った。

私はそこに居合した書生に聞いた。

「鳥渡伺いますが、今ここを出られた女の客はブラジル丸で遭難された方ではありませんか」

「ええ、そうですよ」

書生は迂散そうに私を見ながらぶっきら棒に答えた。私は勢いを得ていった。

「そうでしょう。どうもそうだと思った。草野妙子さんですね」

「いいえ、違いますよ。民谷清子さんです」

「えッ、民谷清子さん？」

私はのけ反《ぞ》るほど驚いた。

「そうですよ。ブラジル丸の唯一の生存者、富豪の跡取《あととり》というので有名な民谷さんです。あなたのいう草野さんという方は死んだはずです」

「え、え」

私は自分の耳を疑った。なぜなら今の婦人は確に草野妙子で、民谷清子はブラジル丸が坐礁するホンの少し前に病気で死んだのを、現在私が診断したのだったから。

二人の婦人客

難破したブラジル丸の生存者が私以外に、未だ一人あったということは非常に意外だったが、その生存者が自分の名を隠して、死んだはずの人間の名を名乗っているということは、更に更に意外なことであった。

私は暫く茫然とした。然し、間もなく桝本法律事務所の書生が妙な顔をして、ジロジロ私を見ているのに気がついて、後を好い加減に胡麻化して、礼をいうと外に出た。

私は銀座に帰って、或るカフェに這入って、相変らず、ジャズと嬌声と、陶器や硝子のカチ合う音との入り乱れた喧騒裡に、恰《まる》で沙漠の真中で只一人行手に迷っているような気持で、じっと考え込んだ。

ブラジル丸は今から三月あまり前に、リオ・デ・ジャネイロを出帆した。あまり大きくない上に老朽船であるブラジル丸には、乗客は少かったが、珍しく二人の若い婦人客がいた。それが、どっちも揃って美人だったので、乗客や船員達の間にはいろいろの噂の種になっていた。

一人は民谷清子といって、面長の風にも耐えないというような華奢な婦人だったが、彼女は外観が示しているように、病弱な身体だった。しかも病勢は余程進んでいたらしく、長途の航海に出るということが、すでに無理だったのだ。彼女は航海の初めから、殆ど船室《ケビン》で寝たきりだった。

他の一人は草野妙子といった。丸顔の林檎のような頬を持った、小鳥のように快活で、青空のように朗《ほが》らかな気持の女性だった。清子と妙子は船に乗る前は恰で知らなかったのだが、長途の航海で、女客同士、しかも年頃まで似ているのであるから、忽《たちま》ち姉妹のように親密になった。尤《もっと》も、前に述べた通り、清子は滅多に食堂や甲板には顔を出さなかったので、妙子は多く清子の船室を訪ねた。私は船医として、一日一回、後には一日二回も三回も往診をしたので、二人とはよく話し合って、可成親密にしていた。

船はリオ・デ・ジャネイロを出帆して、喜望峰を迂回して、マダガスカル島を掠め、印度洋に浮かび出るまでは、割に楽な航海を続けていた。所が、印度洋の中心に出るころに思いがけなくも、ひどい嵐にぶっつかったのだった。

船は今にも波に呑まれて終うかと思う位に、前後左右に大角度に傾いた。そうして、波に揉まれる度に、メリメリという今にも船が一枚一枚の板に離れて終うかと思われるような恐ろしい響きを立てた。乗客はいずれも船室に釘づけになって生きた空はなかった。

民谷清子の病勢は嵐の初まる前に、いくらか昂進していたが、嵐が初まると、急速度に悪化して来た。私は一日も早く嵐の静まることを祈っていたが、二日たっても三日たっても、執拗な嵐は荒れ続けた。清子はだんだん見込がなくなって来た。

彼女自身は然し、容易に死ぬとは覚悟出来なかった。いや、彼女には死んでも死に切れない訳があったのだった。彼女は故国へ彼女の愛人で許嫁の間になっている男に会いに行くのだった。仮令《たとえ》死ぬにしても、一眼《ひとめ》その愛人に会い、愛人の腕に抱かれて死にたかったに違いない。けれども運命は無情だった。彼女はどうしても水葬されるべき運命だった。

草野妙子は心から清子に同情した。勇敢な彼女は大暴風雨の真最中に、荒くれ男さえ船室で船酔と不安で生きた空もなく縮み上っている時に、幾度となく清子を慰めるために船室を訪れた。私は今でも妙子は貴い友情の許にこうした行動を取ったものと確く信じている。また何人の前でもそのことを誓うことが出来ると思う。

清子は妙子に対してすべてのことを打明けていたらしい。或時私が船室に這入った時に、清子は一葉の写真を妙子に示していた。私はチラリとそれを見たが、それは男振りの好い紳士の写真だった。いうまでもなく、清子が生命の危険を冒してまで会いに行くという愛人の写真に違いない。私はこの時に示した妙子の不思議な態度を忘れることが出来ない。彼女は清子からの写真を受け取ると、ハッと顔色を変えて、よろよろとした。然し、彼女は直ぐに気を取り直して平生通りの顔色になった。清子は寝台に寝たまだったので、妙子の方を気をつけて見た訳ではなかったが、そこは女性の微妙な本能から悟ったと見えて、

「妙子さん、その方を御存じ?」と訊いた。

清子がその紳士と恋に陥ちて婚約をしたのは、リオ・デ・ジャネイロの町だったから、同じ町にいた妙子が、大して多くもいない日本人仲間の、その紳士を知っていたところで、大した不思議はないのである。ところが、妙子は言下に強く否定したのだった。

「いいえ、ちっとも存じません。お立派な方でございますこと」

私は妙子という女性が好きだった。その或る時は奔放とまで見える、囚えられない朗かさが好きなのだった。だから、私は妙子のような女性が嘘をいうとは考えられない。然し、この時だけは、何かの理由で彼女が嘘をいっているものと考えない訳には行かなかった。

嵐が絶頂に達して、船が顚覆《てんぷく》の一歩手前を往復しているころ、清子はさすがに死期の近づいたのを覚悟したらしい。診察に行った私に向って、

「永々どうも有難うございました。私はもう覚悟しました。後のことはすっかり妙子さんに頼んであります。もし何か面倒が起りましたら、先生、是非妙子さんの力になって下さいまし」

私は月並な慰め言葉をいうに忍びなかった。

「民谷さん。この嵐が明日にでも収まれば、あなたは助かりましょう。然し、未だ続くようなら――お覚悟なさい」

「にい」

民谷嬢はかすかに返辞して、強いて作った淋しい微笑を現したが、やがて両眼からポロリと大粒の涙が流れ出て両頰を濡らした。私は思わず貰い泣きしながら船室を出た。

その夜だった。吹き続く風のために針路を誤らされたブラジル丸は、ベンガル湾内に追い込まれて、遂にアンダマン島附近の暗礁に乗り上げて終ったのだった。

異様な衝動と共にメリメリという大きな響きを立てて、船の動揺が急に少くなった。その瞬間に私はしまったと思って跳ね起きた。

甲板は真黒だった。山のような大波が時々甲板を洗って行くので、危険この上なかった。恐怖に顫《ふる》えている乗客をボートに移す船員の苦労は一通りでなかった。

浸水の激しい船は刻々に沈下して行った。私は甲板を探し廻った。所《ところ》が草野嬢の姿が見えないのである。一体船では婦人船客を第一に救命ボートに乗せることになっているのだが、大声に呼んで見ても、ボートに乗り込んだ様子がない。最後のボートはもう出ようとしている。私は気が気でなかった。

私はふと思いついて民谷嬢の船室に走りこんだ。不時の出来ごとで、この重症患者のことをつい忘れていたのは、吾ながら恥かしいことであった。

船室には果して草野嬢がいた。私は叫んだ。

「何を愚図愚図しているんですかッ！　早くしないと、船が沈みます。生命がありませんぞ」

妙子は然し少しも騒がないで、咎めるように私を見た。彼女の眼は涙で光っていた。

「だって先生、清子さんを抛《ほう》っては置けませんわ。私、第一にここへ駆けつけたのですの」

「そ、それは、ご、ご尤もです。然し、――」

私は口籠りながら寝台に横わっている様子を見た。清子は眼を瞑《つむ》って身動きもしなかった。顔にはもう血の気はなかった。

「アッ」

私は驚いて傍に寄った。然し、もうどうしようもない、完全に緈《こと》切れている。私は被っていた帽子を脱いだ。

「もう駄目です。気の毒なことでした。然し、私達は愚図愚図してはいられません。早く、早く」

私は妙子を促して上甲板に出た。

不思議なことには、ブラジル丸が暗礁に乗り上げたのを境にして、嵐は急に静まり出した。今はもう雨は止み、空には所々雲の切目が出来て、風も余程和《やわら》いでいた。

然し、最後の救命ボートはもう船を離れていた。

「ああ、とうとう間に合わなかった」

私は落胆した。然し、風が凪《な》いで、船の沈下の度が大分遅くなったのは、私達に取って不幸中の幸いだった。私は急いで救命袋を妙子に背負わした。

「アッ」

妙子は急に恐ろしそうに叫んで、沖の方を指さした。見ると、本船を離れて行った救命ボートは最後の大波に呑まれて、顚覆すると共に、その真黒な姿を忽ち消してしまったのだった。

「うむ」

私達は恐怖に充ちた眼で互に顔を見合せた。然し、ボートの運命はやがて私達の運命だった。船はとうとう海の下に沈んだ。私達は名残の大波に弄ばれながら別れ別れになってしまったのだ。

私は翌朝幸運にも附近を通りかかったイギリスの貨物船に助け上げられて、シンガポールに送られ、そこから日本の船で故国に帰ることが出来たのだった。

数百万円の相続者

私は妙子は死んだものと考えていた。それが生きているばかりか、病死したはずの民谷清子の名を名乗っているのはどうしたものだろうか。何か悪い企らみをしているのだろうか、彼女に限って、そんな悪いことをする女とは考えられないけれども、誰か悪い男でもついていて、彼女に清子の身代りをさせているのだろうか。

私は昨夜の奇怪な事件のことも忘れ、懐中にはやっとここの払いが出来るくらいの金しか残っていないのも忘れて、それからそれへと考えに耽った。が、私はだしぬけに瞑想から呼び覚まされた。

「やあ、ここにいましたね」

私は吃驚《びっくり》して顔を上げた。昨夜の怪青年紳士がいつものように瀟洒な服装《なり》をして、ニコニコながら立っていた。

「やや、あなたは」

私は呆《あき》れたように彼の顔を眺めた。

「困りますね。黙って帰って終《しま》っちゃ」

彼はニコニコしながらも、咎《とが》めるようにいった。

「だって、あなたは、あなたはどこかへ行って終うし、病人は急に死ぬし――」

「御医者さんが病人が死んだからといって、あわてちゃ困りますね。私はいろいろと診察や手当の道具が要るだろうと思って、それを階下へ取りに行っていたのですよ。その暇にあなたは逃げて終われるんですからね」

「に、逃げたという訳じゃないんです。けれども、もし、人に見咎められたら弁解出来ないと思って――」

「何しろ私が黙って席を外したものですから、あなたが心配されたのも無理はありません。けれども私も困りましたよ。早速他の医師を呼んで、診断書を書いて貰《もら》い、今朝は死体を引取るという始末で、大分迷惑しました」

「どうも済みませんでした」

私は全く悪いことをしたと思って、心から謝った。私は飛んだ誤解をして、他人を抛り出して逃げたので、彼に迷惑をかけたのは全く申訳ないことだった。青年の話では、決して私を置去りにして逃げたのではなく、他の用で鳥渡席を外しただけだったのだ。私は飛んだ僻《ひが》み心を起こしたことを恥じなければならなかった。

「いや、私の方も手落ちがあった訳で、あなたがそう謝られる訳はないのです」

青年は気の毒そうに私を宥《なだ》めた。私はふと思いついて訊いた。

「あなたは昨夜桝本と仰有《おつしや》いましたね。桝本さんというのは——」

「ああ、そのことですか」青年は私の言葉を遮りながら、「つい名を申上げませんでしたが、私は緑川保という者でして、桝本法律事務所に勤めていますので」

「ああ、矢張《やは》りそうでしたか」私はうなずいた。

「実は今日桝本さんの所へ伺いましたのです」

「そうでしたか。私はいつも桝本さんの代りに働いているのですが、そのことは私と桝本さんとの間だけの秘密になっていまして、表向きはあそこへ出入しないことになっていますから、受附では知らなかったかも知れません」

緑川という青年のいうことは可成《かなり》矛盾していた。昨夜彼はあの不思議な老人を彼の伯父だといった。彼の伯父なら訪ねるのに、何も勤め先の桝本の名を使う必要もないだろう。その上、桝本法律事務所に勤めているということも何だか曖昧だ。しかし、私はその時はいつもながらの青年紳士の魅力のある話し振りに釣り込まれて、深くそんなことを考えなかった。

「いえ、なに、事務所では別にあなたのことを聞きませんでした」私はいった。「恰度《ちょうど》あそこへブラジル丸の生存者という婦人が来ていましてね。その人のことを鳥渡訊いて見たのです」

「ああ、あの民谷という美しい夫人が来ていましたか」緑川はうなずいた。

「私はあの令嬢が――あなたは今夫人といわれましたが、私の知っていた時には確かに令嬢でした。――その、生き残っていたことを知らなかったので、大変驚きました。私は声をかけようと思いましたが、余り不躾《ぶしつけ》だと思って止めました」

「そうですか。あなたはあの婦人が救い上げられたのを御存じなかったのですか。どうもね、変だと思っていたんですが。あの婦人が助けられて日本へ帰って来る時には、新聞に賑々《にぎにぎ》しく書き立てられて、大変な騒ぎでしたよ。あなたがこっちへ来られたのはどれくらい以前《まえ》ですか」

「一月あまり前です」

「そう、では、あの婦人の方があなたより先に帰って来たのだ。同じ生存者でも、一人はあんなに騒がれるし、一人は全然忘れられているなんて、世の中は妙なものですな。何しろ、あの婦人は、そうです。あなたの知っておられたころは今嬢でしたろうが、帰国早々、かねて婚約の間だった川島友美氏と結婚せられましてね、何しろ、一方は名門の分家ですし、新婦の方は富豪の跡取りで、難破船の生存者だというので――」

「富豪の跡取り？　草――いや、民谷が富豪の跡取りですって」

私は思わず叫んだ。緑川は不審そうに私を眺めながら、

「あなたはそれを御存じなかったのですか。彼女はリオ・デ・ジャネイロでは大して好い暮しもしていなかったらしいのですが、彼女の伯父で非常な資産家が死んだために、その遺産がそっくり彼女に行くようになったのです。彼女はその遺産を受けついで、且《か》つ名門出の愛人と結婚するために、大急ぎで帰国して来た訳で、全く夢のような話ですよ。所が彼女の乗っている船が難破したのですから、一時は遺産を預かっている桝本氏など陌分心配せられたものでした。間もなく彼女が或る汽船に救い上げられたという報知が来た時には非常な騒ぎでしたよ、何しろ、乗組員が残らず死んでいるのに、数百万円の遺産の相続者だけが生き残っていたというのですからね。彼女が神戸へ上陸した

時、それから汽車で東京駅に着いた時には、新聞記者の総攻撃を受ける。写真班のマグネシュームがポンポンと燃やされる、いや、大へんな騒ぎでした」

彼女が恰《まる》で女王のような歓迎を受けた後へ、私は家を失った犬のような見すぼらしい姿で東京に来たのだった。私が上京して来た時には、忘れっぽい世間の人達は、もう他の珍奇なニュースを追っていて、彼女のことなどは、一行も新聞に出なくなっていた。それで私は全然そのことを知らなかったのだった。数百万円の遺産相続者で孔雀のように美しい婦人と、数百円も持たない偏屈な船員との間に、世間の待遇がそれだけ違うのは、けだし当然のことだ。然し、その差別も一月も経つと、そろそろなくなり初めるのは皮肉ではないか。

「そんなことでしたか」私は感慨深くいった。

「私は少しも知りませんでした」

「民谷さんとは船では親しくされましたか」

緑川は訊いた。

「ええ、何しろ相当長い航海ですし、度々口は利きました。民谷さんは——何ですか、今でも民谷といっているのですか」

「ええ、事実上、川島氏の宏壮な邸宅に住んでいますから、結婚したようなものでしょうけれども、未《ま》だ遺産の譲渡の手続きが完全にすまないためと、ほかにも理由があるのでしょうか、今だに民谷清子と名乗っているようです。それで、何ですか、船では遺産の話などしなかったですか」

「ええ、何か様子はありげでしたが、そんなことは聞きませんでした」

「婚約のことは」

「それは聞いたような気がします。婚約の相手だといって、写真を持っていたようでした。髭の濃い背の高い立派な紳士でした」

「それが川島氏です。実はね、遺産譲渡について、彼女は桝本氏が彼女宛に送った書類や、彼女の身分を証明する謄本など、ちゃんと所有していましたが、念のため、彼女を承認する生証人が欲しいという訳でしてね。尤も、川島氏が証明せられたのですから、差支えないようなものですがね」

「あの、川島氏は認められたのですね」

私はそれが聞きたかったのだ。今民谷清子と名乗っているのは確に草野妙子である。ほかの人はとも角、互に相愛し、婚約の間である川島氏がそれを気づかないはずはない。それと気づきながら川島が妙子を清子だと認めたというのは、川島が清子の遺産欲しさからか、それともほかに理由があるのか。

「そうなんです」

緑川は私が何となく疑わしい態度を示すのに、一向気づかないような風で語り続けた。

「それで十分な訳ですが、なおあなたが当人に違いないと証明して下さると、桝本氏も大いに安心する訳ですし、本人も喜びましょうが、いかがでしょう」

「そ、それは訳のないことです」私は吃《ども》りながらいった。「し、然し、私はそ、それまでに一度彼女と会いたいものです」

私は度々述べたように彼女が好きだった。彼女は快活で気質が優しくて、それでいてどこかに利かぬ気の所があり、曲ったことは少しでも嫌いという性質《たち》だった。その彼女が死んだ女の身代りになって、財産を横領しようなどと企んでいるとはどうしても考えられなかった。誰かに強いられているのか、それとも何か理由があるのか。彼女は偽者だと発《あば》くことは容易《たやす》いことであるけれども（尤も彼女と川島が頑張れば、二人に一人で、反って私が不利になるかも知れないが、何にしても、相当の打撃を彼女に与えるに違いない）私は一応彼女から弁明を聞いてその上で態度を極めたかったのだ。

「宜しゅうございますとも。是非民谷夫人とお会せしましょう」

「私は二人だけで会いたいのですけれども」

私のいったことをどう解釈したか、青年はニヤリと笑った。

「二人だけで。むずかしい御注文ですな。いや、何とかお取計《とりはから》いしましょう」

ああ、然し、私は何という愚かしい注文をしたことだったろう。私は何の隠す所もなく、民谷が偽者であるということを、緑川に告げるべきだった。なまじいに妙子に同情を持ったばかりに、緑川の前で曖昧なことをいって、後に単身で川島邸に行ったりして、身動きのつかない殺人の嫌疑を受けるようになったのだ。ああ、呪わしい殺人事件！私は何という不幸に突き落されたことだろう。

彼女のため

怪紳士緑川に、民谷清子実は草野妙子と私を二人きりで会わせるように依頼して、その夜は例によって、グデングデンに酔いながら本郷の下宿に帰ったが、翌日は終日床の中に横わっていた。私はこうして朝飯も昼飯も食べないで、寝ていることが珍しくなかったので、下宿の主婦も格別怪しみはしなかったけれども、今日は私には何時もとは違った理由があった。というのは私は全く文字通り一銭の金もなくなったのである。こうした日がやって来ることは、予《か》ねて明かであったけれども、さて、いよいよ一銭の金もないとなると、私はどうして好いやら、恰で砂漠の真中に放たれた亀の子のように、途方に暮れるのだった。

広い東京にはたった二人しか知っている人間がない。一人は緑川で一人は妙子である。緑川は兎《と》も角《かく》として、妙子に対してはどんなことがあっても金を貸してくれなどとは言えない。緑川にだって、そんなことをいうのは嫌であるけれども、差当り彼にでも相談して見るより他はない。が、これだって、一時の融通だけで、そう度々頼る訳には行かない。とすると、一体これから先どうしたら宜《よ》かろう。

ところで、あの妙子であるが、一体あの女はどういう気持で、清子になりすまして、莫大な遺産を譲り受けようと思っているのだろうか。あの朗かな、小鳥のように開放的な、一点の邪心もなさそうな女性が、どういう理由でそんな大それた考えを起したのだろうか。私は彼女に会って、理由を聞いた上、その不心得を詰って、正しい道に進ませてやらねばならぬ。然し妙子に会うまでの間を、一銭の金もない私はどう凌いだらよいのか。いや、妙子に会ったところで、私の問題は少しも解決されはしないのだ。ああ、私は人のことに喙《くちばし》を入れるより前に、自分の問題を解決しなくてはならないのではないか。

汚点《しみ》だらけの天井を睨みながら私の考えることは、一つの点を中心にグルグル廻っている輪見たいに、何時まで経っても同じことを繰り返しているのだった。私は半分病気になったように溜息ばかりついていた。

夕方近くミシミシと梯子段を上って来る音がした。私は主婦《おかみ》から何かいわれるのではないかと、ハッと胸を躍らしていたが、やがて現れたのは赤ら顔の肥った女中で、手には手紙見たいなものを持っていた。

「井田さん、お使いの方が見えて、この手紙を渡してくれといいました」

使い？　手紙？　度々いう通り、私には使いや手紙を寄越すような人は一人もない筈だ。私は怪しみながら手紙を受取った。すると、それは思いがけなく緑川から来たものだった。私は彼に住所は愚か名も碌《ろく》に教えなかった筈だ。それに、彼はちゃんと私のいる所を知っている上に、井出信一という私の姓名を正確に知っている。人好きのする好青年紳士だけれども、何となく空恐ろしい、油断のならない人物だ！

手紙には簡単に用があるから迎えの自動車に乗って来てくれと書いてあった。煩悶するより外に仕事のなかった私は、善にてもあれ、悪にてもあれ、緑川の招きに応じて、何とか悶々の情を紛らすより仕方がなかった。私は早々に支度をして、迎えの自動車に乗った。

緑川は銀座の行きつけのカフェ・ミニオンでニコニコしながら待っていた。

「やあ、お呼び立てしまして。まあ、一杯お上りなさい。実はね、民谷夫人と面会されることを取極めましたのでね」

「そうですか。それはお手数をかけました。何時《いつ》何処《どこ》で会うのですか」

「やはり、川島氏の家で会われるのが好いと思いましてね」

「結構です。川島氏に気取られるようなことさえなければ」

「それは大丈夫です。今夜は川島氏は留守だそうですから」

「では、今夜会うんですね。何時頃行けば好いのですか」

「十二時頃が好いでしょう」

「え、十二時?」

この男が人を訪問するのはいつでも夜半の十二時だ。夜半の訪問では私はもう懲《こ》りている。それに相手は若い婦人だ。そんな常識に外れたことは出来るものではない。

「十二時というのは」私はいった。「少しどうも変ですね。若い婦人を訪ねるにしちゃ」

「所がね、それが先方の注文なんです。その時になれば姑さん——川島氏の母堂ですね、姑さんも寝られるし、召使達も寝て終うから、庭の方からそっと居間へ来てくれというのです」

「恰で泥棒ですね」

私は呆れながら言った。然し、それが彼女の注文だとすると、無下には跳ねつけられない。もし、彼女が死んだ女の名を騙って、莫大な財産を詐取しようとしているのだとすると、彼女の身許を知っている男には、それくらいの用心をして、一人だけでコッソリ会う必要があるに違いない。然し、それにしても他にもっと好い方法がありそうなものだ。

「私に会うのがそんなに秘密にしたいのなら」私は言った。「昼間だって、何処かでコッソリ会えば好いじゃありませんか」

「所がね、彼女は非常に急いでいるんです。それに明日になると川島氏が帰って来て、当分単独で外出は出来ないそうですし――彼女はとても貴方のことを気にしているのです。一時も早く会いたいと言っています」

それはそうに違いない。彼女にして見れば海の底に沈んで溺れ死んだと思っていた私が、ヒョッコリ出現したことは、どんなに厄介なことであろう。全く、私の口一つで、彼女の運命は極りかねないのだから。

「それにしてもですね。夜中にコッソリ他人の家へ、しかも玄関からでなく、窓みたいな所から這入るのは嫌ですね。第一危険じゃありませんか」

私はふと妙子が私を誘《おび》き寄せて殺そうとするのじゃないかと考えた。然し、妙子はそんなことをする女ではないし、それに殺す積りなら、態々《わざわざ》彼女の家に呼び寄せるような愚なことはしないはずだ。

「そうですね」緑川は頷いた。「多少危険なところはあります。然し、私がそれとなく外から警戒していますす、それに彼女の利益《ため》になることですし、お引受けになったらいかがですか」

緑川は別に大した考えがなくて、こんなことを言ったのかも知れぬ。然し、彼女の利益という言葉は妙に私の胸を打った。私は度々白状している通り、彼女が好きだった。そうして彼女は恐らく潔白で、何か余儀ない事情で清子の名を名乗るような大それたことをしているとしか考えられなかった。そうして自惚《うぬぼれ》ではあるが、彼女の窮境《きゆうきよう》を救える者は私以外にないような気がした。彼女を背後の脅迫から解放させて、元の妙子に戻すのも、また事情によっては清子のまま済ませるのも、私の力一つという風に考えるのだった。私は彼女のためなら、少し位の危険を冒すのを厭わなかった。

「宜しい。では彼女のいう通りにしましょう」

私は緑川にきっぱりといった。諸者、私の愚さを笑い給うな。美しい女のためなら、多少の冒険を敢てするのは、諸君においても変りはないと思う。

なくなした短銃

十二時少し前に緑川は私を促してカフェ・ミニオンを出た。そうして、例の通りタキシを呼び留めて、川島邸の附近まで走らせた。川島邸は麹町の三番町にあった。少し手前で態《わざ》と車を乗りすてた私達は、半町ばかり歩いて川島邸の前に出た。川島邸は見るから堂々した宏壮な洋館だった。

緑川は私に囁いた。

「裏門が開いているそうだ。裏門から這入って、洋館に沿うて庭に廻ると、一ヵ所だけ、窓から燈火が射している所がある。その窓をそっと引くと、容易く開くから、そこから中へ這入ってくれということだ。旨くやって来給え。なるべく短時間に会見を済ませ給え。僕はこの辺で待っているから」

緑川は今迄の他人行儀の言葉を棄てて、急に馴々しい友達の言葉になった。彼の頬は今までになく緊張して、囁く一語一語に力が這入っていた。

「宜しい。旨くやって来る」

私は態とぞんざいに答えて、裏門をそっと押した。裏門は訳なく開いた。私は邸内に滑り込んだ。

緑川に教えられた通り、洋館について庭の方に廻りながら私は考えた。緑川は少くとも妙子の秘密について多少感づいている。いや、すっかり気づいているのかも知れない。もし、妙子が誰に憚ることがなかったら、夜中に私をそっと泥棒のように忍び込ませて会う筈がないのだ。彼女が真の民谷清子だったら、お互にブラジル丸の生存者として、且つ彼女を証明してくれる友人として、喜んで白昼私を迎えて好い筈ではないか。私は迂闊千万にも、半ば以上妙子の秘密を緑川に悟られてしまった。緑川は妙子や私に厚意を持ってくれるのだろうか。いや、彼は桝本弁護士の助手だ。して見ると、妙子が真の清子か或いは偽者かということを知りたがっているに違いない。無論、妙子には敵だ。ああ、私は妙子のために飛んだ者を引込んだことになる。然し、悪いことというものはどうせは成功しないものだ。若し、妙子が間違った非望を抱いているなら、今夜よく説いて、未だ事の大きくならないうちに改心させることにしよう。それには、私が緑川と知合いになったことは反って好い結果を来たすかも知れない。

そんなことを考えながら、幸いに足許も誤らず、ポツンと一つ燈火《あかり》の洩れている窓の下に近寄ることが出来た。見ると、一カ所だけカーテンを上げて、窓際に卓上電燈が置いてあるのだった。私は延び上りざま窓を引いた。窓は音もなく外側に開いた。私は胸をドキつかせながら窓によじ登って、ヒラリと部屋の中に飛込んだ。

と、その途端に卓上電燈はパッと消えて、部屋の中は真暗になった。私は驚いて、今飛込んだ窓に身を寄せて、油断なく身構えしたが、別に何事も起らなかった。私は妙子が私に顔を合すのが面目なくて、燈火を消したのだと思った。彼女は私と暗がりで話し合う積りなのだろう。

「妙子さん、妙子さん」

私は小さい声で呼んで見た。然し、部屋はしーんとして誰もいないらしい。はてなと思った途端に、部屋の外に足音がした。そして、それが女らしい衣《きぬ》ずれの音だったので、私はホッと安心した。妙子は召使達の様子を一応確めて、部屋にやって来たらしい。

やがて、足音は部屋の前に止まった。そうしてスイッチを捻《ひね》ったのであろう。部屋の中には急に煌々と電燈がついた。私は不意に眼を射られてハッとしていると、扉《ドア》が静かに開いた。そうして這入って来たのは――

私は瞬間に全身の血が逆流するかと思った。私は棒のように突立った。

這入って来たのは妙子ではなかった。真白な髪を束髪にして皺こそよっているが、膚の透きとおるように白い、ふくふくとした頬をした、温容そのものといった品位のある老婦人だった。

彼女は呟くように言った。

「おや、誰か其処《そこ》にいるのかい。友美や、見ておくれ」

老婦人が言い終らないうちに、彼女の背後から口髭の濃いスラリとした中年の紳士が、恰で猫のように足音を立てないで、スーッと現れた。私は立った所に釘づけにされたまま、一寸も動くことが出来なかった。

中年紳士はツカツカと私の前に進んだ。

「君は誰ですか。夜半に何をしに来たのですか」

そういって彼は私をジロジロ見たが、私の返辞を待たないうちに、何を見たのか、突然顔色を変えて、アッと叫んだ。

彼が叫んだので、私も驚いて、何事かと怪しみながら、彼の凝視《みつ》めている方に眼を落すと、私は思わずグラグラとした。

今まで気がつかなかったが――気がつく暇がなかったのだ――部屋の中ほどに、胡麻塩頭の五十少し出たかと思われる執事風の男が、椅子に掛けて、身体をグッタリと二重に曲げて、両手をダラリと床に触れるように垂れているのだった。彼の顳顬《こめかみ》には黒い汚《し》点《み》のような斑点があって、そこから一筋の赤黒い血がダクダクと流れていた。床の上には一梃の短銃《ピストル》が冷たく光っていた。

「うむ、君は」

この家の主人らしい中年紳士は物凄い眼をして私を睨みつけたが、急に床の上の短銃を拾い上げた。

「これは君の短銃だな」

「そうです」

私はうっかり返辞をして終った。事実不思議なことにはその短銃は私のものに相違なかった。柄の所にS・Iという私の頭文字が彫ってある見憶えのある品なのだ、この短銃はリオ・デ・ジャネイロにいる時に、どうした機《はず》みだったか、紛失したものだった。私はその短銃がどうしてこんな所にあるのか考える暇もなく、私のものであることを肯定して終ったのだった。

「お母さん」

川島は母親のほうを振向いて優しくいった。

「この部屋に見馴れない紳士が居《お》られます。そして根本が殺され――いや、そんなことは申上げますまい。兎に角、お母さんがお出でになる所ではありませんから、どうぞ、お部屋にお引取り下さい。お一人でお気の毒ですけれども、私はこの紳士と話がありますから、お送りする訳に行きません」

老婦人の顔には一種異様な悲しいような表情が現れた。そうして、恰で子供のように、「ハイそうしましょう」と低い声で返辞をして、手を前に突出して足許を探るように摺足《すりあし》で部屋を出て行った。この時に私は初めて気がついた。この老婦人は両眼はちゃんと開いているけれども、実は盲目なのだ！

老婦人が出て行くと、川島はきっとなって私を見た。

「貴方は誰で、どう云う理由で、この家に忍び込んで、老執事を短銃で射ち殺したのですか。説明して下さい」

計られた！

ああ、諸君よ。私のこの時の立場ほど、世にも説き難いものがまたとあろうか。

私は川島に彼の妻の招きで此処《ここ》に来たということがいえようか。よし言ったにせよ、誰がそれを信じよう。夜中の十二時に、しかも玄関から訪ねようとせずに、こっそり窓から忍び込んだ私は、妙子が私を呼んだことを認めない以上は、どんなに疑われても言い解くことが出来ない。そして、妙子が私の言葉を肯定する気遣いはない。妙子の名を持出して何の利益があろう。私の忍び込んだ所には、老執事が短銃に射たれて死んでいた。しかもその短銃は私のである。私は短銃を握ってこそいなかったが、兇行の現場を押えられたのも同様である！

私の短銃は昨年南米の都で盗まれたものだといっても、どの裁判官が、どの陪審員がそれを取上げてくれよう。私はここの家に忍び込んだことを説明するためには、妙子のことを言わなければならない。然し、川島と妙子とが私の言葉を否定したら、何処に証拠がある。私は川島邸へ窃盗に這入って、老執事を射殺したことを隠すために、川島夫人が偽名をして、他人の財産を横領しようとしているなどと、飛んでもない言いがかりをいうものと認められるだろう。

ああ、私は巧みに計られたのだ。彼等は私に殺人罪の嫌疑を向けることによって、巧妙に彼等の犯そうとしている詐欺事件を瞞着《まんちゃく》したのだ。殺人の嫌疑を受けた私は最早《もはや》彼等の詐欺事件に対して、証人にはなり得ない。ああ、何という巧みな恐ろしいトリックではないか。

あの人好きのする青年紳士緑川も実は彼等の一味に相違ないのだ。彼は私が妙子の前身を知っていて、彼等の計画の妨げになるのを恐れて、巧みに私を欺いて、川島邸に誘《おび》き寄せて、殺人の嫌疑の陥穽《おとしあな》に突入れたのだ。最早私がいくら現在の民谷清子を実は草野妙子だといっても誰一人受入れるものはないだろう。

「君、黙っていては分らないじゃないか。早く説明し給え」

川島がいらいらしたように言った。

覚悟を極めた私は反って落着いて来た。

「別に説明のしようはありません。私は或る理由で此処へ来ました。それは正当な目的があったのです。ところが、此処へ来て見ると、思いがけなくその老人が短銃で射殺されていて、私が昨年なくなした短銃が床の上に落ちているという羽目でした」

「昨年なくなした短銃だって。ふふん、同じ嘘を発明するなら、もし少し巧妙な嘘を発明するが好い」

「嘘だといわれても仕方がありません。誰でも嘘だというだろうと思います」

「ちよっ、図々しい男だな。君は今正当な目的で此処へ来たといったな。その正当な目的というのは何だ、いって見給え」

「それは申しますまい。申しても仕方のないことです」

「ふふん、そんなことだろうと思った。夜中に窓から忍び込んで、正当な目的で来たなどということは、何処の国へ行っても通らないからな。僕は君を警官に引渡す前に訊いて置く。君は君の自由意思で来たのか、それとも誰かに頼まれて来たのか」

「自由意思です。誰にも頼まれはしません」。

「ふん。それから執事を殺したのは、見咎められたからか、それとも計画的だったのか」

「私は殺した憶《おぼ》えがないのですから、その問には答えられません」

「殺した憶えがないなどというのは無駄な逃げ言葉だ。誰一人信ずる者はあるまい。潔く白状したらどうだ」

「然し、憶えがないことですから。ではお尋ねしますが、貴方《あなた》は短銃の音をお聞きになりましたか」

私は逆に訊き返した。川島は一寸《ちよつと》まごつきながら、

「君の質問に答える義務はないと思うが、僕は短銃の音は聞かなかった。然し、僕は今外から帰って来たばかりだから、誰か他に聞いたものがあるかも知れない」

「専門家が見たら、短銃が何時《いつ》頃発射されたか、詰《つま》り、其処に倒れている老人が何時死んだか分ると思います。その時間次第で私にはアリバイがあります。私は此処に来る三十分ばかり前に、或る所に居ましたから」

「そんなことは裁判官の前でいうが好い。僕のいうことはもうお終いだ。君のように図々しい男には慈悲心を起す必要はない。ではじっとしていろ」

彼は部屋の隅に行って、其処にあった卓上電話を取り上げた。

「ああ、至急に警察署に繋いでくれ給え」

私は川島が電話を掛けるのを、恰で、自分には何の掛り合いもない他人のことのように、じっとその様子を眺めながら突立っていた。

不思議な感銘

受話器を取上げた川島は私がじっと突立っている間に、早くも警察を呼び出した。

「モシモシ、麹町警察ですか。三番町の川島ですが、ただ今邸内で殺人が行われました。犯人は捕えてありますから、直ぐおいで下さい」

ガチリと受話器を置く音がした時に、私ははじめて殺人罪として告発された恐ろしい立場を自覚した。私はチラリと川島を見た。彼は警察への電話がすんで、ホッとしている様子だった。逃げるなら今のうちである。この機会を逃したら、私は絞首台に上るほかに道はないのだ。私は身体を捻《ね》じ曲げようとした。その時に部屋の外で不意に声がした。

「友美や、まだ済まないのかい」

ああ、それは何という哀調を帯びたもの悲しい声だったろう。それは疑いもなく、あの慈悲深そうな老夫人の声だった。私はその半分泣いているような弱々しい声を聞くと、一種異様な感に打たれた。それは何とも形容し難い感じだった。悲しいような、懐かしいような、苦しいような、嬉しいような、そのままそこにひれ伏したいような気持だった。私は美しい乙女の歌う声に、そこが死の深淵であることを知りながらも、引つけられなければ止《や》まない伝説の青年みたいに、逃げることを忘れて、そのままそこに釘づけになったのだった。

やがて扉が開いて、白髪の老夫人が見えない眼で私のほうを見つめながら、蹌踉《そうろう》として這入って来た。

川島は狼狽気味に、

「ああ、お母さん、まだおやすみではなかったのですか」

「ええ、寝ようと思いましたけれども、どうしても寝られません。見馴れない紳士の方はどうなりましたか」

「お母さん、さっき紳士と申しましたけれども、実は紳士のような風をしている盗賊なんです。そして、ピストルで執事の根本を殺した恐ろしい男なのです」

「根本に殺されたのですか。可哀想に。でも、その方が殺されたに違いないのですか」

「本人は否定しています。けれども彼が殺したに相違ありません」

「でも、友美や、滅多なことをしてはなりませんぞ。無闇に人を疑うということはいけないことです」

「お母さん、その心配にはおよびません。今に警官が来て解決してくれるでしょうか
ら」

「おお、お前は警官を呼んだのですか」老夫人は悲しそうに溜息《ためいき》をついた。そうして、つぶやくようにつけ加えた。「私は何だかその方が悪い人でないように思われてなりませんのに」

私は老夫人の言葉を聞いているうちに、またしても異様な感じに襲われ出した。それは何となく泣き出したいのをじっと堪える時のような、甘苦しい感じだった。そして、不思議なことには、彼女の訴えるような声が、どことなく聞憶えがあるように思われるのだった。無論彼女に以前会ったことがあるはずはないのだから、錯覚に違いないのだけれども――

老夫人は私のほうを空虚《うつろ》な眼で見つめながら、何かいい続けようとしたが、この時に、玄関のほうでベルの音がした。

「ああ、警察の人が来ました。お母さんはお部屋に行って下さい」

老夫人は悲しそうにうなずきながら出て行った。

と、老夫人と行違いに部屋のドアを開けて、中をのぞいた者があった。ああ、それは草野妙子だった！　私は突然湧き起った異常な出来ごとのために彼女のことを忘れていたが、一体彼女は今までにどこにいたのだろうか。彼女は夫としめし合わせて、私をここに誘《おび》き寄せて殺人の嫌疑を着せながら、この広い家のどこかで素知らぬ顔をしていたのだ。しかし、いつまでも知らぬ顔も出来ないので、初めて気がついたような風をして出て来たのだろう。

私は憎悪にみちた眼で彼女を睨《にら》んだ。と、彼女の視線が私のそれとカッチリ出会った。彼女はちょっと顔をしかめたが、次の瞬間に、口をポッカリ開いて、眼を大きく見張って、絶大な驚駭《きようがく》を現した。驚駭の表情は見る見る恐怖の表情に変って行った。彼女は何ごとか叫ぼうとした。その途端に川島は怒鳴るようにいった。

「清子！　玄関を開けなさい。警官が見えたから」

玄関では引続きベルが鳴っていた。妙子は夫の激しい見幕に、開きかけた口を閉じて、一瞬間ためらっていたが、やがて思い返したように、がっかり首を垂れて、無言のまま玄関のほうに消え去った。

私は依然として憎悪に燃える眼で、彼女のうしろ姿を見送った。何という図々しい女だろう。彼女自身で私を呼び出して置きながら、私を初めて見るような、あの大げさな驚き方は、何と評していいだろう。実に驚くべき技巧ではないか。彼女はブラジル丸が大洋の真只中に沈む時でさえも、さっきの十分の一の驚きも恐怖も示さなかった。それに、今はあんな態度を示して私を瞞着しようとしているのだった。

私が口惜しさに歯軋りしていると、やがて、玄関のほうからドヤドヤという足音がして、一隊の警官が部屋の中に雪崩込んだ。

妖婦？　毒婦？

最早くだくだしく説明するまでもない。私は即刻警察署に連れて行かれて、翌朝は検事局に送られて、夕刻には殺人罪で起訴せられた。私の罪状は明々白々である。深夜他人の家に、窓から忍び込んで、そこの家の執事がピストルに射たれて斃《たお》れている前に立っていたのを、家人に発見せられたのである。その上に、床の上には私のピストルが落ちていたし、訊問に対する私の答弁が頗《すこぶ》る曖昧なのである。どんな人が見ても、私は逃れる道がない。

私はブラジル丸の生存者であることを係官にいわなかった。最初は別に何ということなしにいわなかったのだが、ついには幾分草野妙子を庇うつもりでいわなかったのである。というと、読者諸君は私がなぜ私自身を陥れた妙子を庇うのかと不審に思われるだろう。なるほど彼女は私を誘き寄せて、私に殺人の罪を背負わせた。私はどんなに彼女を憎んだことであろう。ところが、こうした未決の独房に入れられて、つくづく考えて見ると、あの夜、彼女が私と顔を合して、ぎょッとした驚駭の表情は、どうもわざとしたものとは思えないのだ。乗っている船が沈みかけても、大して騒がなかったほど豪胆な彼女だから、何も私をおとしあなに落して置いてから、あんなに驚いて見せる必要はない。私がいくらジタバタした所で、網にかかった魚だ。彼女は冷笑してそれを眺めていればよい訳である。して見ると、あの時の彼女は実際驚いたものと考えるのが至当である。そうすると、私を恐ろしい殺人罪に突き落したことについては、彼女は関係していないのかも知れないのである。

読者諸君は或いは私を笑うかも知れない。私を誘き寄せて陥穽《おとしあな》に陥れた女を庇うということは十分嘲笑に値するだろう。しかし、私はよし妙子が他人の身代りになって、莫大な財産を横領しようとしている妖婦であっても、よし、邪魔になる私の生命を奪おうとしている毒婦であっても、庇わずにはいられないのだ。ああ、何という情ないことだろう。私は彼女を恋していたのだった！

私はブラジル丸の生存者であるということを隠していた。従って、私が川島邸の一室で発見せられるまでの間に、何をしていたかということが頗る曖昧になった。私は一応は殺人の事実を否認したけれども、幾度もいう通り、どんなことがあっても、信ぜられる気遣《づか》いはなかったのである。

予審判事は直ぐに私に有罪を宣《せん》した。私は無論覚悟の前である。別に悔みはしなかった。

検挙から公判まで、殺人事件として、私ほど迅速に進んだものは今までになかったであろう。ホンの半年あまりの間だった。その間、元より私には一銭の貯えもなかったが、どういうものか、絶えず差入をしてくれる者があるので、私は少しも不自由を感じなかった。一体誰がこんな手厚い差入をしてくれるのだろうと怪しんだが、どうも判明しないのだった。

押詰った十二月に第一回の公判は開かれた。

私は法廷に出て初めて驚いた。なんと私には桝本弁護士がついていたのである。初めは官選弁護士かと思ったが、そうではなく、誰かが費用を持ってつけてくれたのだった。

私は私のために弁護士をつけてくれそうな人を、あれかこれかと心のうちで繰《く》って見たが、そんなことをしてくれそうな人は一人も考え当らなかった。例の怪青年緑川はあの夜以後一回も私の前に現れなかった。彼は川島の一味であるから、最早私の前に出てこないのは当然である。彼が私のために桝本氏をつけてくれる気遣いはない。しかし、彼は桝本氏の助手を勤めているようなことをいっていたし、それに桝本氏は民谷清子の遺産相続事件の代理人であるから川島と全然無関係とはいえない。どうも桝本弁護士が私についているということは喜んでいいかどうか分らないのである。

第一回の公判は頗る簡単に済んだ。桝本氏は私の全然知らないような人間を二三証人として申請した。

第二回は翌年一月早々開かるべきだったのが延期になって、二月になって開かれた。

裁判長は子供を賺《す》かすようにして、私に口を開かせようとした。しかし、私は何の目的で川島邸に行ったかということについては、一言もいわなかった。ただ、私はあくまで殺人を否認し、床の上に落ちていたピストルは私のものに相違ないけれども、当時から数えて一年前に紛失したものであるということを主張するだけだった。しかし、無論そんなことが信ぜられようとは思っていなかった。死刑！ それが最後の宣告であることを少しも疑っていなかったのである。ところが、意外にも桝本弁護士が申請した証人の一人、神田の銃砲火薬店の主人の門田という四十恰好の小柄な男が、チョコチョコ証人台の上に出て、奇々怪々な陳述を初めることによって、形勢が一変したのだった。

意外な証言

私はあの時の法廷の有様を忘れることは出来ない。多少疑獄的なところはあるにしても、判事も検事も傍聴人も私の有罪を疑わなかったであろう。だから、小柄な四十男の火薬店主が証人台に現れても、大して問題にするものはなかったのである。ところが、彼が裁判長の許可を得て質問する桝本弁護士に意外な答弁をして、その答弁がこの事件に与える影響の重大なことが分って来ると、法廷は水を打ったように静まり返って、人々は残らず息を凝らしたものだった。

桝本弁護士は証人門田に聞いた。

「証人はこのピストルを見たことがありますか」

門田は桝本弁護士が裁判長から受取って、彼に渡したピストルを暫く眺めた。このピストルは殺人の現場に落ちていた私のピストルだった。

証人はやがていった。

「はい、見たことがあります」

「いつごろどこで見ましたか」

「昨年の三月ごろでした。委しくは帳簿を見れば分りますが、手入れのために私の店に持って来られた品です」

「それに間違いありませんか」

「間違いありません。このピストルは日本では珍しい型のもので、それにここのところに頭文字が彫ってありますし、確かに相違ありません。なお委しく帳簿についている番号を照し合わせれば分ると思います」

法廷は少しざわつき出した。殺人は昨年五月に起ったのである。ピストルが三月に手入されたとすれば、その時に門田銃砲店にそれを持って来た人こそ、第一の嫌疑者である。三月といえば、私がブラジル丸で遭難した月ではないか。

「そのピストルを持って来た人を憶えていますか」

桝本弁護士は落着いた澱みのない声で質問を続けた。

「はい、よく憶えています。それは川島さんの執事をしていられた根本さんでした」

誰も声をあげなかったが、みんないい合したように、アッという表情をした。私も思わず被告席を少し乗り出したのだった。

「それは確かですか」

桝本氏は相変らず落着き払って、しっかりした声で聞いた。彼が落着いているのは当然だった。彼はどういう方法だか分らないが、とにかく、私のピストルが門田の店に持って行かれたことを探り出して、そのことをいわせるために、証人として門田を呼び出したのだった。だから、桝本氏は門田のこうした言葉を予期していたのである。

「はい、間違いありません」門田は少しも躊躇《ちゅうちょ》しないで答えた。「私は以前から根本さんを知っていましたから」

「どうして知っていたのですか」

「根本さんはこれまでに、二三度店に来られたことがありますから」

「では、あなたは店に来られたという根本さんの人相をいって下さいませんか」

「年のころは五十少し上で、胡麻塩頭のガッシリした人です。顔は丸いほうで特徴は右の眼の下に大きなほくろがあり、揉上《もみあ》げの毛をいつも長くしていました」

門田のスラスラと澱みのない答弁に、桝本氏は満足そうにうなずきながら、

「この写真の人物を鑑定して下さい」といって、一葉の写真を門田に渡した。

「ああ、これは根本さんです」門田は即座にいった。

「このピストルをあなたの所に持って来たのは、この人物に相違ありませんね」

「ええ、相違ありません」

「どうも有難う。私の聞くことはそれだけです」

桝本弁護士が着席すると、裁判長はおごそかに証人を訊問した。

「根本は何の目的で、そのピストルを持って来たのか」

「手入れのためです。修繕するほどではありませんでしたが、久しく抛ってあったもの

と見えまして、手入れをしなければ使用することが出来ないのでした」門田は答えた。

「手入れは何日くらいかかったか」

「一週間でした」

「根本は自分でそのピストルを受取りに来たか」

「はい。一週間後に自分で取りに来られました」

「その時弾丸《たま》は売ったか」

「はい、証明書を持っていられましたから、弾丸を売りました」

「ピストルに刻んである頭文字が根本の頭文字でないが、それについて証人は何か聞いたか」

「はい、ちょっと聞きましたら、根本さんは他人《ひと》から譲って貰ったのだといわれました」

「現在は誰のものだといったか」

「別に持主は聞きませんけれども、無論根本さんのだと思いました」

「川島のものだとは思わなかったか」

「そうは思いませんでした」

「なぜか」

「川島さんはちゃんと頭文字の這入った立派なピストルを持っていらっしゃいますし、川島さんのものなら、根本さんもそういうでしょうから」

この日の公判はこれで閉じた。しかし、桝本氏が申請したこの証人の証言は、裁判長以下の心証に非常な影響を与えたことはいうまでもなかった。

出迎え人

越えて三月、最後の公判があった。そして、翌四月に私は証拠不十分につき無罪をいい渡された。死刑と覚悟していた私に取っては、実に思いがけないことであった。初め私の嫌疑を濃厚にするのに役立ったピストルが、却って私の嫌疑を薄めるのに役立とうとは、夢にも考えないことだった。

最後の公判の日、検事は立って有罪論を唱えた。

検事の論告によると、私がピストルを携帯して這入ったのではないということと、私が私のピストルを一年前に紛失したということは——紛失したかどうかは不明だが、とにかく現に所持していなかったということは証拠立てられたけれども、当夜根本を殺害しなかったという証拠にはならない。当夜、私は根本から根本の所持していた私のピストルを奪い取って、それで根本を射殺したのかも知れない。窃盗の目的で川島邸に忍び込んで、執事に見つけられて、たまたま兇行《きょうこう》におよんだものとして、頗るあり得べきことであるというのだった。

それに対して桝本弁護士は無罪論をかざして熱弁を揮った。当初から事件について多少疑いを持っていたらしい裁判長は遂に無罪のいい渡しをしたのだった。私に取って幸いなことには、検事は殺人事件に重きを置いて、家宅侵入の告訴をしなかった。従って殺人が無罪になった私は、一年振りで世の中に出ることが出来たのだった。

私は一体幸福なのだろうか。不幸なのだろうか。ブラジル丸の難破の時には、多くの船員中私一人だけ生命が助かった。しかし、それは必ずしも幸運とはいえなかった。私はただ、やけ半分で望みの少い生き方をしていた上に、奇怪な事件に巻き込まれて、危く絞首台に昇るところだった。

私は奇跡的に死刑を免《まぬが》れた。しかし、これから先き一体どうしたらいいのだろう。未決にいた折は、誰ともなく温かい差入をしてくれたけれども、無罪になってしまえば、もう構ってはくれないだろう。出獄しても誰一人喜んでくれる者もなければ、頼りになってくれる者もないのだ。ああ、いっそ死刑になったほうがましだったかも知れぬ。

刑務所の門を出た時に、見るものはことごとく四月の陽光を受けて、生々として輝いていた。しかし、私は真暗な穴の中を歩いているような気持だった。無罪放免になって、悄然として刑務所の門を出た者が私をほかにして、一人でもあるだろうか。

私はしかし、ほかに行くところはない。とにかく、桝本弁護士のところに行って見ようと思った。誰が彼を頼んでくれたのか知れないが、なんといっても彼は私は再生の恩人である。彼のところへ行けば、私に差入をしてくれたり、彼を雇ってくれたりした人が分るかも知れない。また、分らないにしたところが、桝本氏だって、まさか私を無罪にしてしまえばそれっ切りで後は構わないとはいうまい。何とか身の振り方をつけてくれるかも知れない。

私はとにかく桝本氏を訪ねるつもりで刑務所の門を出た。悄然と首を垂れていたことは前に述べた通りである。

ところが、門の前を二三歩離れると、私は突然呼びとめられた。

「井田さん」

それは聞覚えのある声だった。殊によったら桝本氏でも迎えに出てくれたかと思って、頭を上げると、おお、なんと、私の眼の前にニコニコして立っているのは、怪青年紳士緑川ではないか。

「お目出《めで》とう」

彼は重ねていった。

私は茫然として彼の顔を見守るばかりだった。あの夜、私を川島邸に送り込んで以来、一度だって顔を見せたことがない彼が、突然こんなところで待ち受けていようとは！

彼はまた私に何か不吉をもたらそうとしているのだ！　私は彼のために一度は奇怪な瀕死の老人のいた部屋に連れ込まれ、一度は恐ろしい殺人の部屋に連れ込まれた。今度は一体どこへ連れて行こうというのだろう。

「どうしました。井田さん、まさか私を忘れた訳ではないでしょう」

緑川は相変らずニコニコしながら、返辞を促すようにいった。

蛇に見込まれた蛙

私はニコニコしながら話しかける緑川の顔を、あきれ返りながら無言で打眺めた。私を編して深夜川島邸に忍び込ませ、そこで恐ろしい殺人の嫌疑を受けさせて、一年近く獄窓裡《り》に呻吟させて置きながら、漸《ようや》く青天白日《せいてんはくじつ》の身になって、放免されると、門の前で待ち受けて、洒々《しやあしやあ》として私を迎えるとは、何という人を喰った話だろう。

「井田さん、あなたは何か誤解していられるんでしょう。私のほうにもいろいろ手違いがありましてね、ぜひそのことでお話したいんですが」

緑川はさすがに私の険しい顔つきに、笑顔を収めてやや真面目になりながらいうのだった。

「沢山です」私は噛んで吐き出すように答えた。「誤解ですって。そうですよ。私はあなたを誤解していたのです。いいたいことは沢山ありますけれども、元々、私のほうが馬鹿だったのですから、今さら泣きごとはいいますまい。けれども、もう私はあなたの口車に乗ることは御免です。急ぎますから、これで失礼します」

私はこういいすてて歩き出した。緑川は急いで後を追いながら、

「どこへ行くんですか」

「どこへ行こうと私の勝手じゃありませんか」

私は突慳貪《つっけんどん》にいった。実はどこへ行こうという当《あて》はないのだ。

「そりゃ、勝手でしょうけれども、私のほうにも都合がありますのでね」緑川は格別腹を立てようともせず、宥《なだ》めるようにいった。「まあ、そう機嫌悪くしないで、行先ぐらい教えて下さいよ」

前にも度々いった通り、この得体の知れない怪青年は、実に不思議な力を持っているのだ。それは人の心をひきつける奇妙な術で、ことによると私だけかも知れないが、この青年に親しげに話されると、私はどんなに警戒していても、いつの間にか蛇に見込まれた蛙のように、彼のいいなりにならずにはいられないのだった。夜中に二度までも怪しい家に引入れられたのも、全く彼のこの妖術に陥ったためだった。今も彼から子供を

あやすような、人をそらさない調子で話しかけられると、いつの間にか、返辞をせずにはいられないのだった。

「行先だって、別に当はない、桝本さんの所へでも行って見ようと思っているのです」

「ああ、そうですか」緑川は安心したように、

「それなら結構です。ではタキシを雇いましょう。桝本さんの所へ行っておき下さればば、私のこともお分りになるでしょう」

そういって緑川は前から待たせてあったらしい自動車に助け入れると、ドアをバタンとしめて、窓越しにいった。

「じゃ行ってらしゃい」

私が何か言葉を返そうと思う暇もなく、自動車は勢いよく走り出した。

神田の桝本法律事務所に折よく桝本氏がいた。そうして、私を丁重に奥の一室に通した。私は直ぐに礼を述べた。

「どうも、この度は非常なお骨折に預かりまして、お蔭で、とても二度と出られないだろうと覚悟していた世の中に出ることが出来ました。全くどうもお礼のしようがありません」

「いや、なに」桝本弁護士は極《きま》り悪そうに「そんなに礼をいわれては私は困るのです。実は、私は法廷でおしゃべりをしただけで、あなたを助け出したのは、ほかの人なんですから」

「え、ほかの人といいますと――」私はびっくりしながら叫んだ。

「ご存じないのですか」桝本氏は意外そうに、「あなたのために弁護の依頼から差入れまで、一切その人がされましたのでね。余《よ》ほどお近しい方かと思っていました」

「そ、それは何という人ですか」

「緑川という方です」

「え、え、緑川！」

「そうです。まだ年の若いキビキビした紳士でしてね。何を御商売にしていられるのか分りませんが、中々しっかりした頭の人で、あなたを無罪にしたのも、実はその人の働きなのです」

「え、え、それはどういうことですか」

私はかつて緑川が桝本弁護士の助手のようなことをいったり、またある時は桝本氏と秘密の関係があるといったりした矛盾のことなどは思い出す暇もなく、ただあきれて叫ぶばかりだった。

弁護士の追窮《ついきゅう》

私はあきれて叫ぶのを、桝本氏は無理がないという風にうなずきながら、

「実は私は最初事件を聞かされた時に、到底見込みはないと思ったのです。繰返して申上げるまでもなく、あの時のあなたの行動は実に奇怪だし、現場にあなたの頭文字の這入ったピストルは落ちているし、殆ど犯行を疑う余地もないのですからね。無論誰一人だってあなたの無罪を信ずるものはなかったのです。警察官も検事も予審判事も悉く《ことごと》、あなたの有罪を動かすべからざるものと認めたのですからね。ところがです。緑川さんは確《かた》くあなたの無罪を信じていられましてね。すべての膳立は緑川さんがやったのです。とこう申上げると、弁護士として私が一向働きがなかったようで申訳ありませんが、全くあなたの事件はあまりに明々白々《めいめいはくはく》で疑う余地がなかったものですから――つま

り、警察のほうでも、あのピストルがあなたの所有物で、現にそれを所持して川島邸へ這入ったのであるということを信じて疑わなかったので、ピストルの出所を調べて見ようなどという気を起さなかったのです。仮りにですね、あなたが現場にいないで、あのピストルだけが遺留されていたとしたら、無論警察は全力をあげてピストルの出所を探るでしょうから、すぐあのピストルは被害者たる執事の根本が持っていたもので、神田の門田銃砲店で最近に手入れをしたものであるという事実が判明したでしょう。要するに、あなたが犯罪の現場に居合せたということが、すべての間違いの基《もと》となったという訳なのです」

「緑川さんはどうしてその事実を探り出したのでしょうか」

「それはですね。つまり事件関係者がすべてあなたの有罪を信じて疑わなかったのに、ただ一人の緑川さんだけがあなたの無罪を信じた。そこにあの人の強みはあったのです。緑川氏はどうかしてあなたの無罪の立証をしよう。有罪の証拠になっているものに対して、何か反証をあげようと考えられたから、ピストルの出所を探って見ようという気を起して、結局成功せられたという訳です」

「よく分りました。では私は緑川さんに感謝すべきなんですね」

「その通りです」

何という奇妙なことだ。私を犯罪の現場に誘い込んで、殺人の嫌疑を受けさせた人間が、私の無罪を立証するために、東奔西走して、とうとう目的を達したとは。一体緑川は金を使い、労力を費して、何の目的で私を操っているのだろうか。

「緑川って一体何をしている人ですか」

私は思わず桝本氏にきいた。桝本氏は怪訝《けげん》な顔をしながら、

「私がおききしようと思っていたのですが、あなたは御存じないのですか」

「知らないのです」

「では余り深いお知合じゃないのですか」

「いえ、なに、そういう訳じゃないのです。相当親しい仲なのですが」

私はどぎまぎしながらいった。こういう風にいわなければ、緑川が私に尽くしたということが説明が出来ないことになる。

「そうでしょう」桝本氏はうなずいた。「よほど親しいお仲でなければ、ああ熱心に尽力出来ませんよ」

もし、私がここで、深夜川島邸に私を連れ込んだのが緑川だといえば、桝本氏はどん

な顔をするだろう。然し、私はそれはいえなかった。というのは、そのことをいうためには、私が川島邸に行った目的を話さなければならない。従って草野妙子のことをいわなくてはならないのだ。おお、そういえば草野妙子の民谷清子はどうしたろうか。彼女はもう遺産を相続してしまったろうか。そうして川島友美と公然と結婚したろうか。

「時に話が違いますが」私は矢庭《やにわ》にきいた。

「民谷清子はどうしました。無事に遺産を相続しましたか」

「えッ」桝本氏は驚いてじろじろと私の顔を見ながら、「あなたはどうしてその事件を知っているのですか」

私はしまったと思った。読者諸君も知っていられる通り、私はブラジル丸の生存者であることを秘しかくして来たのだ。私がだしぬけに民谷のことをきいたのは、桝本氏に疑惑を起させるに十分だった。

「いえ、なに、緑川さんから聞いていたので――」私はうろたえながら答えた。

桝本氏は然し、そんな答弁では満足しなかった。彼は形を改めて厳《おごそ》かにいった。

「井田さん、隠さずにいって下さい。あなたはあの民谷という婦人と何か御関係がありますね。そのために川島邸に忍び込まれたのでしょう」

川島家の秘密

桝本弁護士に急所を突込まれて、私はドキマギしながら叫んだ。

「いいえ、いいえ。飛んでもない、民谷なんて夫人は少しも知りません」

「そうですか」

桝本氏は暫く私の顔を眺めていたが、死刑が眼の前にぶら下っていてさえ、法廷で徹頭徹尾川島邸に忍び込んだ理由をいわなかった私が、今さら容易《たやす》く打開ける気遣いはないと考えたと見えて、それ以上追窮するのを断念して、話題を替えた。

「お尋ねがありましたから申上げますがね、民谷清子という婦人には、一寸変った履歴がありまして、たった一人で南米に行っているうちに、こっちの伯父さんが死んだため、その遺産を相続することになったのです。遺産は私が管理していましたので、早速民谷嬢を呼び寄せたのですが、彼女の乗っていた汽船がインド洋で難破しましてね」

「へえそれは――」

私は初めて聞いたような顔をして、びっくりしたようにいったが、我ながらまずいと思った。然し桝本氏は別に気にもしないで語り続けた。

「所が、奇妙なことには乗組員が残らず死んだのに民谷嬢だけ助かりましてね」

「へえ、運の強い人ですね」

「そうです、運が強いといえば、これぐらい強い話はありませんね。莫大な遺産は転り込むし、大洋の真中で難船して、一人だけ助かるなんて、まあ珍しい話ですな。ところで、そういう訳で、民谷嬢は無事帰国したのですが、何分私は初めて会うのですし、書類はちゃんと持っていましたけれども、果して本人かどうか、他に証明の道がありません。とこう申上げると、弁護士などは無闇に人を疑うものだとお思いになるかも知れませんが、これは職務でしてな。他人の莫大な遺産を管理しているんですから、重大な責任を持っているわけで、迂闊にことを運ぶわけには行かないのです」

「ご尤もです。それでは民谷嬢はまだ遺産を受け取らないのですか」

「ええ、まだそこまで運んでいないのです。一つにはあなたの事件が支障を来たした点もあるのですが」

「それはどういう訳ですか」一寸意外に感じながら私はきいた。

「それはこうなんです。民谷嬢は川島友美氏と婚約の間でしてね。川島氏も元南米にいたことがありますので、あちらで婚約の間になったらしいのですが——」

「お話中ですが、川島氏が前から民谷嬢と知合なら、無論民谷嬢の証明をされたでしょう。そうすれば、別に疑う余地はないではありませんか」

「そうです」桝本氏はうなずきながら、「川島氏がまさか婚約の婦人を見違えられるはずがありませんから、あなたのおっしゃる通り、私が疑うというのは少し筋が違うかも知れません。然し、私としては慎重の上にも慎重にやりたいものですから」

「では、川島氏の態度に何か怪しい点があるんですか」

「そういう訳ではありませんが、川島氏の経歴がねえ——」

「え、では川島氏が以前何か悪いことでも——」私はやや急《せ》き込んで聞いた。たびたびいう通り、私は民谷清子実は草野妙子に恋しているのである。そのために、彼女と婚約の間である男について、無関心でいられないのだ。

「いやそんなことではありません。こういうことを申しては悪いかも知れませんが、川島氏の前身とでもいいましょうか、以前の経歴が不明なんです」

「でも、川島というのは名門だそうじゃありませんか」

「その通りです。本家は御承知の通り旧大名で、現に子爵ですが、友美さんのほうはその分家でしてな。つまり、母堂が先代子爵の妹に当る方で、委《くわ》しいことは分りませんが、若い時に一人の男と恋に落ちて、友美さんを生まれたのです。所が、相手の男というのが、何か事情があったと見えて、正式に結婚が許されなかったのですな。それで、可哀想に、友美さんは生れると直ぐ、どこかへ里子に出されて、そのまま音信不通となったのです。尤《もっと》も、養育料や教育費は子爵家から送られたらしいですが」

「それがどうして一緒に住まれるようになったのですか」

「母堂はですね、愛する人には別れ、可愛い子供は手放さなければならず、それからというものは毎日泣きあかして、一時は気が違われるくらいだったといいます。今でも、ああして美しい所を見ると、若い時にはさぞかしと思われます。文字通りに佳人薄命ですな。まあ、世間の手前とか、華族の面目とかいうので、そうした処置を取ったのでしょうけれども、残酷なことをしたものですね。子爵の考えでは、そういう風にして、愛人のことを思い切らし、どこかへ縁附ける積りだったのでしょうけれども、母堂は今いった通り一間に閉じ籠って、泣いてばかりいられたので、そのために、失明されたということです。まさか、泣いたからという訳でもありますまいが、気の毒なことです。そういう訳でずっと独身で通していられましたが、三四年前のことでした。突然、友美氏が川島家の玄関に現れましてね」

「それまでは音信不通だったのですか」

「そうです。母堂も、友美氏が学校を卒業してから、外国へ行っているらしいくらいのことは風の便りに聞いていられたかも知れませんが、友美氏自身が名乗って出ようなどとは夢にも思わなかったのです」

「では、友美氏のほうでは以前から事情を知っていたのですね」

「まあそうらしいですな。ところで友美氏が川島奈美子（母堂の名です）の子であるという証拠——また証拠呼ばわりしますが、これは職務上止むを得ないので——どうも、その証拠がないのですな。母堂は御承知の通り盲目だし、よし目が開いていても。赤ン坊の時に別れた切りの子じゃ、分りっこないし、母堂のお父さんも、兄さんも死んでしまって、子爵家の当主に若い甥だし、証明のしようがないのです」

「で、どうしたのですか」

「幸いに執事の根本というのが、先達《せんだつ》て殺された男ですね、あの男が里親のところへ二三度使いに行ったことがあって、友美氏を見覚えていたのですね。それで、根本が証人になったので母堂も非常に喜ばれて、久々で母子の対面をせられたのです。しかし、友美氏は里親の籍に入っていましたので、母堂が川島家から別家《べつけ》せられて、そこへ養子に入ったという訳です。先々代も先代も死んでいられますから、別に反対者もなく、スラスラと運んだのでした」

聞き終った私は嘆息した。世の中には似たような話があるものだ。私も、すでに読者諸君の知っていられるように、幼い時に両親に棄てられて、他人の家に預けられた者だが、今だに生家を尋ね当てることも出来ず、日蔭者になって、殺人の嫌疑を受けるような情ない目にあっている。私から見ると、川島氏は何という幸福者だろう。でも、私は心から友美氏を祝福せずにはいられない。いわば恋敵だけれども、桝本氏に疑われているのは気の毒である。

「里親のことも分っているし、根本が証人になったとすると、別に疑うところはないじゃありませんか」

「それはそうです。けれども、そういう因縁のある家へ、また、因縁のありそうな民谷さんが来たということも、少し考えさせられることだし、そこへ持って来て、あなたの怪事件です。深夜川島家へ、失礼ながら得体《えたい》の知れないあなたという人間が忍び込んで、持っていたピストルで執事の根本を殺した、と思ったのが、犯人はあなたでなくて、あなたのピストルは一旦南米で紛失して、それから根本の手に渡ったものである。とこうなって来ると、事件がこんがらって、誰をどこまで信じていいか分りませんのでね」

桝本氏の話によると、あの夜川島邸の怪事件が、川島氏や妙子を疑わすもとになったのだ。それで一年越し、まだ遺産問題は片づかずにいるのだ。私は今まで、あの夜の事件は妙子が、或いは妙子の一味の者が私を誘《おび》き寄せたのだと信じていたが、あの事件のために迷惑した者が反って妙子の一味だとすると、誰か他の者が企てたのではないか。そうすると――そうだ、疑いもなく緑川である。あの得体の知れない男こそ、私と妙子と川島の間に介在して巧みに糸を操って、なにごとかを企んでいるに違いない。

私はこの際緑川の私に対していったことと、したこと全部を、桝本氏に打明けてしまおうと決心した。そうしてまさに口を開こうとした時に、書生が部屋に這入って来た。

「先生、民谷さんがお見えになりました」

え、え、民谷が、民谷というのは無論妙子のことだろう。私は思わず腰を浮かして、胸をドキドキさせた。

しかし、桝本氏は落着いた声で答えた。

「来客中だからといって、暫く待って貰ってくれ」

妙子の嘆願

妙子が来た、妙子が来た。私は今から一年以前、やはりこの桝本事務所の門の所と、事件のあった川島邸とで、チラリと彼女を見たが、それ切り彼女には会わないのだ。私は彼女が来たということを聞いただけで、なぜだか胸がワクワクして、頭がポウッとしてしまうのだった。私はもう桝本氏と話していることが出来なかった。一つには、桝本氏に何か感づかれるのが恐ろしかったのだ。

「お客さんのようですから失礼します」

「そうですか」

桝本氏は急にソワソワし出した私をじっと眺めていたが、

「どちらへお宿をお取りになりましたか」

「別に宿といっては取ってありません」

宿を取るどころか、私は懐中に一銭もないのだ。

「では、お宿がきまりましたら、すぐお知らせ下さい。それから」桝本氏は机の抽斗から紙包を取り出しながら「これはホンの私の志です。失礼ですけれどもお受け下さい」

そんなものを貰う理由がないと、口から出かかったけれども、考えて見ると、これから先一文なしでどうすることも出来ない身体である、私はありがたく貰うことにした。

桝本氏はそのまま奥に居残り、私は玄関のほうに出て行った。玄関脇の応接室を通る時に、不意になかからドアを開けて姿を現した者があった。おお、それは草野妙子だった。彼女は廊下に足音を聞いたのを、大方桝本氏だと思って急いでドアを開けたのだろうが、それが違う人だったので、ハッと驚いたらしいが、次にそれが誰であるかということが分ると、まるで幽霊に会った人のように、顔を土色にして、タジタジとうしろにさがった。そうしてつぶやいた。

「アッ、先生！」

私も彼女と顔を合わしたのがあまりに突然だったので、暫くは言葉をかけることが出来なかったが、漸《ようや》く気を取り直して、妙子さん！　と呼ぼうとすると、彼女は急に夢から覚まされたように、ハッと顔を硬《こわ》ばらして、私の傍《そば》にスリ寄った。そうして、まるで熱に浮かされている人のように、早口に続けざまにいうのだった。

「先生！　先生！　本当によく辛抱して下さいましたわねえ。感謝していますわ。あんなにひどい目におあいになりながら、私のことを一言もおっしゃらないで下すったということは、どんなに有難いことでしたろう。でもね、先生は私を大それた女だと思っていらっしゃるでしょうね。けれども、これには深い訳がありますの。いつかきっと先生にそのことが分って頂ける時が来ると思いますわ。その時に私は心から先生にお詫びいたしますわ。それまでは、どうぞ先生、私のことを構わないで下さいまし。そうでないと、先生にこの上どんな御迷惑がかかるか知れません。どうぞ、お願いでございます。私の敵はそれは恐ろしい人間でございます。目的のためにはどんなことをするか分らないのでございます。どうか、私のことは構わないで下さいまし」

妙子の嘆願するような言葉はここで切れた。誰だか奥のほうから来る気配がしたのだった。私は彼女に何の質問をすることも出来なかった。妙子は急いで元の応接室の中に姿を隠し、私は素知らぬ顔をして玄関に出たのだった。

夢に見た野

桝本事務所を出て暫く行くと、向うからニコニコしながらやって来る青年があった。ああ、それはまたしても緑川だった。

「どうでした」

彼と私と肩を並べるとすぐ話しかけた。もし、私が桝本氏から彼が私を無罪にするために奔走したという話を聞かなかったら、私は恐らくここで彼を振切って、二度と会おうとしなかったであろう。しかし、今の私はさっき刑務所の前で彼に会った時から見ると、大分打解けていた。

「別に何も」

私は幾らか警戒しながら答えた。

「どうですね、今日は中々いい天気ですが」怪青年は相変らず歯切れのいい調子で、私の警戒などは、どこかへ吹き飛ばしながら、「久しく未決になんか入れられた憂さ晴らしに、景色のいい田舎へでも行って見ませんか」

ああ、またしても彼は私を誘うのだ。彼はいつでも自然らしく私を誘うけれど、冷静に考えて見ると、どの場合でも突拍子もない変ったことばかりなのだ。そうして、彼はそれを決して単なる悪戯《いたずら》や物好きでしているのではなくて、何かしら隠された目的を持っているのだ。しかも彼の目的については、私は全然知ることが出来ないのだ。

「どうです」彼はニコニコしながらいい続けた。「どこかで昼飯を食べて、千葉のほうへ行って見ましょうや」

私は彼の申出を拒絶するだけの根気がなくなっていた。それに私はいつもいうように、宿命的に彼のいいなりにならなくては、ならないようになっていたのだった。

「どこへでも行きましょう」私はやや捨鉢《すてばち》気味に答えた。

それから私達は附近の西洋料理店で昼食をとり、タキシで両国橋駅に行き、そこから汽車に乗り込んだ。私はもうすべてを緑川に委《まか》せていた。どの線で何という駅に降りたのか、殆《ほとん》ど知らなかった。私達は何でも三時過ぎに、あまり名の知られていない小駅に降りて、そこから暫く自動車に乗った。やがて私達は目的の土地に近づいた。

緑川が景色のいい田舎といったのは本当ではなかった。そこは、平べたい野で、なだらかな丘がところどころ起伏して、畑から雑木林、雑木林から畑へと続いた平凡なところだった。ただところどころに沼地らしいところがあって、雑草が茫々と茂っているのが、やや興趣を添えていた。そうした沼地は猟場に適しているらしく見えた。

景色は平凡であったけれども、永い間刑務所という忌わしい所に閉じ込められていた私にはこうした押し開いた天地が耐《たま》らなく嬉しかった。身体一ぱいに落ちかかる日の光りに、私は染み込んでいる刑務所の臭いが、次第に薄れて行くのを感じた。私は交り気のない空気を胸一ぱいに吸った。肺の中の汚れた空気が、新鮮な空気に置換して行くのが、はっきりと分るのだった。

そうした喜びの他に、不思議なことにはこの平凡な野や林や沼には、私に何ともいえない懐しい心を起させるものがあった。私達は小高い丘の上に昇って、なだらかな傾斜面に沿って、木立に囲まれた古びた西洋館を眺めた時に、私はこの土地は知っている！一度来たことがある！　と心のうちで叫んだのだった。

しかし、私はこんな所へ来たことのあるはずはなかった。もし、来たとすれば——それは夢の中だった。おお、そうだ、私の中でこれと全く同じ景色のところを歩いた覚えがある！　小山も、畑も、林も、古びた家も、そっくりそのままだった。

　それはいつ見た夢だったろうか。遠い過去のようにも思われるし、つい最近見たようにも思われる。しかし、確かに見たに相違ないのである。山の形も、野の形も、路も森も、一本の草さえ、夢で見たのと寸分違わないような気がする。私は一種奇妙な感じに囚《とら》われはじめた。いつの間にか私の眼には涙がにじみ出ていた。

「何だか、しょげて来ましたね」

　緑川は私の変化に気がついたらしく、ニヤニヤしながらいった。私は何となく冷かされているような気がしたので、

「しょげちゃいませんよ。何だか、この土地は一度来たような気がして、変な気持になったのです」

「来たことがあるんですって」

「いいえ、そんな気がするだけですよ。私がこんなところへ来たはずはないんです。多分夢で見たのだろうと思いますがね」

「実際見ない所を夢で見るはずはありませんがね」緑川は不審そうにいった。

「でも、想像で夢に見ることはあるでしょう」

「それはありましょうね。しかし、想像するにしても何かヒントがなければ夢に出て来ないはずです。たとえば画《え》を見たとか、話に聞いたとかですね」

「しかし、こんな景色の画を見た覚えも、話に聞いたこともありませんね」

私は緑川がなぜこんな文字通りに夢のような話に熱心になるのか分らなかった。そのうちに、私達は古ぼけた西洋館の前に出た。


人殺し！　人殺し！

古ぼけた西洋館の前に出た時に、私は深い溜息をついた。この西洋館は多分この辺の沼地を猟場にする金持が別荘に立てたものであろうが、私には確かに見覚えがあるのだった。それはいうまでもなく、私の夢のうちに現れたものに相違なく、家の恰好や庭の様子は無論のこと、白堊《はくあ》の壁についた汚点《しみ》までが、夢に見たのと寸分違わないような気がするのだ、私は異常な恐怖に襲われ始めた。私には今にもこの家の中で恐ろしいことが起りそうに思えたのだった。

「行きましょう。早く」

私は歯をガツガツいわせながら緑川を促した。

「どうです、この家へ這入って見ようじゃありませんか」

緑川は動こうともせず、反《かえ》ってこんなことをいい出した。

「嫌です、嫌です、もう知らない人の家へ這入るのは御免です。そ、それに、この家は空家ではありませんか」

「空家じゃありません。別荘です。多分、誰か留守居の者がいるでしょう。這入って見ましょう」

「嫌です。一体何の必要があって、こんな家に這入るんですか」

「実は一寸《ちよつと》必要があるんです」

「あなたに必要があっても、私には必要はありません」

「そうでもありませんよ。とに角這入って見ましょう。今度はあなたに迷惑をかけるようなことはありませんよ」

「嫌です。私は嫌です」

「駄々児《だだつこ》のようなことをいうものではありませんよ。折角、ここまで来たんです。まあ、お這入りなさい」

ああまたしても恐るべき緑川の妖術だ。私は網にかかった蝶のように、もがけばもがくほど蜘蛛の思う壺にはまるのだった。もし、この時に、私が腐りかかっている門柱に取りつけてある標札の字を読むことが出来たら、私はいかに緑川の妖術をもってしても、この家には這入らなかったであろう。しかし、門札は長い間雨に打たれ、風に曝《さら》されて、全く読めなくなっていた。私はとうとう誰が住んでいるとも分らない古家に、引張り込まれたのだった。

玄関には鍵がかかっていなかった。押せば訳なく開いた。緑川は一声二声案内を乞うたが、何の返辞もなかったので、尻込みをしている私を引立てるようにして、中へ這入った。久しく人の住まない古家に特有の臭いが、ぷーんと鼻を打った。外はまだ明るかったけれども、窓のシャッターが閉じてあると見えて、中は薄暗かった。玄関から真直ぐに奥のほうに廊下が通じているらしいのが朧げに見えた。

薄暗い廊下を緑川に急き立てられながらオズオズと進んで行くと、突然奥のほうで異様な声が聞えた。

ああ、それは一生忘れることの出来ない、恐ろしい叫び声だった。それは声というよりも、一種のうめきだった。

人殺し！　人殺し！

確かにその声はそう叫んだ。続いて、ぎゃっという、断末魔の叫び。

それっきり、音はなくなって、後はひっそりと静まり返った。

緑川がいなかったら、私は一目散《いちもくさん》にそとへ飛び出したに相違ない。いや、ことによったら、そのままそこで気絶したかも知れぬ。

緑川という青年はなんという気丈な、そうして素早い男だろう。彼は名状すべからざる叫声《さけびごえ》を聞くや否や、脱兎のように、声のするほうに駆け出した。私は一人そこに取り残される恐ろしさに堪えなかった。そこで、思わず緑川の後を追って、声のするほうに走ったのだった。

声は確に廊下の突当りの部屋から来たのだった。緑川は部屋のドアに手をかけるや否や、中に飛込んだ。ドアは鍵が掛っていなかったのだった。

緑川のうしろから部屋の中に駆け込んだ私は、あっと叫んで、そこに立《たち》すくんでしまった。緑川さえ、そこに棒立ちになっていたのである。

部屋にはいくつかの窓があったが、どれもシャッターが閉ざされているうちで、一ヵ所だけ開いていたので——ガラス窓は閉まっていたが——部屋の中は大分明るかった。それで、部屋の様子は一眼で分ったが、何と真中には一人の老人が全身血まみれになって斃《たお》れているではないか。しかも、たった今惨殺されたばかりと見えて、まだ斬り口からは血をふいているのだった。

「うむ」

緑川はうなった。私は今までに彼がこんな蒼白い顔をして、歯を食いしばったのを見たことはなかった。彼は苦しそうな表情をして、顳顬《こめかみ》からタラタラと汗を流していた。

彼はしかし、私よりも早く自分を取り返した。彼はシャッターの開いている窓の傍に駆け寄って、閉まっているガラス窓を揺すった。しかし、窓は開かなかった。その他の窓は揺って見るまでもなく、シャッターがちゃんと閉まっているのだった。

犯人はどこから逃げたのだろうか。

人殺しという叫び声を聞きつけてから、この部屋に這入るまで、五秒とはかからないはずである。この部屋で開いていた所といえば、私達の這入ったドア（この部屋にはドアは一つしかない）と、窓の上のほうの廻転窓が一ヵ所開いていたきりである。もし犯人がドアから逃げたとすれば、どんなことがあっても私達の眼に這入らないというはずはない。

開いていた廻転窓は幅一尺位で、真中に棒を通して、その棒を軸にして半分ばかり開いていたのであるから、子供でも潜《くぐ》り抜けることはむずかしい。仮りに潜れたとした所で、廻転窓までは床から六尺以上もあるから、どんな身軽なものでも、一瞬間にそこから逃げ出すということは出来ない。

猿を使って殺人をさせるという話がよく小説にある。ところで、仮りにそんなことが可能としたところで、猿がこの老人を斬り殺したとしたら、必ず返り血を浴びているはずである。猿ならこの高い廻転窓に飛ついて外へ逃げ出させるだろう。しかし、そうだとすると、廻転窓に行く途中に、必ず血痕がついていなくてはならないはずである。ところが、窓の方向には血が少しもついていないのだ。反って、血痕は点々としてドアのほうに向いて続いている。後で気がついたことであるが、ドアの内側とハンドルにも血痕がついていた。そのために、緑川も私もいつの間にか、手や着物の一部に血痕をつけていたのだった。

窓は一ヵ所高い小さい廻転窓を残した他は全部締っている。血痕は点々としてただ一つのドアのほうに伝わっていて、窓のほうには少しもついていない。そうすると誰が考えても、犯人はドアから逃げ出したとより考えられない。所が、人殺しという叫び声を聞いて殆《ほと》ど瞬間的に私達二人はそのドアから部屋の中に這入っている。犯人は一体どこから逃げたのか。何という不可解なことだろう。

私が茫然としてこんなことを考えているうちに、緑川は忙しく部屋の中を歩き廻って、窓を調べたり壁を叩いたりしていたが、やがて大きな溜息をついた。

「うむ。分らない。確かに秘密の出口などはない。うむ。何たる怪事件、俺はまだこんな不可解な事件にぶつかったことがないぞ。だが、くそッ、俺にはこれしきのことが解けないということはないぞッ」

緑川がいまいましそうにつぶやいたときに、廊下のほうに衣摺れの音がした。私はハッとして振り返った。と、半開きのドアから身体を現したものがあった。

「誰かいるのですか」

ああ、それは聞き覚えのある声だった。ドアの間から姿を現したのは、盲目の奈美子夫人だった！　老夫人はその涼しい、しかし、何ものも見ることの出来ない眼で、じっと私を見据えて、耳を澄ました。私達は一生懸命に息を凝らした。

暫くすると、夫人は大きな溜息をした。

「ああ！　また何か悲しいことが起りました」

そういって、老夫人は廊下の向うにソロリソロリと歩いて行った。

と、緑川がツカツカと私の傍に来た。そうして、私の腕をギュウッと握った。

「君、許してくれ給え、僕達はまたやられたのだッ」

「え、え、やられたとは」

「委しく説明している暇はない。僕は敵を見縊《くび》り過ぎていたのだ。愚図愚図していると、今度は僕までやられてしまう。僕は君に済まないけれども、ここを逃げる。その代り僕はきっと君を助け出すよ。実は僕は君をここに殺されている老人に会わせに来たのだ。君は僕を実に奇怪な人間だと思っているだろう。初めからすっかり説明すればよかったかも知れないが、僕は殊さらにそれを避けたのだ。気がせくから、簡単にいうが、若い時に余儀ない事情から、自分の幼児と別れなければならなくなったある老人が、このごろになって、その別れた児《こ》を一生懸命に探しているという話を聞いたのだ。そして、その探し求めている子というのが、どうも君らしいということを発見したが、君はその時にはすでに航海に出た後だったので、どうすることも出来なかった。そして、君の乗っていた船が難破して万事休すと思った所が、はからずも君は助かって、東京に出て来た。そこで僕は君に近づいて、それとなく確かめるために、君をその子供を探し求めているその老人のところへ連れて行ったのだ。いつか夜中に君を連れて行ったのが即《すなわ》ちそれなのだ。ところが、ちょっとした手違いから、老人が急に死んだりして、とうとう、それを確かめることが出来なかった。そこで、今日君をここに連れ出したのは、やはりその目的を貫くためで、実はもし君が先達《せんだつ》て死んだ老人の子であるならば、ここに殺されている老人は君を見知っているかも知れないのだ。君はこの土地で幼年時代の何年かを送ったはずなんだ。そうすると、君はひょっとすると、この土地に何か憶えがあるかも知れないと思ったのと、ここに斃《たお》れている老人は幼年時代の君を思い出すかも知れないと思ったのとで、君をここに引張って来たのだ。所が、我々の敵は、恐るべき頭を持っていた。彼は不可解な方法で、君の有利な証人たるべき老人を殺し、その上にその嫌疑が我々にかかるようにしたのだ」

「そ、その殺されている老人というのは誰なのですか」

私はあまりにも意外なことを聞かされたので、半《なか》ば夢中で叫んだ。

「君の幼時に養育の任に当った人で、元、君の家に使われていた忠実な下男なのだ。いや、こんなことを悠々と説明している場合ではない。僕はここを立《たち》のく。君は決して心配しなくてもいい。どんなことがあろうとも僕が救い出すから」

緑川はこういい捨てて、ドアから潜り抜けるようにして廊下に出るや否や、どこともなく消えてしまった。

私は彼の後を追う気力がなかった。夢に夢見る気持というのは、こんな気持だろう。眼の前に死体の横《よこた》わっていることも、危険が身に迫って来るのも忘れて、ただ茫然と突立っていた。

訊問

ああ、何ということだろう。先年緑川に、深夜奇怪な方法で連れ込まれたホテルの一室で私を見て、お前はお前はといいながら息の絶えた老人が、私が永い間あこがれていた父であろうとは。そして、今また私の眼の前で血にまみれて斃れている老人が、棄てられた私の幼年時代に、面倒を見て呉《く》れた人であろうとは。

無論まだそれは確定したことではない。しかし、緑川の言葉はひしひしと私の身に当るのである。ホテルの怪老人がお前はお前はと叫んだのは、わが子を懐かしむ言葉だったのだ。またこの土地に来て、夢の中で見たような憶えがあると思ったのは、幼年時代をここで送ったからでなくて何であろう。しかし、それにつけても、何と不運な私だろう。真実の父は名乗り合う暇もなく死んだ。今また私の幼年時代の恩人で、私の真の父を教えて呉れるべき老人は、無残にも殺されてしまった。ああ、私はもう永久に父にも会えなければ、父の子であることを証明して呉れる人もいないのだ。

ああ、この老人を殺したのは何者だろうか。緑川は私達の敵だといった。私達の敵とは何者だろう。またなぜ私達の敵になるのだろうか。それよりも緑川は一体何者だろう。どういう理由で私の身の上をあんなに心配して呉れるのだろう。

それにさっきここへチラリと現れた川島老夫人は、一体どういう訳でこんな所にいるのだろうか。老夫人が犯人だろうか。いやいやあんな優しい慈悲にみちた夫人が、殺人のような恐ろしい罪を犯すはずはない。では、老夫人は何のためにこんな所にいるのか。彼女は私の敵の一人なのだろうか。いやいやそんなはずはない。私は老夫人の声を聞くと、一種何ともいえない懐かしい気が起こるのだ。決して、彼女が私の敵であるはずはない。

私は非常に危険な位置にいることを忘れて、茫然と突立ったまま、それからそれへと考えるともなしに、頭の中で思い浮べていた。一つには、あまりに数奇な運命に弄《もてあそ》ばれて、殆ど自暴自棄になっていたので、どうにでもなれという気になっていたのであろう。

とに角、はッと気がついた時にはもう遅かった。私の眼の前には厳《いか》めしい制服をつけた上役らしい警官が立っていた。血にまみれた部屋の中には、刑事らしい男が二三人、あちこちと獲物を漁《あさ》る猟犬のように歩き廻っていた。

「貴様は飛んでもないことをしたなッ」

署長らしい警官は私を睨みつけながら、頭ごなしにきめつけた。

「私が殺したのではありません」

私が直ぐに反抗するように叫んだが、覚悟は極めていた。どんなに弁明に努めても、私は嫌疑を免れることが出来ない。緑川が私に確《かた》く約束をしたように、反証をあげて、私を救うことが出来るかどうかというのが問題であるだけで、それも今度は先ず望みがないのである。

「君が殺したのじゃないか」署長は何と思ったか、口調を少しく優しくしながら、「君は名は何というかね」

「井田信一といいます」

「住所は」

私はグッと言葉に詰った。しかし、仕方がない。思い切って答えた。

「住所はありません」

「ふむ。住所不定なんじゃね。最近にはどこにいたかね」

「刑務所にいました」

「刑務所？」署長は額に皺を寄せた。

「はい、殺人の嫌疑で東京の刑務所にいました。今朝放免された所です」

署長の額の皺はますます深くなった。

「今朝刑務所を放免されたものが、何の目的でここへ来たのか」

私には初め目的などはなかったのだ。怪青年緑川に連込まれたのである。しかし私はそれを隠した。

「そこに死んでいる老人に会いに来たのです」

「なにこの老人に会いに来た。ふん、それはどういう目的かね」

「それはいえません」

「老人とはどういう関係か」

「いえません」

「老人の名は何というか」

「知りません」

「馬鹿なことをいうなッ」署長は大きな声で怒鳴りつけた。「何ごとも隠さずにいわないと、ためにならんぞ」

「私は殺人の嫌疑は逃れられないと覚悟しています。私は弁明することが出来ないのです。お尋ねにならないうちに申上げて置きますが、私はここが何という土地で、この家が誰のものだかさえ知らないのです。私は無断でこの家に入りました。そしたら、突然人殺しッという叫び声が聞えましたので、ここへ飛んで来ますと、あの通り見知らない老人がたおれていたのです」

「見知らない老人ということはないはずだ。君はこの老人に会いに来たのだといったではないか」

「そ、それはそういいましたが」

「どうも、君のいうことは辻褄《つじつま》が合わんね」

署長はじっと私の顔を眺めていたが、

「仮りに君のことを信ずるとして、君は犯人を知っているはずじゃね」

「いいえ、知りません」

「しかし、この部屋は見る通り、あの高い廻転窓が僅かに開いているきりで、もし犯人が逃げたとすると、このドアよりほかに道はないのじゃ、君は人殺しという声を聞いて、ここへ飛んで来たというから、必ず犯人を見たに相違ない。犯人を庇《かば》うために君が殺人の嫌疑を受けることもないじゃろう。隠さずにいうがいい」

署長は私が共犯者を逃がしたと思っているのだ。緑川のような機敏な青年でさえ、犯人がどこから逃げたのか分らなかったのだ。全く、私達は人殺しという叫び声と同時に駆けつけたのであるから、犯人の逃げ路というのは、実に不可解なのである。署長が私が犯人を逃がしたと思うのも無理はない。

「犯人がどういう方法で逃げたかということは私にも全然分らないのです。私は人殺しッという叫び声を聞きつけるや否や、ここへ駆けつけたのですから。犯人の姿を見ないということはあり得ないことなんですけれども」

読者諸君よ。諸君がもし私が今までに答えた言葉を、もう一度読み直して、仮りに署長の立場になられたら、何と支離滅裂な奇怪な答弁だと思われるだろう。全く、この時によく署長がカンカンに怒らなかったと思う。さすがに職業柄、根気のいいことである。

しかし、さすがに署長は私をこれ以上訊問することをあきらめたと見えて、部下の刑事と小声で何か語り合った後、私にいった。

「とに角、警察署へ来い」

と、その途端に思いがけない声が聞えた。

「その人を連れて行くのを止めて下さい。その人は犯人ではありません」

あっ、その声は川島老夫人だった。彼女はいつの間にか部屋の外にいたと見える。彼女が声をかけながら、静かに入って来た姿を見ると、署長はたたみかけるようにいった。

「おお、あなたは川島さん。いつ、ここへいらっしゃいました。そして、この男が犯人でないという理由は」

眼が見えたら

川島老夫人の意外な言葉に、署長は気忙《きぜわ》しく問いかけたが、老夫人は静かに悲しそうな声で答えた。

「私はその方を知っています。その方は昨年私の家に来られて、矢張今日のように、執事の根本が殺されているところに出会い、恐ろしい疑いを受けられた方です。可哀想にその人はいつでもこんな気の毒な目に会われるのです」

ここで老夫人はちょっと言葉を切って、見えない眼を私のほうに向けた。

「で、犯人でないという理由は」署長はもどかしそうにきいた。

「私はそこに殺されている作兵衛を訪ねに来ました」老夫人は相変らず落着いた態度で

いった。「私は眼は見えませんが、殺されているのは作兵衛に違いないことが分ります。その男は高見作兵衛といって、昔川島子爵家の雇人でした。永くこの別荘の番人をしていたのですが、この別荘は今の子爵の代になりまして、あまり使いませんので、作兵衛は今は自分の家に住み時々、別荘の見廻りをしておりました。私は昔のことで作兵衛に聞きたいことがありましたので、さっき彼の家を訪ねますと、何か用事が出来たということで、この別荘に行ったということでした。家内はまだ別荘を見廻る日ではないがと不審そうにいっていましたので、私は何となく胸騒ぎがして、別荘でまた不吉なことが起らなければいいがと思いながら、門の所まで参りますと、不意に家の中から、人殺しという叫び声が聞えました」

「一寸待って下さい」署長は遮った。「あなたは一人でここへお出になりましたか」

「はい、途中までは作兵衛の家内が送ってくれましたが、私はひとりで作兵衛に会いたかったので、別荘の近くまで来た時に、送るのを断って、私だけで参りました」

「なるほど、それで」

「人殺しという声を聞いて、私はびっくりしながら、家の中に入りますと、バタバタという人の足音を聞きました。それは中から出て来る音でなく、人殺しという声のしたほうへ駆けつける音でした。私は眼は見えませんけれども、確かにその足音は一人ではありませんでした。二人だと思います」

「なに、二人」

署長はジロリと私の顔を見た。

私は老夫人の言葉を聞きながら、私の顔色がだんだん蒼くなって行くのを感じていた。この別荘が川島子爵家のものだとは、そして、老夫人が昔のことをきくために、老別荘守を訪ねて来たとは！　私は緑川がいい残していった言葉と照し合せて、いうにいわれない疑念を抱き初めたのだった。私は老夫人の後の言葉は碌《ろく》に耳に入れていなかった。すると、突然二人という言葉が聞えたので、私はハッとして、蒼い顔をさらに蒼くしたのだった。

「はい、二人でした」老夫人ははっきりいった。

「人残しという声を聞いてから、家の中に入られるまで、どれくらい時間がありましたか」

「ホンの十秒か二十秒だったと思います」

私と緑川とは家の中に入ると、直ぐに叫び声を聞いたのだから、老夫人は私達が家に入る時分には、もう門のところに来ていたのだ。私達はうしろを見なかったから、夫人の姿に気がつかなかったけれども、もし夫人の眼が見えさえしたなら、彼女はきっと私達二人が家の中に入るのを見たことであろう。夫人が私達の姿を見ていたら、私達の嫌疑は直《す》ぐ晴れる訳だ。なぜなら私達が人殺しという声がしてから、この部屋に飛び込んだことが明かになるし、私達が到底そんな瞬間に殺人をするということが不可能であるということが、証拠立てることが出来る訳である。

「ふむ」署長はじっと何ごとかを案ずるように、深い溜息をつきながら、「その二人の足音は確かに内部のほうに行くようでしたか」

「はい、それは確かです」

「それで、内部から何者か出て来る様子はありませんでしたか」

「そんな様子は少しもありませんでした」

「ふむ、それで、あなたはどうなさいましたか」

「私は直ぐにその足音を追いました。悲しいことには、私は駆け出すということは出来ませんから、壁を伝いながら、この部屋の前に来ました時には、あたりはしーんとしていました。しかし、私は血なまぐさい臭いで、おそろしいことが起ったのを知りました。そして、何の物音も聞きませんでしたけれども、部屋の中に息を殺して、二人の人がいることを感じました。私はまた悲しいことが起ったと呟いて、そろりそろりと家の外に出ました」

「それはどういう理由でしたか。なぜあなたはそこにいるらしい人を咎めませんでしたか」

「咎めても無駄だと思いましたから。それに、私は咎める気がしなかったのです」

「それから、あなたは今まで何をしていられましたか」

「私は念のために作兵衛の家を訪ねました。そうしますと、果して、彼はまだ帰っていないということでした。私はわざと家の者には何にもいわずに、そこを出ましたが、急にここのことが気になり出しまして、もしこの方がまだ愚図愚図していられたら、早くお逃げなさいといおうと思って、引返して参りましたが、もう遅かったのでした」

私は老夫人の慈愛にみちた言葉に、ひしひしと胸を打たれながら、神々しい夫人の顔を見上げた。私の眼には涙がこじみ出ていた。昨年川島邸で老夫人の言葉を聞いた時もそうだったが、今はその時よりも、もっと、ひしひしと胸に感じて、何だか、老夫人が他人でないような気がするのだった。

暫く沈黙が続いていたが、やがて老夫人は口を開いた。

「署長さん、誰がここに人殺しのあることを知らせたのですか」

「さあ、それが不思議なんですが」

署長はこういいかけて、急に口を噤《つぐ》んだ。

疑問の叫声

署長が口を噤むと、老夫人は見えない眼を、きっと署長のほうに向けた。

「このことを警察に知らせた者が犯人ですわ。きっと、そうに違いありません」

署長は彼の考えていたことをいい当てられたように、ぎょっとしたが、

「さあ、そこですがね。犯人かどうですか、一人逃げた者がありますから」

「そ、それは私の友人です」私は耐えられなくなって叫んだ。「今まで隠していて申訳ありません。その友人が私をその作兵衛とかいう老人に会わせるために、此処へ連れ込

んだのです」

「で、その友人は何処へ行ったのじゃね」

署長も事件がなみなみならぬ複雑したものであることをさとったらしく、私に対しても訊問の仕方が大分優しくなった。

「実に奇怪極まる殺人なので、愚図愚図していては二人とも捕まって、言い逃れる道がなく、恐ろしい嫌疑を受けるに決まっているから、自分だけ大急ぎで逃げて、無実である立証をするために努力するといって、何処かへ行ってしまいました」

「で、君はどうして逃げなかったのか」

「逃げるところもありませんし、度々奇怪な事件に出会いますので、覚悟をしたのです。なるようにしかならないと」

「友人というのは何という名かね」

「緑川保と云います」

「何をしている男だ」

「そ、それはよく知りません」

「なに」署長は顔を曇らせた。「それでは親しい友人じゃないのか」

「ええ、そう親しい友人ではありません」

「ふむ。そうすると、その友人が君を裏切ったのではないかね。君になにか恨みがあって、こんな所へ誘き寄せて置いて、一人だけ逃げてしまったのじゃないか」

「そ、そんなことは絶対にないと思います」

「しかしじゃね、一人で逃げたというのが可笑《おか》しいじゃないか。逃げるのなら一緒に逃げる可《べ》きだし、いるのなら二人でいて、無罪を主張すべきじゃ。君一人を置いて逃げたのはどういうものか。君はその緑川という男が警察に密告したのじゃと思わないか」

私はこれまでに幾度となく緑川を疑っている。酷い目に遭ったのは、悉《ことごと》く彼のためである。現に今朝刑務所を出るまでは、川島邸へ深夜連れ込んで、ああいう忌わしい疑いを受けさしたのは、彼のはかりごとだとさえ信じていた。ところが、桝本弁護士に会って聞くと、誰しも有罪と信じていた私を、白日青天の身にしてくれたのは、緑川であった。そこで、彼に対する考えは変ったのであるが、またしても、こんな殺人の場面に引き出されたところを見ると、私は緑川に嬲《なぶ》られているのではなかろうか。彼は何か理由があって、私を出来るだけいろいろの手段で苦しめているのではなかろうか。けれども、彼は逃げ去る時に、意味ありげな言葉を残して行った。あの言葉は確かに私の身にしみた。緑川はどうも私の敵とは思われない。きっと、私を救い出してくれそうな気がする。

「ま、まさか、そ、そんなことはないと思います」私は吃《ども》りながら言った。「彼は私に殺人の罪を負わせる必要がありません。何故なら彼は犯人じゃありませんから」

「君はずっとその緑川という男と一緒にいたのじゃね」

「はい、東京から此処まで一緒に来ました」

「人殺しという叫び声を聞いた時にも一緒にいたのじゃね」

「はい、ずっと一緒にいました」

「君は確かに犯人を見なかったか」

「はい、見ません」

「しかし、どんなに調べて見ても、犯人の逃げ出せるところは、この扉《ドア》よりないのじゃ。人殺しという叫声と同時に此処へ駆けつけたものとすると、君が犯人を見ない筈はない。どうも君のいうことは信ぜられんが。どうじゃ」

「私にも犯人がどうして私達の眼を潜《くぐ》って、逃げ出したのかわかりません」

署長は半信半疑という風に、黙って私の顔を眺めた。すると、今迄じっと聞いていた川島夫人が突然口を開いた。

「署長さんに申上げますが、人殺しという叫び声は、どうも作兵衛の声ではなかったと存じます」

「えッ」

署長は吃驚《びつくり》して叫んだ。大勢いた刑事達も動かしていた手を休めて、一様に川島夫人の顔を見詰めた。

「作兵衛の声でないと、誰の声ですか」署長は漸《ようや》く聞き返した。

「それは分りません」

「それでは、叫び声が何処から洩れたかということを、もう一度考えて下さい」

「叫び声は確かに家の中でした。矢張りこの部屋から洩れたのに違いないと思います」

「そうするとですね、おくさん、確《しつ》かり考えて下さいよ。この部屋の中には被害者と犯人よりいない筈です。犯人がまさか人殺しと叫ぶ訳はありませんから、被害者の言葉としか考えられません。急迫した時の人間の叫び声というものは、全く不断の時と違うものです。婦人などは殆んど言葉が出せませんで、ぎゃあとかわあとか、人間と思われないような奇妙な声を出すのが普通です。不断の声と似ていないからといって、直ぐ作兵衛の声でないという訳にも行きません。何か確かなよりどころがありますか」

「よりどころといって別にありませんけれども、私は眼が見えませんから、耳は反って普通の人より鋭いのです。人殺しという声を聞いた時には驚きのあまり、そこまで考えませんでしたけれども、後で冷静に考えて見ますと、どうも作兵衛の声ではなかったと思います」

人殺しという叫び声が被害者の声でないとは不思議なことである。署長はどうも信ぜられないという風だった。彼は私のほうに向き直って訊いた。

「君の聞いた人殺しという叫び声はどんな風だったか」

「どんな風といって説明出来ませんけれども、はっきり聞えました」

「何か特徴はなかったか。例えば男らしいとか、老人らしいとか、調子が高いとか、或いは太い濁り声だったとか」

「そういう風に聞かれますと、一寸答えかねます。今迄は、この死体を見た瞬間から、あの叫び声がこの人が挙げたのであることを疑いませんでした。けれども、叫び声は可なり調子が高くはっきりしておりました」

「ふむ」

署長は溜息を吐いたが、彼は長い経験で、こういう突発事件については、目撃者の記憶が不確実なものであることを知り抜いているので、大した問題にせず、次の訊問に移ろうとしたがその時廊下に足音が聞えて、一人の男が入って来た。それは意外にも川島友美だった。彼は誰に聞いたか、事件のことを知っているらしかった。

彼は気のせいか、何時もより蒼い顔をしていたが、死体にチラリと眼をやると、直ぐに老夫人の前に近寄った。

「お母さん、また嫌なことが起りましたね。お母さん、あなたは何故無断で家を出られましたのですか。私は心配であなたの後を追って参りました」

ここで彼は言葉を切って、私の方を見たが、ぎょっとしたように声を上げた。

「おお、またこの男が来ています。署長、こいつは実に不可解な男です。恐ろしい犯罪の場面には屹度《きっと》この男がいます！」

第六感

激しく私を罵る川島の言葉に、署長は頷きながらいった。

「あなたは川島友美さんですね。どういう理由で、此処へ来られましたか」

「母が今朝無断で外出しましたので、何しろ眼が不自由なのですから、家内や召使の者の不注意を叱りながら、心当りを探させますと、どうやら、この別荘を指して来たらしいので、私は後を追って参りました。すると、別荘の前に警官が立番をしていられるので、怪しみながら聞きますと、殺人があったというので、驚いて駆け込んだような始末です」

「この男を御存じなのですか」

「知っていますとも。この男は昨年東京の家へ忍び込んで、執事の根本を殺した男です。極《ご》く最近に証拠不十分で出獄した男です」

「あなたはその殺されている男を御存じですか」

「知っています。この別荘をときどき見廻ることを頼んである男で、昔は本家の雇人でした。私の幼い時に、この老人のところへ預けられたことがあります」

私はくらくらとして、危く倒れようとした。何という不思議なことであろう。川島友美が小さい時に作兵衛に預けられていたとは、私は今朝桝本弁護士から、友美の数奇な身の上話を聞いて、私の身の上によく似ているので、思わず同情したのだったが、緑川が私にいった言葉を真実だとすると、一体私と友美の関係はどうなるのだろうか。彼は見た所、私より幾らか年長のように思えるが、彼が私が作兵衛に養われる以前に、預けられていたのだろうか。私の身の上と余りにも似ているし、合点が行かぬことである。

「あなたは」署長は私の事などには気がつかないらしく、訊問を続けた。「この男がどういう理由で作兵衛を殺したのだと思いますか」

「根本を殺した時と同じように、矢張り何か盗む積りで、此処へ這入って作兵衛に見つけられて、殺したのではないかと思います」

「この別荘には何か金目のものが置いてありましたか」

「はい、極く最近に、誰にも知らさないのですが、可なりの宝石を此処に置きまして、作兵衛に特別に注意するように申して置きました」

「あなたが誰にも知らさないことを、今朝刑務所を出たというこの男が、どうして知ったでしょうか」

「さあ、それは分りません。或いはそんなことを知らないで、何かあると思ってやって来たのかも知れません」

「宝石のようなものを、どういう理由でこんな人の住んでいないところに置かれましたか」

「此処にいる男が東京の家に忍び込んで、執事を殺して以来、何となく不安でしたから、反ってこんな所へ置いたほうが安全だろうと考えたからです」

川島の返辞は以前から考えて置いたかのように、スラスラと出たのだった。署長は満足したように頷いて、私のほうに向き直った。

「君を作兵衛殺害犯人として拘引《こういん》する」

私は覚悟していたから、大して驚きもしなかった。所が、川島老夫人はハッと胸を打たれたように、顔色を変えながら、一歩前に出たのだった。

「いいえ、いけません。この人を拘引しては。この人は犯人ではありません」

署長が何か言おうとする前に、川島は老夫人を叱るようにいった。

「お母さん、何を仰有《おっしゃ》るのです、お母さんは何も御存知ないじゃありませんか、そんな差出口はお控えなさい」

「いいえ、私は知っています」

老夫人はひるまなかった、署長は眉をしかめながらいった。

「真犯人を御存じなのですか」

「いいえ、真犯人は存じません」

「では、この男が犯人でないという証拠があるんですか」

「はい。証拠があります。私はこの方が人殺しという叫声のした時には、まだこの家の玄関にいられたのを、見ておりました」

「然し」署長は腑に落ちないように、「失礼ですが、あなたは――」

「はい」老夫人は遮った。「私は盲目で御座います。眼は見えません。しかし、私には普通の人にない第六感が御座います。私は確かにその人が、人殺しの叫び声をした時には、玄関のところにいられたのを、第六感で目撃いたしました」

「しかしです。奥さん」署長は当惑したようにいった。「どうも、あなたの第六感を信じて、この男を釈放するわけには行きません。何か確かな証拠がなければ、真犯人でないという証拠がなければ釈放出来ません」

老夫人は更に何か言おうとしたが、その時に、突然部屋の外で声がした。

「待って下さい。その人が犯人でないという証拠をお目にかけましょう」

そうして声と共につかつかと部屋の中に這入って来たのは、ああ怪青年緑川保ではないか。

真犯人

署長は吃驚《びつくり》しながら、意外の闖入《ちんにゆう》者緑川をジロリと眺めた。

「君は誰か」

「井田君からお聞きになった事と思いますが、私は井田君と一緒に、人殺しという叫び声を聞いて、この部屋に駆けつけた者です」

「うむ」署長は緑川の洋服に点々と血がついているのを注視しながら、「君だね、この男を置いて逃げたのは」

「はい、そうです。逃げたということについて、どのように疑われても、仕方がありませんが確かに、私達二人は人殺しという叫び声を聞いてから、この部屋に駆けつけたのに相違ありません。此処にいられる川島夫人の御証言下さる通りです」

「黙れッ」署長は一喝した。「貴様は共犯者だ。今まで逃げ隠れていたが、川島夫人が有利な陳述をされたので、しめたと思って、ノコノコ出て来たのだなッ」

「あなたの仰有ることは、半分は本当で、半分は違っています。私が川島夫人の御証言を聞いて、そのために、此処へノコノコと出て来たのは本当です。しかし、私は犯人ではありません」

緑川は署長の怒鳴りつけるような声に、一向恐れる色もなく、反って、からかうような返辞をした。私はハラハラしていた。

果して、署長は真赤になった。

「黙れ、実に図々しい奴だ。貴様がいくら胡魔化そうと思っても、そうは行かないぞ。貴様は人殺しという声を聞いてから、この部屋に駆けつけたというが、この部屋にはどんなに調べても、此の扉《ドア》より外に出入口はないぞ。貴様は真犯人が、何処から出入したというかッ」

「そこですよ、署長。私はこんな不思議な事件に、今まで出会《でく》わしたことはありません。ですから、どんなことがあっても、私達に殺人の嫌疑がかかると思いましたから、愚図愚図していてはと思って、逃げ出したのですが、どう考えて見ても腑《ふ》に落ちないので、もう一度現場を調べて見ようと思って——」

「なにをツベコベいっているかッ。いい加減にしろ」

「まあ、暫く聞いて下さい。私は現場をもう一度見ようと思って、此処に取って返し、ふと川島夫人の言葉を聞いて、ハッと思いついたのですが、私達が此処に駆けつけた時には、事実犯人はいなかったのです。彼はその少し以前に作兵衛を殺して逃げていたのです」

「貴様はまだ俺を胡魔化そうとしているのかッ。犯人が作兵衛を殺した後に、貴様達が来たとすると、貴様は死んだ作兵衛が人殺しと叫んだというのか」

「其処なんです。署長。ですから、人殺しと叫んだのは作兵衛じゃありません」

「なにッ」

「私は始め犯人が現場を逃げてから、蓄音器を利用したか、それとも、拡声器でも使って、人殺しッと叫んだかと思いましたが、御覧の通りこの室内には、そんなものを備えつけた形跡が少しもありません。それで、私はハタと当惑しましたが、念のため、もう一度現場を調べようと、此処へ引返して参りました。ふと川島夫人の言葉を聞いて、ハッと思い当りました。全く夫人の言葉から非常な暗示を得たのです。そこで直ぐ、外に出まして、其処にいられた一人の刑事さんに耳打ちしたのです。そうして、また、此処へ引返して、後の話を立聞いていたのですが、多分、もう刑事さんが――」

緑川が言い掛けると、その言葉が合図でもあったように、一人の刑事がツカツカと部屋の中に這入って来た。そうして、署長に一寸礼をすると、直ぐ緑川に向って言った。

「君、君の言った通り、ちゃんと見つかったよ。それッ」

掛声と一緒に、彼は手にしていた一羽の鳥を投げ出した。それは鸚鵡《おうむ》だったが、急に自由になったので、バタバタと舞い上って、窓に噛じりついたが、だんだんと上の方によじ登って、やがて、一番上部の回転窓の所に来ると、其処で、やっと落着いたという風に、羽を休めて、嘴《くちばし》を開くと、突然、「人殺しッ！」と叫んだ。そうして、ケロリとして、驚く人々を見下しながら、バタバタと窓の外に飛出して行った。

署長初め人々の驚きの納まらないうちに、緑川は喋り出した。

「皆さん、人殺しと叫んだ正体は、即ち今の予め馴らされた鸚鵡であります。驚嘆すべき天才的頭脳を持った犯人は、嫌疑を転嫁すべき私達が近づいたのを見るや否や、今まで何気なく対談していた作兵衛に、突如飛び掛って、短刀で刺し殺し、飼馴らした鸚鵡を残して、素早く部屋の外に逃げました。そうして、窓の外から鸚鵡を呼んだのです。鸚鵡は今皆さんの眼の前でした通り、一声高く『人殺しッ』と叫んで、上部の半開きの回転窓から、飛び出したのです。鸚鵡はそう飛べるものではありませんから、何処《どこ》かの樹に休んでいるでしょう。つい今し方、この刑事さんが捕まえて下すったように、直ぐ捕まることと思います。皆さん、なんと、巧妙極まる手段ではありませんか」

「うむ」署長は一声唸って、額に冷汗を滲《にじ》み出させた。私は余りの恐ろしさに戦慄した。ああ、何という驚嘆すべき罠だろう。殺して置いて、素早く唯一の出入口の扉《ドア》から逃げ出し、残して置いた鸚鵡に人殺しッと叫ばせて、僅かに開いた上部の窓から飛出させる。人殺しという叫び声を聞いて駆けつけると、そこに今刺されたばかりの人が倒れている。犯人の逃げ出した形跡は全然ない。疑いが第一に駆けつけた人に掛るのに当然ではないか。誰しも死んでいる人間が声を出すなどとは思わない。人殺しの叫び声を聞きつけた時には、まだ被害者は生きていて、加害者に抵抗している最中だと思うに違いないのである。

「ところで、真犯人は」緑川は人々の驚き呆れている中で、さして得意そうな態度も見せずに語り続けた。「作兵衛と親しく話していて、彼の油断を見透《みす》まして、短刀で刺し殺せる者、そうして、彼の存在を欲しない者です。犯人は疑いもなく作兵衛を、この別荘に誘き出したものです」

「は、犯人をいって呉れ給え」

すっかり態度を変えた署長は、緑川を驚嘆するように見上げながら叫んだ。

「申しましょう。犯人は紳士の仮面を被った南米食い詰めの無頼漢です。彼は帰朝早々、或る家の未亡人が盲目であるのを奇貨として、兼ねて知合だったその家の執事と心を合せ、未亡人を欺《あざむ》いて、彼女が幼時に手放した子供になり済まして、まんまと、その家に這入り込みました。ところが、突然、彼の面前に恐るべき敵が現れました。その人こそ、その家の真の子息だったのです。その悪漢は奸言《かんげん》をもって、深夜その息子を家に誘《おび》き入れ、兼ねて邪魔だと思っていた執事を殺して、南米で手に入れた、真の息子の短銃《ピストル》を利用して、罪を押しつけたのです。実はこの事件には私も関係しておりまして、ある事情から、私もその悪漢に騙されて、息子をその家に誘き入れる手助けをしてしまったのでした。そこで、私は一生懸命に努力して、その可哀そうな冤罪者を無罪にしました。そうして、私はその息子を証明して貰うために、此処へ作兵衛老人を訪ねて来たのです。すると、その悪漢は早くもそれを察し、彼に取って危険な作兵衛を殺し、その罪を真の息子に被《かぶ》せて、一石に二鳥を得ようとして、今、皆さんの眼の前に展開したような、恐るべき手段を取ったのです。犯人は云わずと知れた川島友美と名乗っている男です」

緑川は最後の言葉を大きく叫んで、川島の前に指を突きつけた。

「うぬ！」

川島は一声叫んで、無念そうに歯がみしながら、(ああ、私はあの時のような兇悪な物凄い形相を見たことがない) 緑川に飛び掛ろうとした。が、彼は傍《そば》にいた刑事達にしっかり抱き留められた。

「川島の今日の行動を調べて下さい」緑川は平然として言い続けた。「彼は川島夫人の後を追って、たった今此処へ来たように云っていますが、彼は夫人が来られるよりも早く此処に来ていたのです。尚《な》お、彼が密かに鸚鵡を飼っていたことや、その他、数々の前科については、民谷清子さんが証言するでしょう」

川島は両手をしっかり押えられながら、猛《たけ》り狂っていたが、この時に、うーんと一声唸《うな》ってグッタリと刑事の腕に倒れ込んだ。

緑川は茫然としている私に、叱るようにいった。

「井田君、何をぐずぐずしているのですか。あなたこそ、川島家の正当の相続人です。川島老夫人はあなたのお母さんです。さあ、早く、あの慈愛に充ちた胸に抱かれなさい」

私は催眠術に掛《かか》った者が暗示を受けたように、フラフラと老夫人の傍に寄った。老夫人は見えない眼を私の方に向けて、嬉しそうに手を出した。

私は老夫人の手に縋《すが》ろうとした時に、不意に部屋の中に飛び込んで来た若い女があった。彼女は私に縋りついた。

「先生！」

ああ、それは民谷清子の草野妙子だった。

彼女は老夫人の後を追って、この別荘に来たのだった。

奇怪な手紙

事件は片づいた。川島友美を名乗っていた悪漢は処刑された。私が川島家の相続人で、幼い時に棄てられた者であることも証明された。私は晴れて、川島老夫人を母と仰ぐことが出来た。私が初めて老夫人に会った時に、何となく懐しく感じたのも、彼女が見えない眼で、私を痛わしく思い、庇おうとしたのも、みんな潜在的な肉親を慕う気持ちがさせたのだった。

ところで、妙子の問題であるが、彼女はブラジル丸の船中で、民谷清子から婚約の男だといって示された写真を一眼見た時に、それが南米で有名な仮面紳士の悪漢であることを知った。彼女は大いに驚いたけれども、清子のイルージョンを破るに忍びないで、そのことはいわなかった。しかし、清子は女性の敏感でそれを悟ったと見えて、死ぬ少し前に、遺産相続に関する書類を妙子に与えて、川島友美との結婚は取消して、一切の財産権を妙子に譲るという遺言に署名したのだった。

所が思いがけなく船は難破して、妙子は救い上げられたが、彼女は息を吹き返したころには、誰もが彼女を民谷清子と呼んでいた。人々は彼女の持っていた書類から、思い違いをしたのだった。妙子はそれを否定する気力もなく、二日三日送っているうちに、本国へは清子として打電されるし、船の人達は誰一人清子として疑うものがなかったので、彼女はとうとう真実のことを語る機会を失ってしまったのだった。その上、彼女はもとより清子の財産を貰おうと思えば貰い得るようになっていたし、横領するなどという気は微塵《みじん》もなかったので、つい清子になり澄ましてしまったのだった。

彼女は川島友美に会った時に、直ぐ打ち明けて、世間にも発表する積りだったところ、友美は彼女の顔を見て、大いに驚きながら、彼女が世間に発表することを確く留めるのだった。妙子は川島家の様子を見ると、未亡人の何となく悲しげな有様といい、執事が蔭で友美に対する横柄な態度といい、如何にも秘密ありげなので、その秘密を探り出して、旧悪を暴露して、友美を葬ってやろうと決心して、そのまま民谷清子と名乗り続けていたのだった。

私を川島邸に誘き寄せたのは全く川島友美の計略で、彼女のあずかり知らない所だった。川島は多分緑川がこの事件に頭を突込んでいるのを知って、そっと彼の行動を探っていたのであろう。(思うに緑川が私を真の父に会わせるために、ホテルに連れ込んだことなどを、探知したのではなかろうか)巧《たくみ》に緑川を欺いて、私を邸内に来させたのだった。さすがの緑川も妙子の頼みとのみ信じて、まんまと一ぱい食ったのである。ところで、緑川保は一体どうしたのだろうか。彼は千葉の別荘で、悪漢川島が力尽きて卒倒し、妙子が不意に飛び込んで来て、ゴタゴタしている暇に何時の間にか姿を消してしまった。そうして、それっ切り、煙のように行方が知れないのである。緑川は私の大恩人であるから、どうかして探し出そうとしたが、どうしても消息が知れないのだった。私は何としても緑川の怪行動が解《げ》せないので、何となく心の奥にわだかまりがあったが、ある日私は突然緑川から手紙を受取った。それには次のような驚くべきことが書かれていたのである。

川島信一君。

何もかも解決してお目出とう。真実の母の懐に帰られるし、巨万の富を持った美しい令夫人は得られるし、実は僕は蔭ながら羨ましく思っている次第だ。

所で、君は僕の正体について、不審を抱いていられるだろうが、実は僕はいろいろと変った名を持っている男で、法網を潜って、不正を働きながら栄えている人間を、懲《こら》すのに異常な趣味を持っている者なのだ。巧に法網を潜っている人間は、中々法律一点張りでは押えられない。僕は時に犯罪をも敢えてして、彼等の頭上に天誅を加えるのだ。

川島の事件がそれだった。僕は彼が偽者であることを看破ったが、どうしても尻尾を押えられない。たまたま桝本弁護士に、幼年時代に手放した子供の行方を尋ねている老人があると聞いて、その老人が川島老夫人の昔の恋人ではなかったかと思っている所へ、その老人が尋ねているという子供の人相と、そっくりの君を偶然見つけたので、試みに君をその老人の所へ連れて行った。所が、老人が急死したので、僕の企ては失敗したが、僕はますます君を川島家の正当の相続人と信ずるようになった。そこで、ああいう結果になって、とうとう僕が成功した訳である。

君は屹度《きっと》、僕に謝礼を送りたいと思っているだろう。しかし、その心配は無用だ。僕はいつでも謝礼は悪人から貰うことに極めている。川島友美は彼が南米時代に不正な方法で得た宝石を可成り持っていた。それは執事を買収したり、その他いろいろと悪事を企てるについて、大分手放したがまだ少し残っていた。それを、彼は何時か別荘で署長に答えた通り、別荘の一室に隠したのだ。それは、君に作兵衛殺しの嫌疑を掛ける時に、君が何故あの別荘に忍び込んだかという説明に使う積りだったのだ。即ち君は隠してあった宝石を盗みに来て作兵衛に見つけられて、兇行におよんだということになるのだった。

僕は永居《ながい》は無用と、ドサクサ紛れに、あの別荘を逃げ出す時に、川島の隠して置いた宝石を取って逃げた。僕はこれを謝礼だと思っている。悪い奴の上前をはねたのだから、別にほかの人の迷惑にはならないし、それがまた他日、法網を潜って栄える奴に天誅を加える時の費用の一部になるのだから、許して貰えるだろう。では幸福に暮し給え。

緑川保と名乗った男

私はこの手紙を読んで、アッと驚いたが、間もなく忘れるともなく忘れてしまった。

私はこの手紙にも書いてあった通り、川島家を相続し、妙子を妻にした。天涯の孤児で、誰一人頼る者はなく、世を儚《はか》なんでいた私だったが、今は盲目ながら慈愛に充《み》ちた母を仰ぎ、恋人を妻にして、巨万の富を得た。私は世界一の幸福者だと思っている。

山荘の殺人事件

雪の誘惑

「雪国の雪と云《い》うものを一度味《あじわ》って見たいものね」

私は縫物の手を休めて、傍《そば》で夕刊に見入っている夫に、ふとこんな事を云った。その年の冬は、例年より雪が多くて、夫の読んでいた夕刊には、各地の雪便りが絵入で大きく出ていた。私は幼い時から東京に育って、雪らしい雪と云うものを経験した事がなかったので、冬が来ると、いつも雪国の雪に一種の憧憬《あこがれ》を感じるのだった。

「じゃ香山の別荘に行こうか。あそこは山は山でも高原で、スキーなどは出来ないが、雪ならいくらでもあるよ。年賀状にも一月の半《なかば》から山に行くと書いてあったから、今は別荘の方にいるに違いない」

夫は即座に気軽く云った。香山と云うのは夫の中学時代からの友人で、信州の諏訪町で大きな製絲工場を経営していた。そして諏訪町の附近で、諏訪町よりはずっと高い富士見高原に山荘を持っていた。夫は夏の頃そこへ二三度行った事があるし、香山さんが東京へ来ればきっと私の家を訪ねたし、私は香山さんも夫人の葉子さんもよく知っていた。

「スキーなど、どうせする気もなし、やれもしないのだけれど」私は云った。

「富士見なんて、随分《ずいぶん》寒いでしょうね」

「うん、随分寒いそうだ」

「そんな寒い所へ香山さんは何しにわざわざ行くんでしょう。諏訪なら寒いと云っても温泉もあるし、スケートだって出来るし――」

「奴は鉄砲を打ちに行くのさ」

香山さんは鉄砲気違いだった。狩猟期の来るのが待ち切れないで、一月も前から毎日鉄砲の手入ればかりしていると云う話を、葉子さんから聞かされた事があった。

「熊でもいるのかしら」

「さあ、釜無川の向うの山奥にはいると云う事だけれども。なに奴のは別に獲物はなくても、鉄砲さえぶっぱなしていればいいんだよ。妙な病気だね。別荘の地下室を射的場にして暇さえあれば短銃《ピストル》の射撃の稽古をしているんだから」

夫の話ではコンクリート造りの宏壮な洋館の地下室には三十坪にも余る広い部屋があって、そこでは時々諏訪町の人や富士見村の人を集めて、活動写真を見せたりしたが、本来の目的は短銃《ピストル》を射つのが楽しみで、射撃の腕前も見事なものだった。

「短銃なんか稽古して何が面白いんでしょうね」

私が眉をしかめると、夏に香山さんの別荘を訪ねては、いつの間にか短銃射撃の面白味を覚えていた夫は云った。

「やって見ると、なかなか面白いものだよ。つまり、弓の稽古をしたり、玉突やゴルフをやるのと同じさ。上手になれば腕前を誇る事も出来るし、男性的な遊戯だよ」

「いやね。短銃を射つ遊戯なんて」

私はこの時は只はずみでこんなことを云ったのだったけれども、短銃の射撃を遊戯にしていた人達が、そのために、どんな恐ろしい災いを受けたか、それは後で分ったことだった。

私達はそれから暫《しばら》く富士見高原行きの相談をした。夫は一週間位なら会社から暇が貰《もら》えたし、暮に貰ったボーナスもまだ大分残っていたし、香川さんの都合を聞いて、返辞によっては別荘を訪ねる事に極《き》めた。

「富士見高原が詰《つま》らなかったら、諏訪町へ行くさ。諏訪なら温泉もあるし、スケートも出来るし」

出嫌いの私が珍らしく夫に同意したので夫はいそいそと元気よく云った。

夫人の憂うつ

香山さんの返辞はびっくりしたほど早く来た。それは心からの歓迎の言葉が連《つら》ねてあった。葉子さんもわざわざ手紙を同封して、私が行くと云う事を、どんなに喜んでいるかと云う事を冒頭にして、今は諏訪町の知人で神永と云う中年の夫妻が滞在しているけれども、気の置けない人だし、家も十分広い事だし、是非来て呉《く》れるようにと呉々《くれぐれ》も書いてあった。私達はとうとう出かける事にした。

朝の十時に飯田町を発《た》った私達は午後の五時過ぎ高原の小駅富士見に着いた。それは可成《かな》り長い時間だったけれども、私は甲斐路の旅は始めてで、山国の景色の珍らしさに少しも退屈を感じなかった。

甲府を過ぎて汽車があえぎあえぎ富士見高原に登り初めた頃、雪がチラチラと降り出したが、高原に登りつめて、甲斐から信濃にはいる時分には、車窓の外はなんにも見えないほど激しい降りとなった。夫の話ではここいらは一万尺級の高山が屏風《びょうぶ》のように立っているのだそうだが、そんな雄大な景色は少しも見る事は出来なかった。

富士見駅に降りた時にはあたりはもう薄暗くなりかけていた。ここは八ヶ嶽の裾野の高原で一万尺近い峰を八つも持っている八ケ嶽の雄姿が眼近く迎ぎ見られる筈だった。然《しか》し酷《ひど》い吹雪と迫って来た夕闇は、八ケ嶽は愚か、一間先も見通せないほどだった。

香山さんの別荘は、駅から半里ばかり離れた、小高い丘の上に二三軒の別荘と一緒に建っていた。私達は迎えに来ていた自動車に乗った。

吹雪を衝《つ》いて自動車が走り出した時に、私はもうそろそろ後悔を始めていた。山国の雪と云うものは、私が想像していたように美しいものでもなければ、東京の雪から考え及ぶような生やさしいものではなかった。第一、自動車の中にはヒーターがある筈であるし、着物もその積《つも》りでうんと着ているのだけれども、寒さはしんしんと身体の中まで沁《し》み通るのだった。雪は自動車の窓に凍りついて、あの振り子のような機械では容易にそれを払いのける事が出来なかった。吹雪の為《ため》に外はよく見えないけれども、それがどんなに荒涼たる田舎道を走っているかと云う事は、私には分り過ぎる程だった。両側にも行手《ゆくて》にも、螢のような燈りさえ洩れてはいなかった。海抜三千尺の高原の吹雪！　何と云う淋しさ、何と云う頼りなさだろう。私の心は自動車の窓に凍りつく雪と共に、只重くなるばかりだった。

自動車は然し、十分とは走らなかったろう。私達はやがて丘の上の別荘に着いた。車から降りて、暖炉の赤々と燃えている客間に通った時に、私はホッと安心の息をついた。然し、葉子さんの何となく元気のない顔つきは、再び私の心を暗くした。あれ程手紙で熱心に歓迎して呉れた葉子さんであるから、私を見たら抱きつく様に喜んで呉れなくてはならないのに、それ程の喜びを見せないのだった。

「お迎えに行くんでしたけれども、料理の出来る女中が急に病気になって、家へ帰しましたのでね。それに、又突然お客さんが一組増えたもんですから」

葉子さんは弁解するように云った。

「まあ」私は云った。

「そんなのでしたら、私達は御遠慮すれば好かったのに――」

「いいえ、好いんですのよ」葉子さんはあわてて云った。

「私、馬鹿ね。こんな事を云ったりして。私どんなにあなたのいらっして下さったのを喜んでいるか知れないのよ。気にしないで下さいね」

葉子さんの言葉は心にもない事を云っているとは思えなかった。私は安心しながら云った。

「どなたですの。お客さんは」

「多分あなたの御存《ご》じの方よ。園部春野さん、今は友成妙子夫人、御主人と御一緒なの」

「え、園部さん？　ええ、あの方なら会った事はないけれども、能《よ》く知っていますわ」

私は葉子さんの沈んでいる訳が少し分ったような気がした。園部春野と云うのは最近まで、かなりスクリーンで活躍した女優で、つい近頃やはり俳優仲間の友成恭一郎と結婚して、女優生活を辞めたばかりだった。園部春野、今は友成夫人の妙子は、香山さんが葉子さんと結婚前に何か交歩があったらしく、噂の種になった事があったのだ。私の夫もその間にはいって、やはり噂に上った事があるらしいのだが、私はそれについては委《くわ》しい事を知らないのだった。私は夫の現在に信頼して、昔の事など心に掛けない積りだけれども、潔癖でお嬢さん育ちの葉子さんは、そうした関係のある友成夫妻が訪ねて来る事を、余り好まないらしいのだった。

「折角、あなたがお出で下さるんだし、私は断りたかったのですけれども――」葉子さんはちょっと声を落して云った。

「そんな事」私は云った。

「私達の方を断って下されば好《よ》かったのに――」

「いいえ、そんな事ないわ。済みませんでしたわ。あなたにまで気まずい思いをさせたりして」

「いいえ、そんな御心配はいりませんわ。私はどなたがお出になったって構いませんわ。かえって話相手があって好いわ」

私はわざとはすっぱに云った。葉子さんはやっと安心したように、

「そう。そう云って下されば私も安心だわ。本当に気が利《き》かないと思われやしないかと思って――」

「そんなことないわ。春野さん、じゃなかった。妙子さんはいついらっしゃるの」

「次の上りで来る筈《はず》なの。長野の方から廻って来たので、昨夜は諏訪に泊ったらしい

の。香山は諏訪まで迎えに行ってるのよ。尤《もつと》も工場の方に用はあったんですけれども。あなた方を放って置いて、本当にいけない人ね」

葉子さんは云いにくそうに云った。然し、葉子さんは夫が私達をさし置いて、友成夫妻をわざわざ諏訪町まで迎えに行った事を私達の為と云うよりは、彼女自身の気持の上で、大分問題にしているらしいのだった。

「私達なんか構いませんわ。諏訪に工場を持ってらっしゃるんですもの。お住居もあるのだし、御用が主でいらしたんでしょう。葉子さん、そんなに気にしなくても好いわ」

「有難《ありがと》う。哲子さん。私本当にあなたがいらっして下すったのを、心強く思っているのよ」

葉子さんは意味ありげにこう云って、私の手をぎゅっと握りしめた。

惨虐《ざんぎやく》な画

日がとっぷりと暮れた頃、香山さんは友成夫妻を連れて帰って来た。私達は客間でお互《たがい》に紹介された。いつもならみんなの間に立って、行き届いたもてなしをする葉子さんは、いつの間にか食事の支度に台所の方に引込んでいた。それが私には料理の出来る女中が病気になった為ばかりとは考えられなかった。

妙子さんは身体の二つ振りもあるような毛皮の外套《がいとう》を脱ぐと、下に眼の覚めるような緑色のドレスを着て、首には粒の揃った見事な真珠の首飾を掛けていた。スラリとした明るい顔の妙子さんには洋装がよく似合った。美しさではどっちとも云えないけれども、二つ三つ年嵩《としかさ》だけに、葉子さんの方がどことなく、落着いて奥様らしい。妙子さんはどっちかと云うと我儘《わがまま》で無邪気なお嬢さんに見えた。

神永さんと云う人は諏訪町の実業家という事で、頭が半分ばかり白くなっている頑丈《がんじょう》そうな、然し中々《なかなか》ユーモラスな紳士だった。神永夫人は金縁の老眼鏡を鼻の先にぶら下げて、眼鏡越しに人の顔を見ると云ったような、女流教育家型《タイプ》の人で何となくとっつきが悪そうに思えた。友成さんはいかにも二枚目役者らしい色白の女のような人だった。

香山さんは瀬川――夫の苗字――と元気よくしきりに話していた。女連は初対面の挨拶がすむと、いろいろと世間話をした。

一通り話がすむと、私はもう話題もなくなったし、話しづかれもしたので、そっと安楽椅子に腰を下して読みかけの探偵小説「仮面鬼」を拡げて読み初めた。すると神永夫人が傍に寄って来て訊《き》いた。

「小説ですの」

「ええ」私はうなずいた。

「探偵小説ですの。あなたは殺人事件などお好きですか」

「いいえ」神永夫人は身ぶるいをして見せながら、

「殺人事件など真平《まつぴら》ですね。私はやはり家庭小説のようなものが結構ですよ。殺人事件と云っても小説なんですから、小説の殺人事件というものは中々面白いものですよ。始め犯人かしらと思っている人の疑いがだんだん晴れて来て、お終《しま》いに飛んでもない人が本当の犯人だったりしますの。ですから、読みながら犯人を見つけるのが楽しみですわ」

「そうですね。でも考えながら読んだりするのは面倒ですね。あなたのように頭のいい方なら別ですけれども」

「まあ、とんでもない。頭なんかちっともよかありませんわ。でも好きなんですの」

「その小説ではもう犯人が分りましたか」

「いいえ、大変疑われていて、犯人はこの人に違いないと云う人がありますけれども、之《これ》はきっと犯人じゃありませんわ」

「では探偵小説では犯人は一番疑われていない人だと思えば間違いない訳ですわね。本当の事件の探偵も、そう云う風に行けばさぞ楽でしょうね」

「全くですわ。オホホホホ」

私は神永夫人と顔を見合せて笑った。そこへ一人だけ残っていた小柄な可愛い顔をした女中が食事の用意の出来た事を知らせて来た。

食堂ではすべてが愉快に進行した。外では吹きつのる風に、雪は益々躍《ますますおど》り狂って降りしきっていた。然し、部屋の中は明るく且《か》つ暖かだった。神永氏は滑稽な事を云ってはみんなを笑わした。葉子さんは先刻のちょっとした憂うつは忘れたように、すべての人に万遍なく愛想を振りまいて巧みにもてなした。妙子さんは明るい顔を益々明るくした。無口な夫さえついに似ない冗談口を利いたりした。

談笑のうちに晩さんは済んだ。

「みなさん、食後の休息が終りましたら、どうぞ地下室へお出で下さい。映画を御覧に入れますから」

香山さんが元気よく云った。

客間で暫くくつろいだ後、一同は台所に出て、そこから地下に通じている階段を降りた。地下室の突当《つきあた》りの壁には映画の幕が張ってあった。その両側には射撃の的《まと》が掲げてあった。

部屋の中ほどに台があって、そこには小型の映写機が置かれていた。香山さんは映写技師になって、早速映写を始めた。映画の中には映画会社の製作したものや、香山さんが撮影したものなどあった。客達は一巻が終る毎《ごと》に拍手したけれども、実際は余《あま》り面白いものではなかった。私は少し退屈を感じた。

映写が始まると、間もなくリンリンと電話のベルが鳴り出した。その音で気がつくと、映写機の置いてある台の上に卓上電話器があって、それが鳴ったのだった。妙な所に電話器があると思って、そっと夫にきいてみると、香山さんは地下室で射撃に夢中になっていて、工場で大事が起って相談しなくてはならない時に困る事があるので、こんな所に卓上電話が備えつけてあると云う事だった。

香山さんは卓上電話を取り上げると、不興そうに答えた。

「うん、始めてるんだよ。三十分ばかりしたら止めるよ。うん、承知した」

ガチャリと受話器を掛けた香山さんは、誰に云うとなしに云った。

「この家の電気は特に工場の方から引いてあるので、ここで電流を余計に使うと、すぐ電圧《ヴォルテージ》が落ちて、工場の機械の運転に影響するのでね。丁度《ちょうど》渇水期だし田舎の電力会社は出力《アウトプット》が小さいから困りますよ」

香山さんは再び映写を始めた。三十分ほど経つと、電鈴が又《また》激しく鳴り始めた。

「うん、武山君か」受話器を取上げた香山さんはうるさそうに云った。

「君の考えは分っているよ。尾間君には映写が済んだら、その方に掛ると云って置いて呉れ給え」

受話器を置いた香山さんは、又新しいフィルムを取出した。

「まだ十時前だからもう一つやりましょう。之は欧洲大戦中のある惨虐な場面を撮影したもので、珍らしいものですよ」

私は香山さんの言葉を聞いて、もう沢山だと言う風に首を振った。神永夫妻も私に賛成らしかった。然し、妙子さんが、

「是非《ぜひ》見せて下さい。私、そんなのが大好きよ」と熱心に云ったので、みんなはおつき

合いをしなくてはならなかった。

白状すると、私は惨虐な場面が耐《たま》らなくて、半分以上眼をつむっていた。所が、驚いた事には妙子さんは、時々アッと云うような叫声《さけびごえ》を出して、野獣が血の滴《したた》る肉塊を見た時のような身振りをしながら、夢中で映画に見入るのだった。更《さら》に驚いた事には、映写が済むと、もう一度見たいと云うのだった。

流石に友成さんがそれを留《と》めて、抱えるようにして上に連れて行った。妙子さんはその途中で香山さんの傍《そば》を通ると、香山さんの手をぎゅっと握りしめながらこごえで云った。

「有難う。香山さん、本当に面白かったわ。他の人は面白くなかったかも知れないけれども、私は本当に面白かったわ。あたし達の血は矢張《やは》り赤いわね」

香山さんはあっけに取られて、握られた手を眺めていた。最後の言葉は香山さんの耳には入らないらしく思われた。私はふと葉子さんの方を見た。葉子さんは顔をこわばらして、じっと妙子さんのうしろ姿を睨んでいた。私は見てはならないものを見たように、ハッと顔をそらしたが、その時に神永氏が夫人に助けられて、よろよろと私の傍を通るのにぶつかった。私は又アッと驚いた。惨虐な映画を見た為であろう。神永氏の顔は土のように蒼ざめて、ワナワナとふるえていたのだった。

「麻雀でもなされば気分が直りますよ」

夫人は神永氏に囁《ささや》いていたが、その夫人は四百人の人間が虐殺される血腥《なまぐさ》い場面を見せられた人と思えないほど、顔のつやも言葉つきも微動だにしていなかった。探偵小説の殺人事件でも嫌だと云っていた夫人だが、彼女も私のように眼をつむっていて映画は少しも見なかったのだろうか。

私はたった一巻の映画によって、外面から計る事の出来ない人の心を、知る事が出来たような気がした。

恐ろしい叫声

地下室には香山さんと葉子さんと夫と私とが残った。香山さんが何か云おうとすると、葉子さんはそれを押《おさ》えて、

「私は明日の朝の支度をして置かなくてはなりませんから、失礼しますわ」と云って階段を上って行った。

香山さんは私の方に向いて云った。

「奥さん、短銃《ピストル》を射つ稽古をしませんか」

「沢山《たくさん》ですわ。私にはとてもそんな事は出来ませんわ」

「なに、訳はないのですよ。奥さん。私達は・二二《ポイント》を使うんですが」香山さんは机の上から短銃を取上げて、私の掌に押しつけながら、

「恐くも何ともありませんよ。実弾は入ってないんですよ。射《う》つ事なんぞは本当に一分と経たないで覚えて終いますよ」

「でも、何だか気味が悪いですね」私は持たされた短銃のやり場に困りながら云った。

「間違って射たれたりしちゃ大変ですから、まあ止めて置きましょうよ」

「奥さん。まあやって御覧なさい。此頃《このごろ》の若い奥さんが短銃の射ち方を知らないなんて恥ですよ」

香山さんはしつこく勧めるのだつた。私はどうしようかしらと云う風に夫の顔を見ると、夫は、

「お前なんかに短銃が射てるものか。こんな事を覚えたって仕方がないよ。それより葉子さんのお手伝いをして上げたら好《い》いじゃないか」と云った。

私はそれを機会《しお》に短銃を香山さんに返した。

「又この次に教えて頂きますわ」

私は二人を地下室に残して階段を上った。

「・二二より・四五が好いじゃないか」

夫がそんな事を香山さんに云っているのを聞き流して、台所に行って見ると、葉子さんは女中を先に寝かせて終ったらしく、一人でせっせとお味噌を摺《す》っていた。私の顔を見るとつっけんどんに云った。

「どうしたの。短銃はお止《や》め？」

「二人は射っているわよ。私はお手伝いに来たの」

「お手伝いなら沢山《たくさん》。私勝手だけれど、一人でしている方が気楽で好いわ。済《す》みませんけれど、あなたあっちへいらっしして麻雀の仲間にでも入って下さらない」

葉子さんは妙子さんの事を気にかけているらしかった。そうして本当に一人でいたいような様子だつたので、

「そう、では私失礼するわ」

と云って、私は台所から食堂を抜けて元の広間に戻った。二階へ上る階段の傍にラジオがあったので、私はその前に坐って、ダイヤルを動かして見た。富士見高原は海抜三千尺ある上に、本州の真中《まんなか》と云って好い所を占めているので、ここでは、名古屋は元より東京大阪広島北海道とどこでも聞く事が出来ると、かねて葉子さんが自慢していたので、どこか聞えるかと思ったが、只ジージーと云うだけで何にも聞えなかった。

私は所在がなくなったので、客間にそっと入った。客間の隅の方では卓子《テーブル》を挟んで、神永夫妻と友成夫妻とが麻雀に夢中だった。私は安楽椅子の上に投げてあった小説を持って、又そっと広間に出た。そうして一等明るい所に陣取って読み初めた。

私は物語の面白さにいつとなく引き入れられた。縮《ちぢ》れ毛の紳士が惨《むご》たらしく殺されている場面など、たった今戦争の惨虐な映画に眼を瞑《つむ》った私だったけれども、この方は反《かえ》ってぞっとしながらも強い興味を感ずるのだった。

夢中になって小説に読み耽《ふけ》っているうちに、麻雀をやっている連中の一人二人が私の前を一、二度往復したような気がした。そのうちに三十分も経《た》った頃だったろうか、葉子さんが台所から出て来て、そっと私の傍に坐った。葉子さんは先刻《さつき》私に邪慳《じやけん》にした事を後悔しているようだった。葉子さんは私が小説に読み耽っているので、又起立ってラジオの傍に行って、ダイヤルを捻《ひね》くったが、何にも聞えないと見えて、又私の傍に戻って来た。そうしてとうとう私に話しかけた。

「みんなは麻雀をしているのね、あたし妙子さんに聞きたい事があるのだけれども、邪魔するのは止《よ》しましょうね。妙子さんは三年振りで私の宅へ来たんだわ。そして来る早々麻雀で夜明かしをしようと云うのね。でも、幸福な人だわ」

葉子さんは沁々《しみじみ》した調子で云ったが、急に思い直したように、

「二人は何をしているんでしょうね。早く上って来て、皆さんにお酒でもあげればいいのに。何だか、家の中が変に騒々しいのね。風かしら、聞えて？」

私は耳をすました。併《しか》し、私には何も聞えなかった。家の中はシーンとしていた、短銃の射撃もいつの間にかやんだとみえて地下室はコトリとも音がしなかった。麻雀の方では時々ポンというかけ声や、牌をたたきつける音が聞えるきりでその音はシンとしたあたりに妙に反響して、反って淋しさを増すのだった。

「私には何も聞えませんわ。射撃も止んだようね」

「一体いつやめたのかしら。早く上って来ればいいのに」

「そうね、いつやめたのでしょう。あなたがこの部屋に来るチョット前じゃないかしら。よく分らないけれど、音なんてものはいつ始まったかということは分りやすいけれど何時終ったかということは分りにくいものよ」

「まあ、あいかわらずあなたは理窟《りくつ》屋さんね。一緒に行って二人を呼んできましょうよ」

葉子さんはたち上った。然し、私はとめた。

「ほっておきましょうよ。二人は何か相談があるらしいのだから」

「そう」

葉子さんは不承不承腰を下したが、

「もう随分《ずいぶん》遅いでしょうね。尤《もつと》も明日は昼まで寝たってかまやしないけれども。一体何時頃かしら」

葉子さんは一人言のように云いながら、カーテンを上げて、窓ガラスをこすって外をみた。

「ああ、お向うの杉本さんの所にあかりがついている。まだそうおそくないのね。杉本さんの所は早寝なんだから」

と、突然、轟々《ごうごう》という汽車の響がきこえて来た。

「ああ、やっぱり遅いわ。あれは下りの終列車だから、もう十二時だわ。哲子さん、二人を呼びに行きましょうよ」

私達は台所へ出た。そうして地下室への降口の扉《ドア》を開けるとサッと雪まじりの冷《つめた》い風が吹き上げて来た。

「ああ、分った」葉子さんは云った。

「二人は地下室の出口から外へ出たのよ。そうして扉をあけ放しにして行ったんだわ。しようのない人たちね」

が、葉子さんの言葉は仕舞《しまい》まで行かなかった。彼女の声は突如鋭い叫声に変った。ああ、その恐ろしい叫び声こそは私が終生忘れられないものだった。

「アッ、香山が死んでるッ。瀬川さんが射ったのだッ！」

夫はどこに？

私はどういう風に階段を降りたか覚えていない。私はフラフラした足どりで、身体をブルブル震わせながら、二三段降りたように思うが、その途端に家中の電燈がパッと消えてしまった。葉子さんはキャッと叫んで私にしがみついた。広間の方からガヤガヤという人声が聞えた。やがて上から神永氏がどなる声が聞えたた。

「ど、どうしたんですかッ。誰か地下室に落《おっ》こちたのですかッ」

「香山さんが殺されたのです。葉子さんがみつけました」

私はかろうじて叫んだが、声は変にかすれてまるで他人の声の様だった。

「な、なんだって」

上から矢のようにかけ降りたのは友成さんだった。

「女の人はどきなさいッ。犯人は何処に隠れているかも知れない。瀬川さんは何処《どこ》に居る。やっぱりやられたのですかッ」

友成さんは葉子さんによびかけたのだと思った。併《しか》し、闇の中からは何の返辞も来なかった。

「や、葉子さんが気絶している。灯火《あかり》を」

友成さんは躍起《やっき》になって叫んだ。そうして、いらいらしながらマッチを摺《す》っては地下室を歩きまわった。

「瀬川さんはいない。どこにも居《い》ない。ああ、手提電燈かローソクがないかなぁ。マッチでは仕方がない」

上からは喧《やか》ましく私に上って来いと呼んだ。私は広間に上って、神永夫人と妙子さんの傍にならんだ。その間に、男の人達は葉子さんを居間にかつぎ込んだ。

「食堂の机に燭台《しよくだい》がありましたッ」

私はフト思い出して叫んだ。と、二人の婦人のうちのどっちかが姿を隠した。私にはどっちだったか分らなかったが、やがて、神永夫人がゆらゆらとゆらめく燭台を手にしてやって来た。私はその時に神永夫人を見てゾッとした。手燭《てしよく》を持った夫人の姿が、何だか妖怪変化ででもあるように感じられたのだった。

「葉子さんは元気を恢復しかかっています」夫人は云った。

「香山さんが死んでいるなんて信じられません。けれども葉子さんは身体にさわってみて確《たしか》に死んでいたと云っています。おお、恐ろしい！」

私は香山さんが倒れている姿をチラリと見ただけだった。葉子さんの肩越しに覗《のぞ》く途端に電燈が消えたのだから。然し、どういうものか、あの葉子さんの恐ろしい叫び声を聞いた瞬間から、私は香山さんが死んでいることを疑いはしなかった。私は一生懸命に叫んだ。

「葉子さんは瀬川が香山さんを過《あやま》って射ったのだと思っていられます。然し、私はそうは思いません。夫は射撃の腕前も確かですし、それに非常に注意深い性質《たち》ですから」

「瀬川さんは多分犯人のあとを追いかけられたのでしょう」神永夫人はうなずきながら云った。

「そうでなければ、瀬川さんもやはり、あの、同じような目にあわされているのでしょう」

神永夫人は私をなぐさめようと思ってこう云って呉れたのに違いない。慰めの言葉としては、何という残酷な言葉だろう。然し、そのことには言った夫人も聞いた私も気がついていなかった。私は夫人の言葉を聞いて、そのどっちかに違いないと信じた。神永氏がやって来た。彼の顔は何となく蒼ざめて生気がなかった。

「灯火《あかり》を何とかしなくてはいかん。葉子さんの容態は心配することはない。女中が起きて介抱しています。処《ところ》で、燈火ときちゃ、何しろ四本しかローソクがないのだから、心細いことじゃ」

「警察なり、お医者さんなりに電話をかけてはどう」神永夫人が云った。

「そうしたら何か灯火を持って来てくれるでしょう。男の方はどうか家にいて下さいよ。殺人犯人はまだ家の中にいるかも知れないのだから」

「お前の云う通りだ」神永氏は厳粛な顔をしてうなずいた。

「或《あるい》はそんなことかも知れん。というのは電燈の消えたのはこの家だけじゃ。それ、大《だい》分《ぶ》離れてはいるが隣の杉本さんの処はあのように電燈がついているからな。してみると、この家の電燈は吹雪のために故障を起したとばかりは云えんのじゃ」

皆は一様におし黙った。家のどこかに殺人犯人がひそんでいるという考えは新たな不安を人々に投げかけたのだった。ローソクのほの暗い光りはそうした不安を助長するのに十分だった。

「でも、なぜ、誰かの所へ電話をかけないの」妙子さんが始めて口をきいた。彼女は恐怖と寒さで歯をガチガチいわせていた。

「それとも電話も駄目になったの」

神永氏はうなずいた。

「電話も故障らしいのじゃ。雪で電線が断れたのかも知れないが、わしは他の原因じゃないかと思っている。わしは杉本さんの所へ行ってみよう。あそこの電話は使えるかも知れない。それまで友成さんに此処《ここ》に居てもらうことにしよう」

神永夫人は心細そうに華奢《きゃしゃ》な友成さんを眺めた。私も神永さんが出掛けることは心細かった。然し、可愛そうな葉子さん！　私たちは葉子さんの為に勇敢に振舞《ふるま》わなくてはならない。

「神永さん、どうぞ行って下さい」私は云った。

「私は何か温《あたたか》い飲物をこしらえて、女の方を元気づけますから」

「ではお願いしますぞ。すぐ帰って来ますから」

神永さんは裏口から出て行った。私はその背後《うしろ》にこびつくようにして、扉《ドア》の錠を固く降した。

「さあ、温い紅茶にブランデーを入れて、皆さんに上げましょう。でも」私は、此処で口ごもった。そうして眼に一杯涙をためた。

「もし、葉子さんが、私の夫が香山さんをたとえ過ちにせよ射ったものだと思って居られたら私の顔をみるのはおいやでしょう。どうぞ、あなた方で慰めてあげて下さいな」

私はあとの言葉はのどにひっかかってよく云えなかった。私は皆を広間の方へおしやって燭台をつかむや否《いな》や台所へかけ込んだ。

紛失した自動車

手燭片手に台所へ駈け込むや否や、私はそこにあった粗末な椅子に、ドッカと腰を下して暫く茫然《ぼうぜん》としていた。が、いつまでもぼんやりしてはいられない。私は気を励まして、起《た》ち上ると、石油ストーブに火をつけて、薬罐《やかん》に水を入れて掛けた。

外は真暗だった。雪は降り止んだらしいけれども、風は相変らず、ヒューヒューと吹いていた。私は窓硝子に額を押しつけるようにして、じっと真暗《まつくら》な外を眺めた。地下室から隙間《すきま》を洩《も》れる冷い風が、サッと裾を払った。私はふと思いついて、額を窓硝子から離した。

私は手燭を取り上げた。そうして、地下室への扉《ドア》の傍によると、把手《ハンドル》をグッと握った。私は夫がどうなったか、知らなくてはならないのだ。夫はどうかすると、地下室の隅にでも斃《たお》れているかも知れない。そうだ！　私は見届けなければならないのだ。

地下室は蠟燭の火も凍《こお》るかと思われるほど、冷え切っていた。私の眼は直ぐに、うつ伏しになっている香山さんの屍体《したい》の上に落ちて、そのまま、釘づけにされて終った。恐ろしさと寒さで、歯がガチガチと音高く鳴った。

けれども、私は必死の努力で気を引締めて、屍体から眼を離すと、ソロリソロリと歩き出した。私は部屋の隅から隅まで探し廻《まわ》った。先刻《さつき》は気がつかなかったが、部屋の隅には空箱のようなものやら、古呆《ぼ》けたがらくた道具が二つ三つ積まれていた。私はその背後も丹念に調べて見たが夫の姿は全然見当らなかった。

ああ、夫を思う一念とは云いながら、真夜中にたった一人、而《しか》も今し方殺された屍体の横たわっている部屋を探し廻るとは、何と云う大胆不敵さだろう。私が、こんな事が出来ようなどとは今まで夢にも思っていなかった。が、いよいよ夫がいない事が分ると私は急に恐ろしくなった。私は何かに追い立てられるように、階段を駈け上って、台所に飛び込むと、扉《ドア》をピッタリ締めた。

台所には何の変りもなかった。ただ、薬罐がピチピチと妙な音をたてているだけだった。水の入れ方が少なかったので、私が地下室を廻っている間に、すっかり蒸発して終ったのだった。

私があわてて薬罐に水を入れていると、手提電燈を持って、妙子さんが入って来た。

「葉子さんの居間に之《これ》がありましたの」

妙子さんは電灯を消しながら云った。

「どう、紅茶は出来まして」

「アノ、水の入れ方が少なかったものですから、沸くより前にたって終《しま》いましたの」

妙子さんはチョット変な顔をした。ああ、何よりも嘘の嫌いな私だけれども、どうして本当の事が話せよう。私は直《す》ぐ話を変えた。

「葉子さんはいかが、もう、お宜《よろ》しいの」

「ええ、葉子さんはもう一度地下室に見に行くと云って、聴かないの。けれども、友成が一生懸命に留めていますの。ああ、神永さんが早く帰って来れば良いのに」

妙子さんがこう云った時に、裏口の戸を叩く音がして、神永さんの声が聞えた。

「わしじゃ。開けて下さい」

妙子さんは動こうとしなかった。私は傍にあった火箸を摑《つか》んで、身構えながら戸口に行って戸を開けた。神永さんが、背の高い、肩の肉が盛り上って無精髯《ぶしょうひげ》をもじゃもじゃ生《は》やした熊のような男と一緒に這入《はい》って来た。この男が隣家の主人の杉本だったのは、少し意外だった。私は杉本と云うのは、矢張り香山さんのように、この土地に別荘をもっているのだと思っていたが、それは間違いで、彼は香山さんの工場に雇われているので、別荘の番かたがたこうして近所に家を当《あて》がわれて、毎日工場に通っているのだった。

「御医者さんを呼びましたが」神永さんは云った。

「自動車が生憎《あいにく》ないし、車は雪で駄目だし、歩いて来なければならないので、大急ぎで支度しても、一時間はかかるらしい」

「警察にはお知らせにならなかったのですか」

私はお盆の上に茶碗を並べながら聞いた。

「無論知らせました。諏訪署の署長が直《す》ぐ来ます。上り道じゃが、自動車だから、三十分位で来ましょう」

「アノ」私はふと思いついて云った。「先刻《さつき》香山さんが友成さん達をのせて、御自身で運転して来られた自動車が、裏の広場に置いてあったと思いますが、どなたか運転の出来る方に御願いして、お医者さんをお迎えに行って頂いたらどうでしょう」

「それがね奥さん」神永さんは意味ありげに私の顔を見ながら、「わしもその事には前から気づいていますのじゃが、どうしたのか、香山さんの自動車は見当りませんのじゃ」

殺人者の妻?

神永さんの意外な言葉に、私はハッと顔色を変えた。香山さんの自動車がなくなっているとは！　夫は自動車の運転が出来るのだ。夫は免状も取っているのだし、香山さんの自動車は、夏に遊びに来た時に度々乗り廻《まわ》した事があるのだ。もし、香山さんを殺した犯人が置いてあった自動車に乗って逃げたとしたら、夫がそれを素足で追い駈けると云う事は、無謀のきわみだ。どうしても、夫が自動車で犯人を追いかけたものとしか考えられない。だが、夫は何故犯人を追う前に大声で助けを求めなかったのだろう。私達は格闘したような音も聞かないし、自動車が走り出した響にも気がつかなかったが、夫は私達に危難を知らせる余裕がなかったとは思えない。ああ、夫はホンのチョット他人に知らせるのを怠ったばっかりに、みんなから疑われるし、私は殺人者の妻であるかのように、みんなから冷たい眼を向けられるのだ！　私は夫の仕打ちが、急に恨めしく、腹立たしくなつた。

「え、自動車がありませんて、まあ、誰が乗って行ったのでしょう」

私は辛《かろ》うじて之だけの事を神永さんに云うと逃げるように台所を出て、紅茶をみんなの居る葉子さんの部屋へ持って行った。然し、私の足はここでもちゅうちょされた。ああ、私は又みんなから妙な眼で見られなければならないのだ。私は思い切って部屋に入った。

「あの、紅茶を入れましたから、みなさん召上って下さい」

「どうもお世話さまでした」神永夫人は云った。

「熱い紅茶を頂けば、きっと、みなさん元気におなりですわ」

神永夫人は茶碗を一つ取って、葉子さんに渡そうとした。葉子さんはそれを振り振うようにして、ムックリ頭を上げた。蠟燭の光で、葉子さんの顔は死んだ人のように蒼白《あお》かった。

「まあ、なんて図々《ずうずう》しい、こ、ここへ来るなんて。あ、あんまり厚かましいわ」

ああ、何時間か前に私を力にしていると云って、親しげに私の手を握った葉子さんは、ヒステリー女見たいに大声を上げ、私を罵るのだ。私は眼が熱くなった。

「葉子さん、瀬川がそんな恐ろしい事をしたように、お考えになるのを止めて下さいね。未だ証拠もなにもないのですから。私は瀬川がそんな恐ろしい事をしようとは、夢にも思いませんわ」

神永夫人が私達の間に入って、何か云おうとした時に、玄関のベルが激しく鳴った。

私は直ぐに玄関に駈け出した。瀬川が、アノ人好きのする無邪気な顔で、ケロリとしながら、玄関に立っている姿を想像しながら――

が、玄関には厳めしい金モールの制服をつけた警官と、鼻のツンととがった、痩せこけてヒョロヒョロした、かまきりのような男とが立っていた。

「私は諏訪署の司法主任で、鈴井と云うものです」かまきりのような男は、眼をギロリと光らせながら云った。

「この方は中森署長です」

署長は丸顔のでっぷり肥った太腹らしい人だった。私を見てニコニコしながら、

「あなたが香山さんの奥さんですか」

「いいえ、香山さんの奥さんは居間で寝て居られます」

「そうですか。兎に角、奥さんに会いたいですな」

私は署長と司法主任とを居間に案内した。

「奥さん、飛んだ事が起りましたそうで」中森署長は愛想よく云った。

「どうか委《くわ》しい話をして下さい」

「私には出来ません」葉子さんは私に云った時のように、ヒステリカルな声を上げた。

「どうか男の方から聞いて下さい」

私は葉子さんと顔を合《あわ》しているのが苦痛で耐らなかった。私はそここに置いてあっ

た呑みさしの茶碗を、さらうように集めると、台所に逃げるように引込んだ。が、私は台所にも落着いていられなかった。私はそっと二階の私達に当てられた部屋に上った。部屋の中には夫の外套と帽子が淋しくかかっていた。それを見ると、私の胸はキリキリと痛んで、今にも呼吸《いき》がふさがりそうに苦しくなった。ああ、夫はどこへ行ったのだろうか。私は一体いつまで、たった一人で取残されて、みんなから殺人者の妻として扱わなければならないのだろうか。ああ、何と云う辛い悲しい事だろう。私はそのままそこへ突伏して終った。

私は突然ハッと顔を上げた。誰かが扉《ドア》をノックしているのだ。私は半ば夢中で手燭を取上げて身構えしながら扉を開けた。

外には妙子さんが立っていた。

「ちょっとでいいから中へ入れて下さいね。私、頭が痛くて、今にも割れそうで、誰かと話でもしてなければ、立っても居ても耐らないの」

妙子さんはひどく昂奮していた。私は黙ってうなずいた。妙子さんは部屋の中へ入ると、椅子に横坐りに掛けてテーブルの上へガチャガチャとヴァニティ・ケースをぶちまけた。中からいろいろのものに交って細巻の煙草《たばこ》が三四本溢れ出た。

「どう、あなた煙草吸わない？　そう、じゃ、御免なさいね」

妙子さんはいらいらした手つきで、白い指に、「ピンク・レディ」を挟むと、蠟燭に顔を近づけて、スパスパと吸いつけた。

「本当に嫌になっちまう。お客に呼んで置いて、短銃《ピストル》、人殺し、ヒステリー、警官、探偵、何てい事だ」

妙子さんは私が居るのが眼中にないように、立続けに喋るのだった。

「あの高慢ちきな神永夫人。私はとても耐らない。そう云えば、瀬川さん。あなた、あの人を変だと思わない」

「え、神永さんが、ど、どう変なの」

「どうって事はないけれども私はそう思うのよ。まあ、好いわ、そんな事」妙子さんは又新しい煙草に火をつけながら、

「でもねあなた心配する事はないわ。あなたの御主人は間違いないわ。あの人は怒りっぽいけれども、蝿だって殺せやしない。きっと犯人を追駈けて行ったんだわ。ちょっと一言断れば好いのにね。明日の朝あたり犯人を捕まえて帰って来られるでしょうよ」

之が不断だったら、妙子さんから夫の事を、こんなに馴々しく云われれば、私はきっ

と、不愉快になっただろう。然し、今の場合は反《かえ》って嬉しかった。

「私もそう思っていますわ。有難う、友成さん」

「本当よ、瀬川さん。少しも心配する事はないわ」

妙子さんはそう云いながら、又いらいらと立上った。

「どうもお邪魔さま。私、階下《した》へ行くわ」

妙子さんが出て行くと、私は又がっかりして、崩れるように、身体を椅子に埋めた。私は頭も身体もすっかり疲れ切っている事が分った。今にもそのまま昏倒《こんとう》して終いそうだった。然し、私は倒れてはならないのだ。

私はふと卓子《テーブル》の上を眺めた。卓子の上には妙子さんが残して行った煙草が二三本転っていたがその中に小さい紙片が交っているのが眼についた。私は何気なくそれを取上げた。紙片には何か書いてあったので、善い悪いを考える余裕もなく、蠟燭にかざして、それを読んだ。

「君が僕達の間に何か事を起そうと云うなら、僕にも考えがある。僕はそれを防ぐ為に、どんな手段も辞さないぞ」

私は二度も三度も読み直した。ああ、私の最後の懸命の努力も、どうする事も出来なかった。私は唇まで土のように血の気のなくなるのを感じた。あたりがだんだん暗くなって来た。手燭の火が次第に遠のいて、赤い焔《ほのお》が螢の火のように微かに見えた。私はパッタリと床の上に倒れた。ああ、この紙片の手蹟《しゅせき》は夫に違いないのだ。瀬川がこの恐ろしい脅迫の言葉を書いたのだった!

三つの訊問

どれ位経ったか分らなかったが、私は扉《ドア》をノックする音に、ハッと呼び覚まされた。私の頭に第一に蘇ったのは、手の中に握り締めていた紙片《かみきれ》の事だった。私は深く考える暇もなく、蠟燭の火の中へ突込んだ。紙片はメラメラと燃え切った。

扉を開けると、かまきりのような探偵長が鋭い眼でじっとこちらを見ながら立っていた。

「訊問が始まりますから、下りて来て下さい」

「はい」

私は微《かす》かに返辞をして立上ったが、いかに努力しても、足許《もと》がよろよろするのが防げなかった。

階下《した》の広間には、もうすっかり人が揃っていた。葉子さんは蒼白い顔をしていたが、もう涙の跡はなかった。妙子さんは先刻《さつき》と違って、平気な顔をして外方《そつぽ》を向いていた。神永夫人は相変らず考え深そうな顔をして、泰然としていた。それに反して、友成さんは何となく浮かない顔をしていたし、神永さんは変にそわそわしていた。いざとなると、男よりも女の方が、感情を押し隠す事が出来るらしく見えるのだ。

人々の中に見馴《な》れない人が三人ほど交っていた。一人は明らかにお医者さんだった。残りのうち一人はずんぐりと肥《ふと》った背の低い、人の好さそうな男で、もう一人は、背が高くて、風采《ふうさい》は好いが手の細くて、普通よりずっと長いような、その為に身体全体が何となく奇妙な感じのする、むずかしそうな顔をした男だった。どちらも年は四十近いと思われた。

「あの二人は工場の人で、背の低い方が支配人の尾間、高い方が副支配人の武山さんです」

神永さんが、そっと私の耳許で囁いて呉れた。

中森署長は咳払いを一つした。

「みなさんも御迷惑でしょうが、職務上、止むを得ず訊問をしなくてはなりません。訊問中は多少失礼な言葉や、荒い言葉を使うかも知れませんが、之は止むを得ない事ですから、お許しを願います。本事件は誠に奇怪な点が多く、お医者さんの話では、犯罪は十二時以後に行われたと云う事です。所が御承知の通り、雪は十二時十五分から、一しきり激しく降りましたので、犯人と思われる者の足跡は皆無《かいむ》なのです。勿論、犯人の立廻りそうな要所には、厳重な警戒がしてありますから、やがて、犯人は逮捕される事と思いますが、先ず第一に瀬川さんと香山さんが二人切りになった時間を、精確《せいかく》に知りたいのです。どなたかお答え下さいませんか」

「十一時少し前です」私は進んで云った。

「私は二人に別れてからラジオを聞こうとしましたが、何にも聞えませんので、時計を見ますと十一時恰度《ちょうど》でした。私が最後に地下室を出たのです」

「ふむ。ではそれから射撃が始まったのじゃね。いつ射撃が止んだかと云う事が分りませんか。それが分ると非常に好いのだが。どうも、足跡が少しもないのでね」

「と云う事は」鈴井司法主任は半分独り言のように云った。

「犯人が雪が激しく降り出すと云う事を知って、それを利用したか、又は、犯人は内部にいて、逃げ出す必要がなく、足跡を残す心配がなかったか、そのどっちかだ」

私達はびっくりして云い合したように、司法主任の顔を眺めた。もし、この中に犯人がいるとしたら、それは何と云う気味の悪い事だろう。私達は行方の分らない瀬川の事に気を取られて、お互の事に少しも考えつかなかったのだが、私達は互に探るように眼を見合した。

「然し」署長は静かに云った。

「我々はたった一人、足跡を残さないで行方不明になった人のある事を忘れてはならん、雪の降り出した時間と、殺人の行われた時間との関係はまだハッキリしないのじゃ。所で、香山さんに聞くが」署長は葉子さんを呼びかけながら、

「あなたは御主人が誰かに恨まれていたような事実を、御存じないかね」

「ええ、以前は時々工場の雇人達と問題を起して、恨まれたりしましたが、この頃はそんな事はありませんし、今の所、そういう事は思いつきません」

葉子さんは割にハッキリした声で答えた。

「大分大勢お客があるようじゃが、あなたは女中を一人しか連れて来られないそうじゃ。いつもこんな小人数でやられるのかね」

「いいえ、いつも別荘でお客さんをする時には、二人連れて来ます。今度は突然一人が病気になりまして、ホンの子供みたいな女中を一人しか連れて来られなかったのです。尤も、急に予定より一組客が増えたのですけれども」

「急に増えたと云うのは、どの客ですか」

「友成さん御夫婦です。実は杉本さんの家内に、手助けに来て貰おうと思えば、出来たのですが、私はいっそ一人の方が気楽だと思ったものですから。杉本さんの家内は、香山が一人でこの別荘に来ます時に、いつも食事その他の面倒を見て呉れる事になっているのです」

「なるほど。それから奥さんは、いつ射撃が止んだか、気がつきませんでしたか」

「はい、全然気がつきません」

「もう一つ、あなたは何か参考になるような、変った事実にお気づきではありませんでしたか」

葉子さんは暫く黙っていたが、突然思い出したように、ギクリとした。そうして、急に酔った人のように叫び出した。

「あります、あります、たった一つあります。それは私が地下室へ二人の様子を見に行こうと云った時に、哲子さんが」葉子さんはこう云って、激しい勢いで、私を指さしながら、

「行ってはいけないと云って、留めました。あの時降りてたら、香山は殺されずに済んだかも知れません。何故留めたのか、哲子さんに聞いてみて下さい」

「ふむ」署長はじっと私の顔を眺めながら、「瀬川さん、それはどう云う理由でしたか」

「別にこれという理由はありません」私は出来るだけ悪びれずに答えた。

「瀬川が此処へ来る前に、香山さんと何か話があるようなことを云っていましたから、それを妨げるのは悪いと思って留めましたのです」

「その話というのはどう云う事ですか、分りませんか」

「多分、お金の事だと存じますが――」

私は力なくうつ向いた。夫は以前香山さんと、大分遊んで歩いた事があるらしく、その時代の借財が未だ残っているのだった。こんな事は私はおくびにだって出したくはな

かったのだ。然し、夫は今恐ろしい嫌疑をかけられようとしているのだ。疑いを晴らす為には、出来るだけ隠し立てはしてはならないのだ。

「あなたの御主人は香山さんと仲が悪いような事はなかったのですか」

「飛《と》んでもない。仲が悪い所か、兄弟のように親しいのです。尤も、以前一度仲違《たが》えをした事があるそうですけれども」

「以前と云うと、いつ頃ですか」

「もう、五六年も前の事です。私達が未《ま》だ結婚しない頃の事です」

「仲違えをした理由は何ですか」

仲違えの理由？　ああそれは当時園部春野と云っていた妙子さんの為なのだ。けれども、私がそれをどうして云う事が出来よう。而《しか》も、たった今、夫が妙子さんに宛《あ》てたらしい、脅迫状を見たばかりではないか。

「それは存じません」

私はきっぱりと答えると、ホッと苦しい息をついた。

署長は深く追究しようとしなかった。

「ふむ。では、あなたにも他の人と同様、三つの質問をするが、あなたは映画が済《す》んでから、殺人が発見されるまで何をしていたか。短銃《ピストル》がいつ止んだか気がつかなかったか。それから、何か他の人に怪しいと思われる節《ふし》がなかったか。——この点はここにいる人一同に注意して置くが、他の人の事を云うのは、その人に迷惑がかかるなどと思って、事実を隠してはならぬ事だ。諸君が詰らない遠慮から、隠したりすると、反って真犯人を逸して、正しい人に迷惑をかける事になる。事実を陳《の》べられて困るのは正しくない人間だけだ。宜しいか。その積りで、少しも事実を枉《ま》げないで、答えて貰いたい」

署長の諄々《じゅんじゅん》と小学生を諭すように云う言葉に、みんなの顔は一層引締ったように見えた。

——私は答えた。

「映画が終ってから、私は暫く地下室に残り、一番後から上に行って、葉子さんの御手伝いをしようと思いましたが、葉子さんが断ったので、広間に行き、それからラジオをちょっといじくって、それから本を読みました」

「本の名は？」かまきりのような司法主任が突然訊いた。

「仮面鬼と云う探偵小説です。どこか、この辺の椅子の上に置いてあった筈です」

「ふむ。では、あなたは殆《ほとん》ど、ずっとこの広間にいた訳じゃね」署長は云った。

「そうです」

「では、あなたがここにいる間に、この部屋を通り抜けた人があれば分る訳じゃね」

「はい。おっしゃる通り私の前を通った人が一人二人ありました」

「うむ」署長は急に眼を輝やかした。

「それが誰だか云えるかね」

「いいえ」私は頭を振った。

「夢中で小説を読んでいましたから、誰だったか申上げられません。男の方のように思いましたけれども」

署長は明らかに失望の色を現わした
「そう、では、短銃《ピストル》の止んだ時間は」

「はっきりした事は申上げられませんが、短銃は葉子さんが広間へ来られた時分に止んだと思われます」

「では、何か変った事は」

「別に何もございませんだ、どなたも未《ま》だおっしゃらないようですが、映画を写しています時に工場の方から電話がかかって参ったのですが――」

「その事でしたら私から申上げます」副支配人の武山が、眉に深い皺《しわ》を寄せて、むっつりした調子で云った。

「電話を掛けたのは私なのです、私の方の工場では賃金を生産高払いにして居ります が、昨夜は職工長の野呂が居残って夜業を熱心にして居《お》りました。すると電力が急に下って機械の運転が鈍くなったものですから彼はぷんぷん怒りながら事務所に来ました。

『又、富士見で社長が活動を写しているんだろう。ちょっ、こっちは金が欲しいばかりに、夜も寝ないで働いているんだ。やってもやらなくてもいい活動で、仕事の邪魔をされちゃ、やり切れない』

　野呂というのは、実は朝鮮生れの男で、仕事は能《よ》くやるし、人間も実直なのですが、どうも熱し易くて、時々乱暴をするので困る事があるのです。で、私は云いなだめまして、社長の所へ電話をかけたのですが、社長は止めると云いながら、尚《なお》も続けられたので、野呂はとうとう癇癪《かんしゃく》を破裂させました。

『俺はもうこんな理解のない社長の下で働いちゃいられない。今夜限り工場は止めだ。うぬ。はらわたの腐ったブルジョア奴《め》、どうするか見ろ』

　拳を固めて、激しい剣幕でこう罵ると、彼は工場を出て行きました」

「ふむ」新しい事実に、署長は少し乗り出しながら、

「それは何時頃だったかね」

「十時半頃でした」

「それで、君はどうしたね」

「直《す》ぐに支配人の尾間君の所に電話をかけて相談して、社長の所へ報告しましたが、社長は一向平気でした」

署長は暫く何事か考えていたが、やがて、神永さんの方に向き直った。

「次は神永さん、あなたは香山さんとは長い御交際ですか」

「はい、わしは御承知の通り、諏訪で銀行を経営していますので、香山さんとは取引関係で親しく交際しています。尤も香山さんとは、香山さんのお父さんが工場を譲って、東京に移られてからの交際で、三四年来の事です」

「神永さん、あなたにも他の人同様三つの質問をしたいのじゃが」

「えー、私はその、映画が済んでから、ずっと友成さん御夫婦と家内とで麻雀をいたして居りまして、その、えー、瀬川さんがおっしゃった、外へ出たというのは多分私の事だろうと存じますが」

「ハハア、何の為に外へ出たのですか」

「その、葉巻の吹い殻を棄《す》てに出ましたので」

「なに」鈴井司法主任は聞咎《ききとが》めた。

「灰皿がなかったのですか」

「いえ、なに」神永さんはドギマギしながら、

「その、家内が葉巻の吹い殻の臭《におい》を嫌いますので、その、傍にありますと、臭くて耐らないと喧《やかま》しく云うものですから」

「で、外へ出られたのは何時頃でしたか」

「大分夜が更けていました。多分十二時近い頃だと思います」

「それは違います」

神永夫人が突然口を出して、

「神永は思い違いをしています。私は途中で一度失礼して二階に上りましたが、神永が吸殻を捨てに出たのは、それより以前《まえ》で、未だ十一時そこそこだったと思います」

「ふむ。奥さんは中々よく御記憶になっていますな」鈴井司法主任はニヤニヤと笑いながら、

「他の人達もみんなそれほど覚えていて呉れると好いんだがな」

四つの短銃

「瀬川さん」署長は私を呼びかけた。

「神永夫人の云われる所はどうです」

「どなたか二階に上られた事も存じて居りましたが、それが神永さんの奥さんだったかどうか分りません。それに、外へ出た方と、二階へ上った方と、どちらが先だったやら、少しも覚えていません」

「友成さん、お二人はどうですか」

署長は友成さんに問いかけたが、二人とも麻雀に熱中して、神永さん夫妻のどっちが先に座を立ったか、少しも記憶していないと答えた。

「奥さんは」署長は再び神永夫人の方に向って、

「二階へ上られたのは、どう云う用でしたか」

「別に大した事ではありません。直ぐに降りて来ましたのですから」

神永夫人は事もなげに答えた。

「友成妙子さん」

署長は妙子さんを呼びかけた。妙子さんは窓際の椅子に足を重ねて掛けて、窓の外をじっと眺めていたが、（外はもう少し白みかけていた）呼びかけられると、ちょっと顔を捻じ向けて、斜めに下から見上げるように署長の顔を眺めたが、やがてスイと立って、署長の前に出た。今まではどことなくいらいらした所があったが、署長の前に出た妙子さんは、顔には一点の曇りもなかった。眉一つ動かさないで、透き通った白い頬は蠟人形のようだった。然し、私には妙子さんの挙動は、どことなく職業的な、お芝居じみた所があるように感ぜられた。

流石《さすが》の署長も、妙子さんの悽愴《せいそう》な美しさには、稍《やや》圧倒されたようだった。

「あなたは映画がすんでから、どうしていましたか」

「ずっと麻雀をして居りました。私も、友成も一度も席を立ちませんでした。短銃《ピストル》の音が止んだ事には、客間にいた者は誰も気がつかなかったと思います」

「ふむ、で、何か特別に気がついた事はありませんか」

私は呼吸《いき》をこらして、どきつく胸を押えながら、じっと妙子さんの返辞を待った。ああ、妙子さんは何と云うだろうか。

「別に何にもございません。みなさんがすっかりおっしゃったようですから」

私はホッとした。本当に危地から脱したような気がした。妙子さんは夫の書いた紙片《かみきれ》については何事も云わなかったのだ。

「次は杉本さん」

署長は友成夫婦には大して期待しないらしく、次の人に呼びかけた。

熊のような男はのっそり立上った。

「香山さんは」署長は訊問を始めた。

「始終射撃をされたかね」

「はい。社長さんは射撃が何より好きで、暇さえあれば、ここへ来て、短銃《ピストル》をぶっぱなして居られました」

「之は香山さんの短銃に違いないかね」

署長は現場に落ちていた短銃を示した。

「はあ。違いないです、私は社長の短銃の手入をするのが役目でしてな」

「いつも、このピストルで射撃されたかね」

「いいえ、いつもは小さい方でさあ。口径二二と云う奴で、社長はポイント二二と云って居られました。四五の方は滅多に使われませんでした」

私は又重苦しい不安に突き落された。香山さんが、二二を使おうと云われたのを、四五に替えさせたのは、瀬川ではなかったか。

「短銃は二つあるのだね」

署長の問いに杉本は首を振った。

「いいえ、四つあります。三つはここにあって、工場の方に一つある筈です」

「ふむ」署長は眉をしかめた。

「だが、ここには二つ切りより見つからないが」

「尾間君」

この時に武山は不審そうに尾間を呼びかけた。

「社長室に短銃は二挺《ちょう》あったじゃないか」

「うん、そうだった」尾間はうなずいた。

「僕は大きい方を、杉本に手入れさせて呉れと頼まれていたんだが、すっかり忘れて終っていた」

「そうか、君が忘れて置いたのか。今日昼、職工に支払いをするので、社長室に這入ったら机の上にほうり出してあったので、どうも少し無雑作《むぞうさ》過ぎると思ったのだが」

「鈴井君」署長は司法主任を呼んだ。

「君一つ誰かを工場の方にやって、そうだ尾間さんに案内して貰ってね、短銃《ピストル》を調べて呉れ給え」

こう云うと、署長は再び杉本の方に向き直った。

「誰か香山さんを恨んでいる者はなかったかね」

「そんなものはありません。社長は誰からも尊敬されていましたから」

「君は昨夜遅くまで起きていたようだが何をしていたかね」

「わ、私は」杉本は急にドギマギし出した。

「そのラジオをいじっていましたので――」

真夜中近くにラジオ！　一体何を聞こうと云うのだろう。私は呆れたが、署長は何か考えがあるのか、別に追究しようとはしなかった。

「武山さん」署長は武山に呼びかけた。「あなたは十一時頃まで工場にいて、それから先どうしましたか」

「間もなく家へ帰って、少しラジオをいじり、それから寝床に這入りました」

「ラジオ？　ふん」署長は始めて不審を起したように、

「あなた方はみんな申合したように、夜中近くにラジオを聞こうとしている」

「それは理由《わけ》があります」武山はむずかしい顔に始めて微笑を見せながら、

「昨夜は夜中にアメリカの中継放送が聞けると云う事でしたから――」

「そ、それです」杉本が不意にどなるように云った。

「わ、私もそれを聞く積《つも》りだったのです」

最後に小さい女中が調べられた。然し、彼女は晩食の跡片附《かたづけ》がすむと、葉子さんの云いつけで部屋に退《さが》って、直ぐ寝て終ったから、何も知らなかった。只一つ、彼女が地下室の騒ぎで、飛起きた時に、杉本の家の近所に、黒い人影のようなものを見たが直ぐどこかへ消えて終ったと云う新事実を申立てた。

「之《これ》で訊問を一先《ま》ず終ります。どうか外へ出ないで、家の中では自由にして下さい」

署長の云い渡しに、一同はホッとして思い思いに起ちあがった。

杉本はオズオズとした恰好で私の傍に寄って、囁くように云った。

「奥さん、みなさんのお食事のお世話に、家内を連れて参りました。台所に待たせてあります」私はうなずいて、台所に行った。

私が這入ると背後《うしろ》向きになっていた若い女が、振向いてニッコリ笑った。私は吃驚《びっくり》した。ああこの女があの熊のような男の妻だろうか。瓜実顔《うりざね》の、色のすき通るように白い、風にも堪えないと云う、服装《なり》こそ劣るけれども、これこそ、本当の美人だ。どこに非の打ち所のない、完成した美人なのだ。

「奥さん、お疲れでしょう」

彼女は丁寧に挨拶した。ああそのアクセント、私は又びっくりした。彼女は確かに日本人ではない。支那人？　いや、朝鮮婦人に相違ないのだった。

意外の電話

杉本の妻が余りに美しかったので、私はつい思わず、見つめ過ぎたので、彼女は顔を赤めながら、うつむいた。

「奥さん。お腹空きませんか。直ぐ、御飯の支度します」

「いいえ、私はちっともお腹は空いていません。では、他の方のお支度をお願いします。私は暫く寝て来ますから」

そう云って、私は台所を出て、二階の部屋に上った。階段を上りながら、私はこの美しい若い朝鮮婦人の事を考え続けていた。香山さんは時々一人で、この別荘に来て、万事あの杉本の若い妻に世話になるそうだが、香山さんも未だ若いのだし、そこに、何かロマンチックな事が起りはしないのだろうか、などと思ったりした。

部屋の中で少し横になったけれども、心も身体もヘトヘトに疲れていながら、中々寝つかれなかった。私の頭には訊問の場の事が浮んだり消えたりした。神永さんの云った事を、夫人が取消した事や、杉本の妙に物怯《お》じのした態度――そう云えば、彼は確かに嘘を云った。ラジオを聞いたと云うのは嘘に違いないのだ。そう云えば、武山がラジオを聞いたと云うのも嘘かも知れない。然し、そうなると、他の人は、私がラジオを聞こうとしたと云う事も、嘘を云っているのだと思ったかも知れないのだ。

こんな事を考えているうちに、私はそれでもウトウトと眠ったと見えて、女中に起された時には、もう昼近かった。

階下《した》に降りると、鈴井探偵が今来たばかりの所らしく、濡れた外套を着たまま、立っていた。雪が又降り出したと見える。

彼は私の顔を見ると無愛想に云った。

「奥さん、電話です」

「え、電話？　もう通じるようになったのですか」

「いいえ、この家のは不通です。電話はこの先の高原ホテルに掛ったのです」

私は胸をドキドキさせながら、大急ぎで外出の支度をした。

鈴井探偵の顔つきから察しても、何か容易ならぬ電話らしいのだ。

彼は無論私について来るのである。私は囚人のように警官に護送されなければならないのだ。

高原ホテルというのは名ばかりのホテルで、東京で云えば下宿屋のような家だった。

私はそこの電話室に飛込んだ。

「モシモシ、モシモシ」

「モシモシ、ああ、お前か」

ああ、紛《まぎ》れもない夫の声、夫は無事だったのだ、そうして私に電話を掛けて来たのだ！

「オイオイ」夫の声は続いた。

「一体、これはどうしたと云う事だい。俺は眼が醒めたら、松本市の布屋ホテルにいるんだぜ。誘拐《かどわか》されたのかい。それとも、俺はへベレケに酔って、一人で来たのかい。一体、どうしたと云うんだい」

「まあ、そんな呑気《のんき》な事を云って、た、大変なんですよ。香山さんが――」

私の眼はもう涙で一杯だった。そうして、香山さんの殺された事を云おうとすると、急にグイと腕を引かれた。傍にいた鈴井探偵が云うなと注意するのだった。

「あのう」私は探偵の方に合点をしながら、

「兎《と》に角《かく》、直ぐ帰って来て下さい。直ぐですよ。一刻の猶予もなく」

「うん」夫の返辞は眠そうだった。

「俺はどうも気持が悪いんだ。無論帰るがね、どうも、誰の悪戯だか知らないが、飛んでもない目に会ったものだ」

「帰ってらっしゃれば、すっかり分りますから。好いですか。直ぐ帰って下さいよ」

「うん、無論帰るよ。ちょっと待って呉れ。――次の汽車は、一時五十分だそうだ。塩尻で乗換えて、四時三十五分に富士見に着く。それで帰るよ」

私は受話器をガチャリと掛けて、探偵の顔を見た。彼は電話を盗み聴いてでもいた様に云った。「直ぐ帰って来られると、四時半には停車場でお目にかかれますな」

「ええ」私は昂然と答えた。

「どうぞ会って下さい。何か疚《やま》しい所があれば、帰って来る筈がありませんから、夫は潔白ですわ。第一、自動車に乗っていたと考えられているのに、汽車で帰って来ようと云うのですもの」

私の自動車と云った言葉に、探偵はちょっと変な顔をしたが、別に何事も云わなかった。

争う男女

別荘に帰ると、みんなは昼の食卓についていた。私はいそいそとして云った。

「あの、瀬川が帰って来るそうです」

が、私の予期は外れて、誰一人返辞をするものはなかった。私は腹立しいような、悲しいような気持に襲われて、きっと唇を噛んだ。

一座は白け渡った。私は食堂を出た。

広間の階段の所で、杉本がせっせとラジオのセットを弄《いじ》くっていた。彼は放送でも聞かせて、沈んだ人々の気分を引立たせようと云うのか、それとも、彼の陳述を裏づける為に、ラジオについて熟練した所を見せようと云うのか、そのどちらかだろう。

彼は私の顔を見ると、

「奥さん、これは直りますぜ、きっと、聞えるようにしてお目にかけますよ」

私は暫くそこに立って、彼が、毛むくじゃらの太い指にも似ず、器用にせっせと手際よく仕事をするのを眺めていた。

彼は手を動かしながら、別に訊きもしないのに、一人で喋り出した。

「お医者さんの調べでね、社長の死んだのは十一時から一時の間に決定したそうです。

弾丸《たま》はやはり四五口径のやつで、背後から頭の中へ突通っているそうですから、自殺じゃない、殺られたのに極《きま》ってまさあ。探偵さんの話じゃ、みなさんの指紋を取りに、係りの技師が来るてい事ですぜ。尾間さんや武山さんが昨夜どこにどうしていたかなんて事も、ちゃんと調べてまさあ。警察なんていうものは、片端から人を疑うんですね。尾間さんはちゃんとうちにいたし、武山さんは十一時まで工場にいて、家に帰ってから、ラジオをいじって、十二時頃寝たんで、あの人の云った通りて事が分ったんでさあ」

時計を見ると、漸《ようや》く二時近くだった。私はこの時ほど時間の経つのが待遠しい事はなかった。私は五分おきに時計を見た。ああ、四時半までの辛さ。私はいらいらして頭が割れそうだった。

やっと三時になった。私はもうじっとしていられなかった。何かしていたら気が紛れるだろうと思って台所に行った。

私は台所に入って、杉本の妻がいた事を思い出した。彼女はせっせと洗物をしていた。私は何の気なしに、彼女の白い華奢《きやしや》な指先を見た。私はオヤと思った。彼女の指には真赤なルビーの指輪が嵌《はま》っていた。ルビーの周囲には、幾つかの小さい真珠がちりばめてあった。私は覚えている。之は確かに葉子さんが秘蔵していた指輪だ。

私がじっと見つめたのを感じたらしく、彼女は指輪を嵌めた手をそっと隠した。そうして、何か云い訳を云いながら、ちょっと出て行ったがすぐ帰って来た。その時には、彼女の指にはもうルビーの指輪は嵌まっていなかった。

私は彼女には何にも云わなかった。そうして台所を出た。然し、私はやはりいらいらしてじっとしている事は出来なかった。私は又ラジオの前に来た。もうそこには杉本はいなかった。私は杉本が旨く直せたかどうかと思いながら、ダイヤルを捻った。すると静かに音楽の音が聞えた。耳を傾けた私はハッと顔色を変えた。それはショパンの送葬曲だった。

私は急いでスイッチを切った。ああ、この時間は、一体どこの放送局で、不吉な送葬曲などを演奏しているのだろう。

私はもう耐《たま》らなくなって、部屋に行こうと思って、二階に駈け上った。が、私は廊下の所でぎょっとして立止らなければならなかった。一つの部屋から男と女が激しく云い争う声が洩《も》れ聞えたのだった。

「私はどうあっても云ってやるんだ」女の捨鉢《すてばち》な声だった。

「云ってやるとも。留めたってきくものか」

「留めて見せるよ」男の声は割に落着いて、嘲《あざ》けりの調子を含んでいた。

「云わせない方法を講ずるさ。フフン」

それっ切り、あたりは静かになった。

余りに不意の出来事に、頭を働かす余裕のなかった私は、やっとこの時に、その声が友成さんと夫人の妙子さんである事が分った。

ルビーの指輪

私は又階下《した》に駈け下りた。

広間では、いつ来たのか、署長が鈴井司法主任と立話をしていた。

「武山と尾間が、工場関係を調べたのじゃが、職工に支払う為に金庫に保管してあった金のうち新しい十円紙幣で二十枚、都合二百円紛失しているのを発見したのじゃ」

署長はここで言葉を切って、ジロリと私の顔を見た。そうして、鈴井主任に云った。

「杉本の妻を未だ調べなかったが――」

私はこの時にふとルビーの事を云う気になった。

「大方、葉子さんに貰ったのでしょうが、こんな事がありました」

私の話を聞き終った署長は、うなずいて、

「どんな些細な事でも、一応は気をつけなくてはな。どんな事が手係《てがかり》になるか分らんものじゃ」

鈴井探偵は私を尻目にかけながら云った。

「署長、職工長の野呂の行動を調べさせたのですが、彼は北川と云う、素人《しろうと》下宿にいるんですが、北川のおかみの話では、昨夜は一晩中帰って来なかったそうです。今日昼になってようやく帰って来たそうで、張込の刑事が訊きますと、答弁が頗《すこぶ》る曖昧だと云う事です」

「うん、彼も調べて見なければならん。じゃが、素行調査によると、頗る真面目な男で、ただ怒りっぽいのが欠点だと云うことじゃて」

「怒りっぽいと云う事は、時に十分動機になりますからね。では、杉本の妻を連れて来ましょう」

やがて、杉本の妻が鈴井探偵に連れられて、オズオズと入って来た。

署長も流石にちょっと、彼女の美しさに打たれたようだった。然し、彼は直ぐ朝鮮婦人だと云う事を悟ったらしく、怖がらさないようにと、非常に優しく訊き始めた。

「あんたは始終ここへ手伝いに来ているんだね」

「はい」

「昨日も矢張手伝ったかね」

「いいえ。私の手伝いに来るのは、奥さんの来ない時です」

「じゃ、ずっと宅にいたんだね」

「はい」

「昨夜は何か変った事に気がつかなかったか」

「いいえ。杉本から香山さんの殺された事を聞いただけです」

「あんたはうちで何をしていたかね」

「昨夜は杉本が遅くなるかっと云って、出て行きましたので、私は片づけものをすると、早く寝ました」

「ふん、杉本さんはいつも遅くまで起きているのかね」

「いいえ。家に帰れば直ぐ寝ます」

「昨夜《ゆうべ》はどうだったかね」

「昨夜もいつもの通りです。帰って来たのは十時頃でしょうか、直ぐ寝ました」

「帰って来た時がどうして分ったかね」

この時、始めて彼女は少しためらった。

「あの、十一時頃、お茶が飲みたくなって起きました時に、もう帰って寝ていましたから」

「それに違いないかね」

「違いありません」

「もう一つ訊くがね。香山さんの奥さんに頼まれたのだが、奥さんはルビーの指輪をなくされたそうだ。あんたはもしかすると拾いはしなかったかね」

「いいえ、そんなものは拾いません」

彼女がこう答えた時に、思いなしか、恨めしそうにチラリと私を見たようだった。

「これで宜しい」

署長が申渡すと、彼女は丁寧に礼をして出て行った。

彼女の姿がなくなると、鈴井探偵は私の方に向いて、掌を拡げた、そこには紅い石を嵌めた指輪が載っていた。

「ルビーの指輪というのは之ですか。之ならラジオの台の背後《うしろ》にありましたがね。あなたは先刻《さつき》ラジオをいじっていたようだったが、気がつかなかったのは変ですね」

そう云って、このかまきりのような探偵は、灼けつくような眼で私を見た。

洋紙の燃殻

私は未だ疑われているのかと思うと、実に情なかった。ああ、夫がいて呉れたら。おおそうだ、夫は間もなく帰って来るのだ。私は探偵の言葉には答えないで、腕時計を見た。私はこの可愛い硝子の面にキッスがしてやりたかった。時計は四時を示していた。あと三十五分で汽車が着く。仕度をしているうちに時間が来る

私は署長にちょっと礼をして、湯殿に続いている化粧室に入って、扉《ドア》をきちんと締め

た。そうして洗面器の捻《ね》じを開けようとすると、洗面器に何か汚いものがついているのを発見した。見ると、それは堅い洋紙を焼いた燃え殻で、炭のように真黒になって、ボロボロになっていた。それで気がつくと、たった今、この部屋で燃したらしく、未だ焦臭い匂いが残っていた。ここで誰かが洋紙を燃しているうちに、私が近づく足音に驚いて、大急ぎで洗面器に流し込んで出て行ったものらしい。あわてたので、流し切れないで、こうして残っていたのだ。

私は然し、深く考える暇もなく、洗面器を洗って、ざっと化粧にとりかかった。そうして二階に上って、大急ぎで着物を着換えた。簡単にした積りでも、時間のかかるもので、もう四時半になっていた。私は階下《した》に降りて、未だそこにいた署長と司法主任に云った。

「汽車の時間です。やって下さい」

署長はポケットから旧式の大型の時計を取り出した。そのノロノロした動作は私をいらいらさせた。私は直ぐにも飛出して自動車に飛乗りたいのだのに。

「名古屋から来る汽車だし、この雪だから多少遅延するじゃろう」漸く時計を見終った署長は云った。

「じゃが、そろそろ出かけようか」

署長と司法主任が悠々と外套を着て、長靴を穿《は》き終り、帽子を被《かぶ》るまで、私はどんなにいらいらと待ったであろう。本当に百年も経ったような思いをした。

玄関の所に、妙子さんが蒼い顔をして立っていた。

「汽車は未だなの」

私の代りに鈴井探偵が答えた。

「いよいよ主人公のお帰りです。主人公の口から面白い話が聞かれるでしょうて」

雪空ではあるし、四時半というと、外はもう暗くなりかけていた。その上に、ひどい寒さだった。

警察用の自動車で、停車場に駈けつけた時には、もう四時を四十分過ぎていた。私達は直ぐプラットフォームに入った。

「どっちから来るのですか」私は訊いた。

「あっちからです。ホラ、ヘッドライトが見えるでしょう」探偵は答えた。

ああ、あれに夫は乗っているのだ！　そう思うと、私は云かつて求婚された時のように、急にワクワクして、喉《のど》の所に塊りが出来て、口を利く事が出来なくなって、ボウッとして終った。

汽車は轟然と凄まじい勢いで突入して来た。私はもしかしたら止らないで、行き過ぎるのではないかと心配した。けれども汽車はちゃんと止った。そうして、チラホラと、乗客が降りた。みんな此の辺の百姓のような恰好をした人ばかりだった。

中に一人、鼠色の外套を着た人が、悠然と出て来た。背恰好と云い夫に違いない。私はパラパラとその傍に駆け寄った。

「あなた！」

よく帰って来て下さいましたね、と云うのを、口のうちで云って、縋《すが》りつこうとしたが、ああ、振り返った人は、今までに一度も見かけた事のない人だった！

厚ぼったい外套

私は鼠《ねずみ》のように階段の方に逃げた。子供のように、わいわい声を上げて泣きながら。

涙が止度《とめど》なく頬を伝って流れた。恥かしい、恥かしい。こんな恥かしい事があるだろうか。それよりも、夫が帰って来なかった事が、もっと、もっと、口惜しくて、腹が立って、情けないのだ！　ああ私はもう夫を許す事は出来ない！　自動車を降りて、別荘の玄関に掛った時も、私は未だ涙を押え切れなかった。

「奥さん、どうなすったのですか」

眼がボウッとしていたので、気がつかなかったのだが、直ぐ傍に武山副支配人が立っていて、優しく訊いて呉れたのだ。

「あの、宅が帰って来ませんので——」

私は漸く之だけの事を云った。

「え、帰って来られない？　然し、奥さん、そう気になさる事はありませんよ。今にきっと帰って来られますよ。まあ、中にお入りなさい。他の人に泣顔を見せないようにね」

そう云って、彼は玄関の扉《ドア》を開けて呉れた。玄関には神永夫妻と妙子さんとがいた。神永夫人が直ぐ私に呼びかけた。

「御主人は？」

「汽車を間違えたらしいんです」

武山は私の代りに云って呉れた。

「多分乗換の時に間違ったのでしょう。松本へ電話をかけて見ましょう。どうやら、この電話は直ったようですから」

武山は親切に云って、外套を脱ぎ棄てると、電話室の方へ行った。神永夫妻は無言で広間を出て行った。一人残った妙子さんは、相変らず、私に背後《うしろ》を向けたまま、どこに風が吹くと云うように立っていた。私は急に妙子さんを呼びかけた。

「妙子さん。私は瀬川があなたに上げた紙片《かみきれ》について話したわね」

妙子さんはクルリと私の方に向いて、大きな眼を開いて、じっと私を眺めた。

「何の事、それ。私、分らないわ」

「あれよ、ホラ、昨夜《ゆうべ》、あなたは私の部屋でヴァニティ・ケースをぶちまけて、煙草を出したでしょう。あの時に落ちたもの。訊問の時に、おっしゃらないかと思って心配していましたわ。あれはわざと置いてらしたのでしょう」

「知りませんわ。何の事だか、ちっとも分らないわ」

妙子さんの様子は、決して空とぼけているようではなかった。

「変ね」私は首を傾《かし》げた。

「変だわよ。何の事だか少しも分りやしない。紙片《かみきれ》なんて、私が煙草を出さない前から机の上にあったんでしょう。兎に角、私の知らない事だわ」

「そう、それは済みませんでした。私は全く、あなたが忘れて行ったか、わざと置いていらしたのかと思って」

「可笑《おか》しな話を聞くものね」

妙子さんは煙草の煙をぷーと吐きながら、探るような眼つきで私を見た。紙片は妙子さんが入って来るまでは確かになかった。妙子さんのヴァニティ・ケースから出たものに違いないのだ。妙子さんは紙片に書いてあった事が、彼女の生命を脅やかすような事だと聞いたら、どんな顔をするだろうか。

私が何か弁解《いいわけ》をしようと思っていると、扉《ドア》が開いて、署長と探偵が一人の男を連れて入って来た。ああ、その男は停車場で、私が夫と間違えて、縋りつこうとした男だった。

「指紋を取りたいのじゃが」署長は私に云った。

「みなさんを集めて下さらんか」

私が夫と間違えた男は指紋技師だったのだ。私の知らせに、みんなは集って来たが中に、神永夫人はハンケチで指を押えていた。

「馬鹿な事をしましたよ」夫人は云った。

「たった今、林檎を剥《む》こうと思って、ナイフで指を切って終いましたの」

「困りますね」指紋技師はぶっきら棒に云った。

「仕方がありません。左の方を取りましょう」

所《ところ》へ、電話を掛け終ったらしい武山が、少し昂奮した顔つきで這入って来た。

「奥さん、瀬川さんは昼過ぎに、ちゃんと勘定をすませて、松本駅に自動車で行かれたそうです。所が、不思議な事には、昨夜《ゆうべ》いつ頃ホテルへ来られたのか、知っている者がないのです」

「そんな筈はない」署長は云った。

「宿帳はどうしたんじゃ」

「そこが奇妙なんです。宿帳は昨日の昼につけてあるんです」

「そんな筈はありません」今度は私が叫んだ。

「昨日の昼は、私と一緒に汽車に乗っていました」

「所が、ホテルの者は確かに昨日の昼、宿帳につけて、それからどこかへ出て行かれたと云うのです」

「ふーん、で、ちゃんと宿所姓名が書いてあるのかね」署長は訊いた。

「ええ、偽名ではないようです」

「でも、昨日の昼なら違う人です」私は抗議した。

「然し、どうも間違はないらしいですよ。厚ぼったい外套を着て」

「待って下さい」私は叫んだ。

「いよいよ変です。瀬川は厚ぼったい外套が嫌いで、いつも割に薄いのを着ています。それに、第一、外套は着て居ない筈です。外套と帽子は部屋にちゃんと掛かっています」

「宿帳の手蹟を鑑定させなければならん」

署長は誰に云うとなくつぶやいた。武山は首を傾けながら、

「変ですね。ホテルの者は確かに、そう云いましたが」

私には未だ合点の行かない事があった。ホテルに泊っていた男が、確かに夫であるなら――電詰の声は間違いなく夫だったが――ホテルの支払をしたり、汽車の切符を買っ

たり、殊《こと》にもし外套を着ていたとしたら、外套（帽子も）を買ったりするだけの金を、持っている筈がない事だった。

夫が帰って来ると喜んだのも束の間、私は又しても絶望の淵に落されようとしているのだ。

深夜の散歩者

夕食が済んで、一通り指紋が取られると、署長指紋技師其の他、別荘に泊る人以外は、皆帰って行った。九時近くになると、神永夫妻も、友成夫妻も皆部屋に下がったので、下には私一人になってしまった。（葉子さんはずっと部屋に閉じ籠《こも》ったきり出て来ようとしなかった。）私はとても一人で部屋に行く気にはなれなかった。淋しくて耐らないので、他にする事もないし、ラジオのスイッチを開けて見た。

すると又してもショパンの葬送曲！　ああ、一体このラジオはどうしたと云うのだろう。私は何かに追いたてられる様に、二階に馳け上った。そうして悄然として、部屋に入った。

ああ、いつになったら、この恐ろしい地獄から抜け出られるのだろう。夫はいつになったら帰って来るのだろう。私は蒲団に顔をあて、涙を流せるだけ流した。けれども流石に疲労していると見えて、いつとはなしに眠ってしまった。と、突然、私は眼が覚めた。疑《うたがい》もなく真夜中だった。廊下の外で、人の気配がするのだ。

私は跳ね起きた。そうして、扉《ドア》をこわごわ細目に開けて見た。始めは何も見えなかったが、やがて、真白《まつしろ》な人影がそろそろと廊下を歩いているのが、眼に入った。うしろ姿なので顔は見えなかったが、確かに女だった。

私はガタガタと顫えた。幽霊の様な白衣の婦人は両手を真直ぐに前につき出して、じっと前方を眺めながら、滑るように歩いて行くのだ。

やがて、廊下の端に来ると、彼女はクルリと向きを変えて、私のいる方に、やはり前の姿勢の儘《まま》、作りつけの人形のように、まじろぎもしないで、そろりそろりと歩いて来るのだった。

神永夫人！　彼女は神永夫人だった。ああ彼女は夢遊病者なのだ！

なんと云う気味の悪い姿だろう。私は全身の身の毛が逆に立って、冷い汗が背中を這い廻るのを感じた。家中はしんとして静まりかえっている。私は全世界からたった一人とり残されて、この奇怪な姿を見守らされる様な気がした。

でも、私はじっと見ているに忍びなかった。夢遊病者の目を無理に醒《さま》させるのは、良いか悪いか知らないけれども、どうかして、彼女の部屋に連れ戻さなければならないと思ったので、私はこわごわ彼女のそばに寄って、かかえる様にして、彼女の部屋の前に引ずって行った。

「なに、家内が、あの夢中で歩いていましたって」扉を開けた神永さんは目を丸くして叫んだ。

「家内にそんな病気があろうとは、今まで知らなかった。いや、どうも有難う。それからね。奥さん。何《ど》うかこの事は誰方《どなた》にも内密に願いますよ」

神永夫人を送り届けて、私は部屋に帰って、がっかりしながら横になった。すると、しばらくして、ゴーッと云う汽車の響きがした。上りか下りか、どっちかの終列車なんだろう。

暫くして、私は、又はっと聞耳を立てた。何だか、家のそばをコツコツと人の歩く様な音がするのだ。私は起上って、扉《ドア》を開けた。すると、階段の上り口の所に、ぬっと顔を出したのは、鈴井探偵だった。彼はいつの間にか家の中に居たのだ。彼はかまきりのような顔を、じっと私の方に向けた。

「奥さん、誰か玄関の所に来ましたよ。あなたは先刻《さつき》から、この廊下をあっちこっち歩いて居ましたね。寝られないんですか」

私はちらりと探偵の顔を眺めただけで、なんと返事をして良いか分らなかった。途端に玄関で激しく戸を叩きながら、どなる声が聞えた。私は探偵を押しのける様にして、階段をかけ下りた。玄関で叫んだ声は確かに夫なのだ。

「あ、あなた！」

玄関の戸を開けた時に、私は顫《ふる》え声で叫んだ。ぬっと入って来た夫は、

「ふん、みんなはどこにいるんだい」

「いやあ」背後《うしろ》からついて来た鈴井探偵は、挨拶でもするように馴々しく云った。

夫はジロリと探偵を見ながら、

「みんなはどうしたんだい。僕は山ほど話す事があるんだが」

「みんなはもう寝ているんです。静かにして下さい」

「みんなは寝ているって」夫は中に入って、厚ぼったい外套を脱ぎながら、

「この方はどなたかね」

「鈴井さんとおっしゃって警察の方なんです」

「やあ」夫は探偵の方に向いた。

「僕は瀬川です。一体警官がどうして――」

「香山さんが」私は夫を遮《さえぎ》った。

「香山さんが、こ、殺されたのです」

「なにッ」夫は顔色を変えた。そうして息をはずませながら、

「香山が殺されたって。誰に、殺されたんだッ」

「分らないんです。私達はあなたが犯人を自動車で追いかけたんだと思っていたのです」

「うむ」夫は少しずつ様子が分りかけて来たらしく、

「香山が殺されて、僕が行方不明になって。うむ」

夫は唇を噛んで、じっと一つ所を見つめ出した。私は云った。

「ですから、あなたは本当の事を、みんなにおっしゃらなければいけないのです」

「本当の事だって。誰が嘘を云えと云ったたって、本当の事を云わずに置くものか。僕は香山と地下室で、短銃《ピストル》の射撃をしていたんだ、恰度《ちょうど》香山の番で、僕は待っていたんだ。それっ切りだ。僕は突然眼が醒めた。そしたら松本のホテルにいて、頭が割れるように痛いのだ。これが私の全部だ」

「が、外套はどうしたんですか」

「寒いし、不体裁だし、外套と帽子なしにはいられない。外套は買ったんだ。上衣《うわぎ》のポケットに新しい紙幣で二百円入っていたから、誰かが、僕に悪戯をして、入れて置いたんだろうと思ってそれを使ったんだ。ホテルの支払いもそれでしたよ」

「ハハア、二百円入っていましたか」探偵は独り言のように云った。

「どうして、四時半の汽車で帰ってらっしゃらなかったんですか」私は訊いた。

「塩尻で乗換えるのを忘れて、乗越しちゃったんだ。度々云う通り、僕は頭が痛くて気持が悪くて耐らなかった。それで、ついウトウトとして、乗換に気がつかなかったのだ」

「所で」鈴井探偵が口を出した。

「地下室の戸を開け放して置かれたのは、あなたですか、香山さんですか」

「どっちでもない。僕達はあの戸は開けません」

「今、述べられた他に、何か変った事はありませんか」

「ありません、それっ切りです。所で、僕は眠くて仕方がないのですが、寝てはいけませんか」

「宜《よ》いですとも。どうぞおやすみ下さい」

私は夫と二人で黙々として二階に上った。そうして、部屋の中に入って、向い合った時に、私は夫の胸に身を投げかけて、すすり泣きながら叫んだ。

「あなた、本当の事を云って下さい。私にだけは、隠さずに本当のことを云って下さい。私にだけは」

夫は私をそっと離して、悲痛な顔をして答えた。

「何を僕が隠すものか。今云った事がすべてなんだ。だけども、多分、葉子さんは僕が香山を――」

夫の言葉の終りはかすれて聞き取れなかった。

現場の蠟涙《ろうるい》

前夜来の疲労と、夫が帰って来たという安心から、その夜は、私はどうやら少し眠る事が出来た。然し、どうして安眠が出来よう。朝起きた時には、私の瞼《まぶた》は腫《は》れ上っていた。夫も矢張り、寝不足の血走った眼をしていた。

中森署長は夫が帰って来たと云うので、非常に期待しているらしく、やや昂奮しながら、上諏訪から、私達が朝飯を終らないうちにやって来た。

みんなは押し黙って、訊問を聞いていた、

「昨夜帰って来られたそうですね」署長は云った。

「瀬川さん、我々はあなたが事件を解決する鍵を握って居られると信じて、大いに期待しているんじゃが、何事も隠さずに、委《くわ》しく話して貰いたいと思う」

「無論、何事も隠さずに申上げますが」夫は悪びれずに答えた。

「恐らく、御期待に背いて、御失望を買うだろうと思っています。御承知の通り、婦人連が階上《うえ》に上って終いますと、私と香山とは、直ぐ射撃を初めました。私達は代る代る的を覘《ねら》いまして、一人が六発打つ間はなるべく離れて、済むのを待っていました。恰度《ちょうど》、私の待っている順番でしたが――実は、それっ切りなのです。眼が覚めると、松本の布屋ホテルの一室に居りましたような次第です」

「うむ」署長はうなった。

「それだけですか。あなたの云う事は」

「はい。之《これ》だけです。眼が覚めた時には、私は頭がフラフラして、胸がムカムカして、実に不愉快でした。何が何だか訳が分らないので、番頭を呼んで聞きますと、私はちゃんと私の名で、泊り込んだと云うので、非常に驚きました」

「うむ。それで、あなたは何時《いつ》頃ホテルについたと云う事でしたか」

「それが又実に不思議なのです。私は前日の昼、一度ホテルに来て、部屋を取ったのだそうでして、夜はいつどう云う風にして、帰って来たのやら、誰一人知らないのです。前日部屋を取ったと云う事は、無論私の少しも覚えのない事です」

「ふん。当夜いつ頃ホテルに来たか、誰も知らないと云うのは、実に奇妙じゃ。あなたは人の眼をひくべきじゃが。帽子も外套も着ていなかった筈じゃね」

「そうです。私はポケットの中に、新しい紙幣で二百円あるのを見つけて、それで、帽子と外套を買い、ホテルの払いをしました。残った紙幣《さつ》は、咋夜鈴井さんに渡しました」

「うん」署長はじっと夫を見つめて、暫く考えていたが、

「それで、射撃の間に、何か変った事はありませんでしたか」

「別に変った事はありませんでした」

「自動車がスタートするような音を聞きませんでしたか」

「自動車？　いいえ、そんな音は聞きませんでした」

「地下室から外へ出る扉《ドア》は、誰が開けたのですか」

「地下室の扉ですって、香山も私も開けません。御承知の通り、外は吹雪でしたから、私達が開ける筈はありません」

「うむ」署長は落胆《がっかり》したように。

「あなたが解決して呉れると思ったが、全く逆じゃ、益々不可解になったわい」

この時に夫は急に思い出したように、

「射撃中、別に変った事はなかったと申上げましたが、たった一つ、之も大した事ではありませんが、私が気を失う直ぐ前あたり、香山の射撃の間隔が、いつもより長くなっていたようでした」

「射撃の間隔？　それはどう云う事ですか」

「私達が射撃をする時に、一発射って、次の一発にかかる間隔が、人によって一定なのです。恰度《ちょうど》人が歩く時に、その歩幅が、その人によって一定しているような訳です。香山の間隔は、どちらかと云うと、少し短い方でした」

「すると、つまり、香山氏の射撃の間隔が、不断の時より少し延びていたと云うのですね」

「そうです。詰《つま》らない事ですが」

「いや、詰らない事実が、往々にして、重大な手懸《てがか》りになる事があるものじゃ。いや、有難う」

署長は訊問を終って、鈴井探偵と暫く何か打合せていたが、やがて、鞄を抱えて、急ぎ足で出て行った。

署長と殆ど入れ代りに、武山が入って来た。

「署長は？」

彼はあたりを見廻しながら訊いた。鈴井探偵が答えた。

「たった今帰られましたよ」

「そうですか。実は野呂の行方が分らなくなりましたので。探させては居りますがね」

「野呂が逃げたって」探偵は眼を光らせた。

「ええ、逃げたと云う訳でもないのでしょうが、行方が分らないのです。杉本がどう云うものか、一生懸命になって、探し廻っています。どんなことがあっても、見つけてやるんだと云って、力んでいますよ」

ここで武山は言葉を切って、私達の方に向き直った。

「それから、香山さんのお父さんが、東京から夜行で、今朝諏訪に見えました。後ほど、みなさんにお眼にかかると、お言伝《ことづ》けでした」

香山さんのお父さんというのは、神永さんの証言の中にもあった通り、三四年以前に、工場の経営一切を香山さんに譲って、東京に引上げて、隠居していたのだった。葉子さんか、それとも工場の人が、変事を知らせたので、急行で駆けつけたのだろう。香山さんの屍体は解剖の後、本邸に送ってあったから、取り敢えず、上諏方に降りて、武山から、詳細な報告を聞いたものと見える。

訊問が終って、ホッとした夫は、誰に云うとなく、

「鬚《ひげ》を剃って来よう」

と云って、二階に上って行った。

鈴井探偵は夫のうしろ姿を見送っていたが、やがて、私の方に振り向いた。

「どうも妙な事があるのですがね、犯罪のあった夜ですね、香山さんが殺されてから、誰かが現場を歩き廻っているのですよ」

私はぎょっとした。然し、何食わぬ顔をしながら、

「どうして、それが分ったのですか」

「香山さんの屍体が発見されると、同時に、この家には停電がありましたね」

私はうなずいた。

「ええ」

「何者かが、多分犯人でしょうが、彼は蠟燭を持って、地下室を歩き廻りました。蠟涙が床中に溢《こぼ》れているのです。蠟燭を持って歩いたという事が、犯行後であると云う事を、示しています」

「犯人と云う事はどうして分るのですか」

「犯人と明《あきら》かに分っている訳ではありません。然し、犯人と云う者は、屢々《しばしば》、犯行後、その現場附近をうろつくものですから」

「じゃ瀬川はいよいよ犯行に関係ありません。瀬川はその時にはもうこの家にいなかったのですから」

「そうとも云えません。然し、地下室を歩き廻った人間の範囲は、限定されていますよ。神永さんは杉本の所へ行っていた筈ですから、後は、神永夫人、友成夫妻、香山夫人、それから――」

「もう沢山です」私は思わず叫んだ。

「私です。私です。地下室を見廻ったのは。もしや、夫がどこかの隅に斃《たお》れていやしないかと思って、蠟燭を持って見廻ったのです」

「あなたですって」

鈴井探偵は、予期していたような、予期しないような、一種異様な顔つきで、私を探るように眺めた。

「ええ、そうです。私です」

私はもう一度繰り返して云った。が、その言葉の終らないうちに、私は飛上った。二階で、パンと云う短銃《ピストル》の音がしたのだった！

「殺人の研究」

不意に起った短銃の音に、私だけでなく、そこにいた人はみんな驚いて、顔を見合せた。夫の訊問の始った頃には、妙子さんは確かにいたのだったが、この時に気がつくと、彼女は部屋に帰ったと見えて、顔が見えなかった。

互に顔を見合せた次の瞬間に、鈴井探偵は脱兎《だつと》のように、二階に駆上った。私は直ぐその後に続いた。

二階に上ると、妙子さんが私の部屋の前に立っていた。部屋の扉《ドア》は、私がちゃんと締めて置いた筈だのに、半分ばかり開いていた。

「何なの、一体」

妙子さんは吃驚《びっくり》したような顔をして、私に訊いた。

「短銃《ピストル》の音がしたのよ。あなた、聞いたでしょう」

「いいえ、そんな音、聞かないわ」

妙子さんは冗談じゃない、という顔付きで、頭を振った。

「確かに短銃の音だと思ったがね」

鈴井探偵は独り言のように云って、二階の各部屋を探し廻った。然し、二階には、妙子さんの外には誰もいなかった。夫は鬚剃道具を持って階下《した》の化粧室へ入っているのだろう。

「不思議だ」

鈴井探偵は首を振りながら、階下へ降りて行った。

「短銃の音がしたなんて、あなた方の耳はどうかしているんだわ」

馬鹿馬鹿しい、という風に云って、妙子さんは探偵にくっついてさっさと行って終った。

私は態《わざ》と後に残った。というのは、鈴井探偵が部屋から部屋へと調べて歩いた時に、私はふと神永さんの部屋で、見つけたものがあるのだった。私は、そっと、それが見たかったのだった。

神永さんの部屋で、私はふと延び上って、壁に掛っていた油絵の裏を覗いた。そうしたら、そこに堅い表紙の書物が一冊隠されていたのだった。無論、誰が隠したのかわからないのだけれども、私は何としても、それが見たくて耐らないのだった。私は、悪い事とは知りながら、こっそり、神永さんの部屋に忍び込んだ。そうして、額の裏から、隠してあった書物を引出した。書物には挨がついていなかった。極《ご》く最近に、隠されたものに違いないのである。

書物の表題を見た時に、私はぞっとした。

「殺人の研究」！　ああ、折も折、何と云う恐ろしい表題の書物が、額の裏に隠されていた事だろう。私はそれでも、ブルブルふるえる指で、ざっと頁《ページ》を繰《く》って見た。すると、何と、この書物の中ほどが、十頁あまり、乱暴に引裂いてあるのだ！

私の頭には、この時に、昨日、夫を迎いに行く為に、ざっと化粧をしようと思って、化粧室に入った時の事が電光のように閃いた。ああ、あの時に、洗面器に残っていた、洋紙の燃え殻、焦臭い匂い。疑いもなく、この書物から引裂いた頁を、あの室《へや》で燃したのだ！　その人間は、頁を引裂いて燃しただけでは、未だ安心が出来ないと見えて、書物を額の裏に隠したのだ。

誰が、この書物をここへ隠したのだろうか。この書物は多分、香山さんの蔵書のうちにあったのに違いない。香山さんは、こう云う犯罪科学めいた書物を読むのが好きだったのだ。ああ、この引裂かれて、燃して終われた頁には、どんな事が書かれていたのだろうか。そこに、香山さんを殺した事件の秘密が、潜んでいるのではないだろうか。

私は著者の名と、発行所の名を調べて、それを暗記した。そうして、書物を元の額の裏に隠すと、そっと、部屋を出た。

私は忘れないうちに、著者や発行所の名を、書留めて置こうと思って、私の部屋に急いだ。そうして、何気なく扉《ドア》に手をかけると、ああ、私はもう少しで叫び声を上げる所だった。意外にも扉は中からグイと開いて、ぬっと身体を現わしたものがあった。それはなんと、武山だったのだ。

「ああ、奥さんでしたか」

私の驚きに引替えて、彼は案外平気だった。他人《ひと》の部屋に、こっそり入り込んで、平然としているとは、何と云う図々しい事だろう。然し、私は彼を咎《とが》める事は出来ない。そう云う私が、たった今、他人の部屋に忍び込んで、秘密を見て来たのではないか。

「奥さん、とうとう発見しましたよ」

私は武山が変にヒョロ長くて、いつも、しかめ面をしているのが、始めから余り好かなかった。然し、彼は見かけによらないで、非常に親切で、殊に夫の無罪を信じて、私には何かと力をつけて呉れるのだった。それで、今は始めと違って、彼にやや信頼していた。然し、無断で他人の部屋に入って、発見するとは、気味の悪い事ではないか。発見とは、何を発見したのだろう。

私が黙って彼の顔を見つめていると、彼は喋り続けた。

「奥さん。先刻《さつき》の短銃《ピストル》の音は、確かにこの部屋でしたに違いないと思って、瀬川さんの許しを得て、この部屋を調べたのですがね」

之《これ》で、彼が落着いている理由《わけ》が分った。彼は夫の許可を得ているのだった。私は云った。

「この部屋でした事が、どうして分ったのですか」

「この部屋の下あたりにいた人だけが、短銃の音を聞いたのです。化粧室にいた瀬川さんは聞かなかったと云いますし、広間にいた友成さんも、気がつかなかったと云いますから」

「それで、何が見つかったのですか」

「之ですよ。奥さん、床の上に、之が落ちていたのです」

彼は握っていた手を拡げた、掌には、黄色いゴムの切れ端が二つ三つ乗っていた。

私は理由が分らないので、困惑しながら、彼の顔を見上げた。

「ゴム風船ですよ。誰かが、ふくらんだゴム風船を、弾《はじ》かしたのですよ」

ふくらんだゴム風船が弾けると、短銃《ピストル》に似た音を立てる事は、あり得る。然し、私の部屋にふくらんだ風船が、あろうなどとは、どうしても考えられないのだ。

「だって、ゴム風船なんか――」

私が云おうとするのを、武山は遮って、

「友成さんの奥さんが持っていましたよ。あの人は、子供の喜ぶような玩具《おもちゃ》を、沢山持っているんです」

こう云えば、妙子さんは、確かに玩具を沢山持っていたようだ。ゴム風船を持っていたかも知れない。彼女はゴム風船をふくらましながら、私の部屋に入ったのだ。そうして、弾かしたに違いない。私達が二階に駈け上った時には彼女は扉《ドア》の開いた私の部屋の前に、立っていたではないか。風船の弾けた音を、短銃の音と間違えられたのを、知っていて、隠していたのだ。それとも短銃の音と間違えられた事には気がつかなかったのかも知れない。当人は風船が弾けた位で、そんなに騒がれようとは思わないものだから。

然し、一体妙子さんは、何の目的で、私の部屋に入ったのだろうか。

「兎に角ね」武山は勝誇ったように云った。

「この部屋に、ゴム風船の破れたのが、落ちていたのが証拠ですよ。誰かが、この部屋でゴム風船を、弾かした事は、疑う余地がありません」

妙子の狂態

私は武山にゴム風船の事は、誰にも云わないように頼んだ。そうして、ついでに、東京の本屋に、「殺人の研究」を速達便で送るようにと、注文の電報を、打って貰う事にした。

彼は電文を読んで、ちょっと変な顔をしたが、快《こころ》よく引受けて、帰って行った。

午後に、香山さんのお父さんが、やって来た。白髪頭の七十近い老人だが、がっしりした体格で、どことなく古武士の面影のあるような人だった。香山老人は、一人息子を失った悲しみを、眉宇《びう》の間に押し隠しながら、みんなに挨拶した。葉子さんも、久し振りで顔を見せたが、相変らず、私には少しも親しみを見せないで、香山老人と一緒に直ぐ引込んで終った。

夜になって、署長が鞄を抱えてやって来た。

「やあ、奥さん」署長は私を見ると、話かけた。「松本のホテルを調べましたが、瀬川さんには有利ですぞ。宿帳の手蹟は、全然、瀬川さんと違うのです。鑑定人の話では、似せようともしてないと云う事じゃ。この上は、例の二百円だて。之が問題じゃ。瀬川さんはどこにいますか」

「二階の部屋にいると思いますが」

「うん、瀬川さんには、もう一度訊かなくてはならん。それに、指紋が一つ紛失して弱ったわい」

署長は鞄の中の書類を、残らず机の上に出して忙がしそうに調べ始めた。

私は見るともなく、机の上に拡げてあった、署長の心覚えらしい、ノートの文字を読んだ。

一、殺人の夜の瀬川の奇怪なる失踪は、何と解釈すべきか。彼は如何《いか》にして、布屋ホテルに、見咎められずして、入り得たか。(彼は厳冬の候に、帽子も外套も着せざりき)

二、自動車の行方。

三、ラジオの奇怪なる葬送曲は如何。

四、何者が二百円を窃取《せっしゅ》し、いかにして、瀬川に渡せしか。或いは瀬川自身盗み取りたるものか。

五、香山殺害の動機如何。

六、地下室の外部への出口が開きいたる理由。何者が開きしか。

私は読んでいる中《うち》に、頭がクラクラとした。ああ、署長は夫に有利だと、気休めに云っているけれど、どうして、どうして、夫は未《ま》だ未《ま》だ、深い疑惑に包まれているのだ！

「どうも、一人分だけ紛失している」

署長は独り言のように云って、書類を片付け始めた。

「もう一度、指紋技師を呼ばなくてはならない。工場の方にあった短銃《ピストル》についている指紋も、調査洩れだ」

私はそっと署長の傍を離れた。客間に行って見ると、友成さんと神永さんとが、碁を打っていた。神永夫人はそれを見物していた。妙子さんの姿が見えなかったので、私は二階に上った。

私は妙子さんに訊かなくてはならない事が、いくらでもあるのだ。たった今、無断で私達の部屋に入った訳、友成さんと激しく云い争っていた訳、それから、香山さんや、夫との昔の関係など。そうだ。もう遠慮している時ではない。訊かないで置くものか。

私は妙子さんの部屋の前に立って、扉《ドア》をノックした。暫くは、しーんとして何の返辞もなかった。と、突然、ハッハッハッと云う甲高い笑い声がした。それはまるで男が腹をゆすって笑うような声だったが、確かに妙子さんの声だった。

私がハッとした途端に、妙子さんは、勢よく扉を開けた。まるで身の軽い豹《ひょう》が、獲物に飛びつくような、すばしこさだった。

「ああ、あんただったの。私は友成かと思った。ハッハッハッ」

ああ妙子さんの顔、姿、声！　あの、キチンと取り澄した美しさは、どこへ行ったのだろうか。誰が、今この人を見て、美人だと云う人があるだろうか。顔は蒼ざめて、眼はつるし上り、髪の毛はバラバラと、額に垂れ下って、ピタリと体についている筈の洋服は変にヒン曲って、皺だらけなのだ！

妙子さんは、グデングデンに酔っているのだ。片手にウィスキーの瓶を持って、ブラブラと振り動《うごか》していた。男が酒を呑むから、女が呑んではならないと云う理由はないだろう。けれども、妙子さんが、あの華奢《きやしや》な白魚のような指で、ウィスキーの瓶を握って、ラッパ呑みをするとは、ああ、それは正視するに堪えない光景《ありさま》だった。

「な、なにを変な顔をしているのさ。用があるなら、おはいんなさい」

妙子さんは私の腕を摑んで、部屋の中に引摺り込みながら、

「友成はどうしていて、ハッハッハッ、あたしね、友成と喧嘩しちゃったのさ。あんたの御亭主の事で」

「えッ」

私は飛び上るように驚いた。妙子さんは気味好さそうに、私を見ながら、

「驚いて、驚いたでしょう。ハッハッハッ、あたしは瀬川さんとは、一年ばかり同棲していたんですからね」

私はいきなりガンと頭をぶたれたような気がした。真暗の中で、妙子さんのヒステリックな笑い声だけが、あたりが急に暗くなったような気がした。私の耳に響いていた。

「驚いて？　ハッハッハッ」

私は一生懸命に気を励ましながら、

「し、知っています。瀬川が私と結婚する以前《まえ》に、好《よ》くない女と係り合っていた事は知っています。然し、私は其の事は一切訊かない事にしていました」

「ヘン、好くない女だって、そうでございますかね。あたしは、其の時は、やっと十九ですよ。十九の娘が、男の事について、どんなに無智だと云う事は、あんたにだって、分る筈じゃない事」

「そ、そりゃ、分るわ」

「あたしはね、その時にカフェの女給をしていたのさ。どうせ、あたしはね、あんたや、葉子さん見たいに好い育ちじゃないさ。けれど、女給だって、正当な職業よ。女給だから、直ぐ悪いもののように思うのは、大変な見当違いよ。その頃は、あたしだって、何も知らない、無邪気な処女だったんだ」

妙子さんはこう云いながら、握っていたウィスキーの瓶を、口の所へ持って行こうとした。私は急いで、彼女の手を攫《つかま》えた。

「お、お止しなさい。そんな強いお酒を、無闇に飲んではいけないッ」

妙子さんはトロンとした眼を据えた。

「あたしが勝手に飲むんだから、抛《ほう》って置いて頂戴。ね、あんた、あたしは十九の処女だったんですよ。そして、カフェに勤めていたのさ。そこへ度々お客に来たのが香山さんと瀬川さんさ。香山さんはお金持ちで、快活でさ、瀬川さんはどっちかと云うと内気だったわよ。所が、あたしは瀬川さんの方が好きだったのさ。或る時、そうだ、何だか、こうじっとしていられないような春だったわ。香山さんの云い出しで、あたしと、あたしの友達の、やはり同じ店にいた娘と、香山さんと瀬川さんとで、一晩泊りで熱海に出かけたのさ。そしたら、その晩の夜の夜中に、何と思ったか、香山さんが、あたしと瀬川さんとを結婚させるんだと云って、どうしても諾《き》かないのさ。あたしは面くらっちゃった。瀬川さんも面くらったらしかったわ。けれども、あたしは瀬川さんが好きだったし、瀬川さんは其の時分、香山さんの云いなり放題になっていたので、あたし達は、とうとうその晩結婚しちゃったの。ハッハッハッ、今考えて見ても、無邪気なもんさ」

「無邪気だって？　無邪気じゃないわ。無茶だわ」

「ブルジョアの言葉では、無茶かも知れないが、プロレタリヤの言葉では、無邪気と云うのさ」

　妙子さんは私をグッと睨みつけながら、

「けれども、無邪気でも、無茶でも、結果は同じ事さ。あたし達は、瀬川さんの親がどうしても承知しないので、同棲一年足らずで、別れなくてはならないようになったってえ訳さ。尤も、瀬川さんが意気地なしで、煮え切らなかったからなんだけれども、あたしの親は怒って、貞操蹂躙《じゆうりん》だと云って訴えたわよ。結局、五千円の要求が、たった、千円でお終いさ。ハッハッハッ」

「まあ訴えたの」私は眼を丸くして驚いた。夫が訴えられたなんて、始めて聞く事だった。

「訴えたのさ。尤も、あたしのせいじゃない。あたしは何にも知らない。あたしは瀬川さんと別れる時に、泣いていたんだから。けれども、今になって考えると、あたしは随分ひどい目にあったものさ。瀬川さんは始めから、あたしと正式の結婚をする積《つも》りなんかなかったんだ。香山さんはそれを承知で、あたしを無理やりに瀬川さんと結婚させたのだ。あたしは今でも、少しは恨みに思っているさ。だからこの間の晩、戦争の映画を見せられて昂奮した時に、香山さんに『お互いの血は赤いわね』って、からかってやったのさ。あの言葉は、あたし達のカフェ時代に、お互の間の合言葉のようにした流行《はやり》言葉だったのさ」

ああ、之ですっかり訳が分った。香山さんが、妙子さんの「赤い血云々《うんぬん》」と云う言葉で、茫然とした訳も分ったし、夫が、妙子さんに「僕達の間に何か事を起さんと云うなら、どんな手段も辞せないぞ」と云う脅迫の言葉を送った訳も分った。夫は妙子さんが、すべての事を暴露しやしないかと虞《おそ》れたのだ、友成さんが妙子さんと争ったのも、彼女が暴露しようとするのを留める為だったのだ。

私は口を開こうとした。すると、いつの間にやら、二階が騒々しくなって、誰かが、扉《ドア》をノックし始めた。

再び失踪！

扉を開けて見ると、鈴井探偵がギロリと例のかまきりのような眼を光らしながら立っていた。

「やあ、奥さんでしたか。瀬川さんは居られませんか」

「瀬川？　居りません。部屋に居ないのですか」

「部屋には居られません」

「まあ、どこに行ったのでしょう」

私は沙子さんに会釈して、鈴井探偵と一緒に、私達の部屋に入った。

部屋はガランとしていた。この寒さに、どうしたのか、窓が一つ明け放しになっていた。外は又雪模様で、もうチラチラし始めているようだった。

「窓から逃げたのですよ」

鈴井探偵は窓を指しながら云った。

「ええ、逃げた！　まさか」

「所がね、どこにも姿が見えないのですから。只、不思議なのは、どうして警戒線を突破したかと云う事です。この家は警官で取り囲んでいるのですから。帽子も外套もありますね」

「ええ」

私は部屋を見廻しながら云った。

「松本で買って来たのも置いてあります。又、帽子も外套もなしで出かけたのでしょうか」

「いいえ、そうじゃありますまい」

探偵は何か思い当ったらしく、うなずきながら、部屋の中を探し廻った。

「ああ、こんなものがありましたよ」

彼は洋服箪笥の上から何か取り出した。

ああ、それは短銃《ピストル》だった。

「口径四五だ」

探偵は独言のように云った。私は不思議でならなかった。

「瀬川は短銃《ピストル》なんか持っていません」

「え、瀬川さんが短銃を持っていないって。短銃の射撃の練習をする人が、短銃を持っていないって」

「ええ、瀬川はここへ来た時だけ、短銃の射撃をやるのです。不断は決して短銃なんか手にしません」

「ふん、然し、それにしては、こうしてちゃんと短銃が置いてあるのが不思議だ。いやそれよりも、この家を脱《ぬ》け出したと云う事が、非常に不思議だ。瀬川さんは、どこから か、多分香山さんのものだろうが、マントを探し出して、帽子を何とか誤魔化して、警官のような顔をして、警戒線を突破したに違いない、実に、大胆不敵なやり方だ」

ああ夫は本当にこの家を逃げ出したのだろうか。まさか、探偵が嘘を云う気づかいはない。

夫は何の目的で、家を出たのだろうか。

夫は香山さんを殺した犯人なのだろうか。

私は必死になって云った。

「瀬川は犯人を見つけたのです。そして、それを追い駈《か》けたのです」

「ハハハハ、瀬川さんは始終犯人を追い駈けているんですな」

私は返す言葉がなかった。ああ、夫は何故逃げたのだろう。

鈴井探偵が階下《した》に降りたので、私もついて降りた。階下では、友成さんが、お手のものの巧みな身振で、頻《しき》りに面白い話をしているらしく、彼を取り巻いた人達は、みんなニコニコ笑って聞き入っていた。

私は友成さんの後姿を見て、急に気の毒になった。妙子さんとの面白くないいきさつを隠してみんなを楽しませている彼の気持を察すると、何だか、彼の肩がゲッソリして、妙に寂しく感ぜられるのだった。

署長は、私の顔を見ると、ちょっと不快そうな表情をしながら、

「瀬川さんが、又逃げ出しましたよ」

私はこの時にふと、私達の部屋に、置いた覚えのない短銃があった事、今朝、妙子さんが無断で私達の部屋に這入っていた事を思い出した。そうしてたった今、妙子さんが香山さんや瀬川を恨んでいるらしい口振《くちぶり》だった事を結びつけて、ハッと思い当った。私はそっと署長に囁いた。

「署長さん、妙子さんを調べて下さい。妙子さんは、私達の部屋に短銃《ピストル》を隠しました。あの短銃はきっと友成さんのです。妙子さんは瀬川を恨んでいるのです」

「え、え」

署長は吃驚《びっくり》したように問い返した。

その途端に、玄関で騒々しく罵しり合う声が聞えた。

「さあ来い。この野郎」

例の熊のような杉本が、蒼白い神経質らしい男を、引摺《ひきず》って来たのだった。引摺られている男は、職工長の野呂だった。

杉本の妻の告白

杉本が野呂を引立てて来た騒ぎが、余り大きかったので、何事が起ったのかと大勢の人が、ゾロゾロと集って来た。一旦引込んだ香山のお父さんも、葉子さんと一緒に出て来た。杉本の背後《うしろ》には、彼の妻がオドオドしながら、ついていた。

香山老人は、以前《まえ》から杉本も野呂も知っているので、直ぐに声を掛けた。

「これこれ杉本、乱暴な事をしてはいかん」

杉本は香山老人を見て、鳥渡気《ちょっと》まり悪そうにしながら、

「之は、御隠居さまですか。どうも、飛んだ所をお目にかけます。然し、こいつが――」

香山老人は杉本を遮《さえぎ》った。

「まあ、静かにしなさい。野呂に怪しい節があれば、ここに居られる警官が調べるから、お前は何も騒がんで宜《よろし》い。それよりも、わしはお前に聞きたい事があるが、お前は、伜《せがれ》の短銃を、いつも手入していたね」

私は杉本が香山さんの短銃の手入をしていた事を聞くのは、始めてではなかった。然し、香山さんのお父さんがこう云う質問をするについては何か新しい発見でもあるのかと、固唾《かたず》を呑《の》んだ。

「はい、おっしゃる通りです」

杉本は悪びれずに答えて、眩しそうに、香山老人を見上げた。

「短銃《ピストル》はみんなで四つあって、この家には、口径四五と口径二二とが、一挺ずつよりなかったのじゃ。所が四五の方は射たれた伜が握っていたらしく、屍体の直ぐ傍にあった。而《しか》も、伜は四五の短銃で射たれていたのじゃ。すると、どこかに余分の短銃が隠してあるのじゃあないかと思う。お前は何か心当りがないかね」

杉本は首を振った。

「いいえ、社長さんは短銃は四つより持って居られません。社長さんを射った短銃は、大方瀬川さんのでしょう」

「そんな事はありません」私は叫んだ。

「瀬川は絶対に短銃なんか持っていません」

香山老人は私の方を向いて、うなずきながら、半《なか》ば独り言のように、

「伜を射った短銃が判明すると、犯人もはっきりするのじゃが――」

私は落担《がっかり》した。香山老人は別に新しい発見をした訳ではなかった。誰でも考えている事に、考えついたのに過ぎなかったのだ。老人は、幸に瀬川を深く疑っていないようだが、二度迄も姿を晦《くら》ましたと云う事が、どうして、疑惑を招かないで済むものか。ああ、夫は何と思って、二階の窓からコッソリ降りて警戒線を潜り抜けて、出て行ったの

だろう。

　杉本は私の方をジロリと見ながら、

「瀬川さんが犯人でなければ、野呂が犯人です。こいつはきっと、犯罪に関係しています」

「馬鹿を云っちゃいけない」野呂が、低いけれども、しっかりした声で云った。「僕は社長の殺された事件には全然関係がない。僕は会計に給金や積立金の支払の請求はしたけれども、金庫から金を盗み出した等と言う覚えは少しもない。みんなは僕が逃げ隠れしたように思っているけれども、僕は決して、そんな積りではなかったのだ。それにまるで、僕が罪人でもあるかのように、追い廻して、暴力で捕えるなんて、実に怪しからん」

　香山老人は、野呂を宥《なだ》めるように、

「わし達は何も君を追い廻させはしないよ。杉本が勝手に君を捕えたのじゃ。然し、君は、武山に頼んで、二度もここへ電話を掛けさせたり、揚句に、脅迫の言葉を吐いて、工場を飛び出したりしたのは、好くない事じゃ」

「その点は悪かったと思います」野呂は恐縮しながら、

「私はどうも気が短かくていけません」

「ふむ。無くても好い学問があり過ぎるのじゃ」鈴井探偵は独り言のように云った。

香山老人は鈴井探偵の独り言には取り合わずに云った。

「それにしても、ひどく金を欲しがったと云うのは、どう云う訳かね」

「それは」野呂は口籠《くちご》もりながら、

「全く別の事でして、ここではちょっと申上げられません。然し、社長の事件には、全然関係のない事です」

「そうは行かない」鈴井探偵が厳《おご》そかに云った。

「君は何事も隠さずに云わないと、拘引《こういん》されるぞ。香山氏が殺された時刻に、君はこの辺をウロウロしていた事実があるのだ」

「そ、その事は私から云います」

突然、ヒステリカルな声で叫んだ者があった。みんなは吃驚《びっくり》して其の方を見た。叫んだのは、杉本の妻だった。彼女はオイオイと泣きながら、途切れ途切れに、悲しそうな声を振り絞って、喋り始めた。

「野呂さんは、いくら問われたって、決して云いません。ですから私から云います。私は年が若いのです。私は何にも知らずに結婚しました。杉本は親切です。好《い》い人です。ですから、杉本と趣味も性格も合った女の人には、きっと、きっと、好い夫になれるでしょう。然し、私には好い夫ではありません。私は毎日毎日泣いていました。野呂さんは私を慰めて呉れました。野呂さんと私とは同じ国の者です。とうとう二人で約束しました。野呂さんは一人者ですし、私には子供はありません。二人で国に逃げて帰る約束をしたのです。野呂さんはそれまでに、一生懸命に働いて、お金を拵《こしら》えると云いました。

とうとう、その日が来ました。私は私がいなくなったらどんなに杉本が淋しがるだろうかと、それを辛く思いました。然し、野呂さんの事も思い切れません。私は杉本が出かけると、身拵えをしました。私達はその夜だけ近所の百姓家に隠れる事にしたのです。翌《あく》る日、野呂さんは会社から金を受取らなければならないからです。

私は家を抜けて、野呂さんに会いました。野呂さんは喜んで呉れました。然し、その時に、私は突然、杉本の事を思い出しました。

杉本は時々持病のリュウマチスを起します。可愛想な夫、ああ、リュウマチスで苦しんでも、誰が親切に介抱《かいほう》しましょうか、私は、急に夫の事が気の毒になりました。私は其の事を野呂さんに話して、どうしても逃げられないと云いました。野呂さんは幾度も幾度も、私に決心を促《うなが》しました。然し、私はどうしても帰りたいと云いました。野呂さんは好い人です。私の帰る事を許して呉れました。

家に帰りますと、時計が十一時を打ちました。私は抜き足でそっと、部屋に潜り込みました。安心と気の緩みで、私はそこへ倒れて終いました。暫くすると、杉本は私を起しました。香山さんが殺された事を、その時に聞いたのです」

思いも寄らない杉本の妻の告白だった。之で、あの夜の野呂のいらいらした態度や、彼が杉本の家のあたりをうろついていた事や、杉本と杉本の妻が奇怪な行動をした事も、すっかり分ったのだ。

「うう、うぬ」

妻の告白が済むか済まないうちに、杉本は憤怒《ふんぬ》で真赤《まつか》になって、妻に飛びかかろうとした。が、彼は大勢の人に抱き止められた。

杉本の妻は勇敢に云った。

「私の云った事は、みんな本当です。ですから、野呂さんは決して、社長さんの殺された事に関係ありません」

それから彼女は葉子さんに向き直って、訴えるように、つけ加えた。

「奥さん、私は疑われているのです。奥さん、あのルビーの指輪は、私に下さったのだと云う事を、探偵さんに云って下さい」

「なに」葉子さんは腹立たしそうに云った。

「ルビーの指輪ですって。私はそんなものを、お前さんに上げた覚えはありません」

「奥さん。そ、そんな嘘を云わないで、本当の事を云って下さい」

彼女は再び泣き出しそうになって、葉子さんに哀願した。

「なに、ルビーの指輪？」香山老人は不審そうに口を挟んだ。

「私がお前に買ってやった、あのルビーの指輪の事かね」

葉子さんは渋々うなずいた。香山老人は更に何か云おうとしたが、この時に、玄関が急に騒がしくなって、そして、荒々しい足音で入って来る者があった。

ああ、それは瀬川だった。

夫が帰って来たのだった！

縄の切端

夫は手に丈夫な縄の切端《きれはし》を持っていた。そうして、得意そうに、みんなを見廻した。

「やあ、皆さん、私が又逃げ出したので、御不審にお思いになったでしょうが、実は、私はあの自動車に乗って、逃げたようにお考えになったらしいですが、私にはそんな覚えはありませんし、又、妻に聞きましても、当夜自動車のスタートするような音を、お聞きになった方はないようです。ですから、自動車の行方を探せば、きっと真犯人の手掛りがつくと思ったのです。然し、許しを乞うた所で駄目だと思いましたので、香山君の将校マントを利用して、警戒線を突破して、家を脱け出しました。所が冒険の甲斐がありまして、私はつい一哩《マイル》ばかり先の山蔭に、自動車の引込んであるのを発見しました。犯人は私が自動車で逃走したと思わせる為に、そこへ引込んで隠したのでしょう。自動車には太い丈夫な縄がついていました。多分之で引いたのでしょう。ことによると、犯人は彼の乗っていた自動車で、引張ったのかも知れません。ついていた縄はこれです」

夫は一息に之だけの事を喋って終《しま》うと、手にしていた縄を署長の前に差出した。

署長は苦り切って、縄を受取りながら、

「目的は兎も角として、許可もなく、殊《こと》に変装して、家を脱出すると云うのは以《もっ》ての外《ほか》じゃ。怪《け》しからん」

「許可なくして、脱出した点は重々お詫びします」夫は悪びれずに云った。

「うむ」署長は少し機嫌を直しながら、「今度だけは不問にするが、こんな事を再びすると、相当の処分をしますぞ。うむ、之が自動車に結びつけてあったと云うのじゃな」

署長は暫く縄をひねくった末に、それを司法主任に渡した。鈴井探偵は丹念に縄を調べていたが、

「署長、この縄がずっと中の方まで、湿り気が浸み込んでいる所を見ると、確かに井戸縄です。早速部下をやって、この附近の井戸を調べさせましょう。尚、自動車の隠してある現場は、私自身で調べる事にします。瀬川さん。御足労ですが、一つ案内して下さい」

「承知しました」夫は答えた。「直ぐですか」

「そうですね」探偵は暫く考えた後、

「今夜はもう遅いし、明日の朝にしましょうか」

この時に署長へ電話が掛って来た。

「ああ、モシモシ、ああ、君か」

署長は暫く話をしていたが、やがて、部屋に戻って来て、鈴井探偵に云った。

「指紋技師が来たよ。ここへは来ないで、高原ホテルに泊るそうだ。この前に洩れていた人達の指紋を取る事と、それから、工場の方に置いてあった短銃《ピストル》の指紋を取る事を、命じて呉れ給え」

「承知しました。私の方にも指紋を取って貰いたい短銃があるんですよ」

探偵は、私の方を意味ありげに見ながら、独り言のように云った。

秘密を乗せた書物

　翌朝早く、夫は鈴井探偵と一緒に、自動車の隠された場所に行った。私は別に何のなす事もなく、いつまで抜け切らない不安な気持に、ジリジリしながら、客間にいた。

「工場の会計の状態を一度調べて見なければならない」

　低い重々しい声が次の間から洩《も》れて来た。それは確かに香山老人の声だった。私は聞くともなしに、聞耳を立てた。

「それから、私的財産の状態も調べなければならん。あなたは家計簿をつけているじゃろうね」

「は、はい」

　聞き取れないような声で答えたのは、葉子さんだった。

「ちゃんと、つけているのですけれども、つい最近に家計簿が紛失しました」

「なに、紛失した？」

「はい、どこへ行ったのか、いくら探しても分りません」

　香山老人は何か云ったようだったが、それっ切り二人の会話は聞き取れなくなった。

　家計簿の紛失？　誰が、何の目的で、そんなものを盗んだのだろうか。私には又一つの新らしい疑問が増えたのだ。

そこへ、自動車の調査を終った夫が、帰って来たが、彼は片手に部厚な小包を抱えていた。

「オイ、お前の所へ小包が来たぜ」

夫は何気なく云った積《つも》りらしかったが、その声には疑惑が籠《こも》っていた。こうした騒ぎの最中へ、而《しか》も、私がこんな所にいる事は、他に知る人もないのに、私宛の小包が来たので、夫が変に思うのも、無理はないのだ。

小包と云うのは、疑いもなく、私が武山に頼んで、電報で註文した書物である。

「ああ、そう」

「何だね。之は」

「ちょっとわけがあるのよ。いらっしゃい」

私は夫を二階の部屋に呼んだ。そうして、理由を手短かに話して小包を開けた。中からは、「殺人の研究」が出て来た。

私は頁を繰《く》った。そうして、神永さんの部屋にあった、同じ書物の引裂いてあったあたりを探した。そこには「精神病者の殺人」と云う項目があった。やがて、私は次のような記事を見出して、アッと叫んだ。

遺伝的精神病者については、愛知医大の小畑教授の報告に、次のような実例がある。

長野県諏訪町の神○末○は、相当の資産家で、平素は少しも変った所がなく、地方の銀行の重役を勤め、附近の者から尊敬されていた。彼は明治××年五月三日、銀行が退《ひ》けて、自宅へ帰ると、妻の寝室に這入った。妻は最近に出産して、生れた許《ばか》りの赤ん坊と枕を並べて寝ていたのだった。彼は平気な顔をして、妻を短銃《ピストル》で射殺して終った。神○末○は、妻を射殺した以外には、少しも気違いらしい行動はしなかった。又彼が妻を射殺した事については、何の理由もなく、彼自身少しも説明しようとしなかった。彼は精神病者と鑑定されて、精神病院に送られたが、遂に恢復《かいふく》しないで、五年後に死んだ。彼の祖父は精神病者だった。然し、彼には、幼少の頃から、その事実は堅く秘密にしてあったのだった。


私と一緒に、書物の上に首を突出して、読んでいた夫は叫んだ。

「うむ、之は容易ならん発見だ。お前は、ここに書いてある諏訪町の神○末○と云うのは、神永さんのお父さんだと思うか」

「さあ、これと同じ本が神永さんの部屋に隠してあって、而《しか》も、こんな所が破ってあるのを見ると、そうじゃないでしょうか」

「うん、もし神永さんの誕生日が、四月の末か、五月の一日だったら、殆ど疑う余地はない。然し、お前がこんな本を、態々《わざわざ》取り寄せたと云う事が、神永夫人に分ったら、どんな面倒な事が起るかも知れない。この本は早くどこかへ隠さなければいけない」

私達は相談した上、「殺人の研究」を、地下室の、ゴミゴミした品物の積んである中に隠す事にした。

私達はそっと地下室に降りた。夫はがらくたの置いてある中に、手を入れて書物を隠す余地を拵えようとしたが、妙な顔をして、手を引出した。彼の手には一冊の本が掴まれていた。

「オヤオヤ、変だぞ。もうちゃんと先客さまがあって、本を隠しているわい」

「あッ、それは」

一眼見た私は叫んだ。本と見えたのは、確かに家計簿だった。疑いもなく、葉子さんが、なくしたと云う家計簿である。

夫は私が驚いているのを尻目にかけて、暫く頁をはぐっていたが、やがて、私に家計簿を渡した。

「ちょっと見てごらん、葉子さんは案外浪費家だね」

私は恐ろしいものを見るように、家計簿を覗いた。家計簿はひどい赤字だった。赤字がひどくなると、葉子さんはどこからか、お金を持って来て、それを埋めていた。最近には埋め切れない多額の赤字を出しているのだった。

「こんなものを見ちゃ悪いわよ。元の所へ隠して置きましょう」

夫は黙って、私から家計簿を受取って、元の所へ押し込んだ。「殺人の研究」は別の所に、余地を作って、やはり押し込んで終った。

私達は黙り込んで、地下室の階段を上った。

と、ちょうど、署長が、電話を掛けている声が聞えた。

「うん、そうだ。神永の分が紛失しているんだ。確かに外の指紋と一緒にあった筈なんだが、いつの間にかなくなっているんだ。君の方に控えはないかい。なに、あるって。じゃ、それを僕の方に呉れ給え」

署長は指紋技師に電話を掛けているのだった。彼は此の間から、しきりに指紋原紙が紛失したと云ったが、それは神永さんの指紋だったのだ。

呑みかけた水

客間に戻ると、支配人の尾間が不安そうな顔をして立っていた。その傍には、副支配人の武山と、鈴井探偵がいた。私達が部屋に入ると、間もなく、署長が電話室から帰って来た。

署長が訊問を始めようとすると、尾間は、私に向いて、

「奥さん、お冷を一杯下さいませんか」

と、云った。彼は朝から酒を呑んだらしく、ぷーんと嫌やな臭いがするのだった。私は黙って台所に行って、水を汲んで来た。尾間は礼を云いながら、ポケットから白い薬を出して、水と一緒にグッと呑んだ。

署長は云った。

「尾間さん、もう一度、よくその縄を見なさい。そうして、覚えがあるかないか返事」

なさい」

「何度問われても同じ事です。私には少しも覚えはありません」

「然し、それはあなたの家の井戸の縄ですぞ。あなたの家の井戸縄は、極《ご》く最近に、鋭利な刃物で切り取ってあったのです。それでも覚えがないと云いますか」

「私の家の井戸縄かも知れませんが、人と云うものは、井戸縄まで、一々覚えているものではありません。井戸縄なんて、どこの家でも大抵似通ったものです」

「然し、少くとも、井戸縄が切り取られている事実に、気がつかない筈はない」

「私の家には二つ井戸がありますから、大方、始終使わない方のでしょう」

「それにしても、縄の切れている事実を知らないと云うのは、可笑《おか》しい」

「もし知っていれば、直ぐに取り替えますよ。況《いわん》や、縄がないと云う事が、もし私に取って不利なら、尚更、そのまま抛って置くと云う事はない筈じゃありませんか」

「うむ、それはそうじゃが」

署長はちょっと言葉に詰ったようだった。その時に尾間は、又私の方を向いて、

「奥さん、すみません、お冷をもう一杯下さいませんか」

すると、鈴井探偵も、

「僕も喉が渇いたから、序《ついで》に一杯下さい」と云った。

私は台所に行って、水差に水を入れて、三つ四つコップを添えて、持って来た。

その暇に訊問はすんだらしく、署長は尾間に向って云っていた。

「では帰って宜しい。然し、君にちょっと注意して置くが、朝から酒を呑むと云う事は、衛生上宜しくない許りでなく、警官の取調べに対して、礼を欠いている」

「どうも相すみません。之は私の悪い習慣でしてな、どうか、悪しからず」

尾間は悪びれずにあやまって、帰って行った。

いつの間にか、部屋に来ていた香山老人は、嘆息しながら、云った。

「尾間は立派な男でな、わしが抜擢して、支配人に据えたのじゃが、この頃になって、誰か、悪い友達にそそのかされたらしく、ひどく酒を呑むようになったのは、困ったものじゃ」

この時に、鈴井探偵は私が持って来た水差を取上げて、コップについだが、何と思ったか、そのまま呑まないで、下へ置いた。尾間が余り水々と云ったので、私もつい釣り込まれたのか、呑みたくなったので、コップに水をついで唇の傍に持って行くと、武山があわてて私の腕を引いた。

「奥さん、その水を呑むのは、お止しなさい」

「な、なぜです」

私が吃驚《びっくり》して問返すと、彼は私の耳許で囁いた。

「尾間君が、水差の中に何か白い薬を入れて行きましたよ」

「え、え」

私が吃驚して、飛上っている暇に、鈴井探偵は香山老人に云っていた。

「犯人の範囲は大分狭《せば》まりましたよ。犯人は当家の事情に能《よ》く通じたものです。例えば、瀬川さんがここへ来ると云う事や、瀬川さんが、ここへ来れば、地下室で射撃が始まると云う事等も知って居り、且つ工場内の事情に頗《すこぶ》る通じていまして、金庫の中から二百円の紙幣を出したり、尾間さんに嫌疑を向ける為に、態々《わざわざ》、そこの井戸縄を使ったり頗《すこぶ》る奸智《かんち》にたけた奴です。然し、犯人と云うものは、いつでも詰らない失策をするものでしてな。今度の事件でも、犯人は実に巧妙に計画していますけれども、ちょいちょい抜けた所があります。何と云っても、兇行に使った四五口径の短銃《ピストル》さえ見つかれば、犯人は自《おのず》から明白です。今、指紋技師が、すべての短銃について、指紋を調べて居ますから、やがて結果が分るでしょう」

私は半ば鈴井探偵の云う事に、聞き耳を立てていた。彼は之まで、何のとりとめもなく、事件の片鱗《へんりん》を捕えていたに過ぎないようだったが、流石にちゃんと、犯人の当りはついているらしいのだった。

武山は私の耳許に、薄気味の悪い事を囁いたまま、出て行った。それから、一時間ばかり何事もなかったが、突然電話の鈴《ベル》が鳴った。

鈴井探偵は直ぐ飛んで行ったが、やがて、蒼い顔をして帰って来て、署長に云った。

「高原ホテルから電話です。高田君が短銃《ピストル》で射たれたそうです、未だ、息はあるそうですが、余程《よほど》重態らしいです」

「え、え、高田がやられた」

署長は吃驚《びっくり》して飛び上った。

高田と云うのは、指紋技師の名だった。

可愛想な指紋技師は、血に塗《まみ》れて、ホテルの一室で気息奄々《きそくえんえん》として、斃《たお》れていた。あたりには指紋用の道具が散らばっていた。

「うむ」

署長は唸った。

「一体、何の目的で、こんな兇行《きょうこう》をやったのか」

鈴井探偵は机の上の書類を調べながら云った。

「犯人の残した指紋が、兇行の原因でしょう。高田君は短銃の指紋が、最も有力な手係りだと云ってましたからね。御覧の通り、口径四五の短銃が紛失していますよ」

「私の短銃も」友成さんが云った。

「高田さんに渡したのですが、それは、ちゃんとここにありますよ」

「なくなったのは、工場の事務所にあった短銃です。高田君が一番重きを置いていたものです」

そう云って、鈴井探偵は、署長の耳許に何か囁いた。

「うむ」

署長は急に緊張した顔をした。すると、その途端に、署長の傍にいた香山老人が、そっと滑るように音もなく、部屋を出た。その事に気がついていたのは、私だけだったらしかった。私は何かしら、恐ろしい予感に襲われて、香山老人の部屋を出た事を署長に云おうと思ったが、余計な事だと気がついて、黙っていた。

「オヤ、香山さんがどこかへ行きましたね」

流石に鈴井探偵が第一に気がついて、不審そうに云った時に、不意に蓄音機のレコードらしい、音楽が聞えて来た。

ああ、それは、私の忘れる事の出来ない、二度までもラジオで聞いた、ショパンの葬送曲だった。

私を始め居合した人達は、ハッとして、互いに顔を見合せた。ああ忌わしい、葬送曲——私達は何故、こんなにこの曲を聞かなければならないのか。

と、この時に、パンと云う鋭い音が、突然、廊下の向うで響いた。疑いもなく短銃《ピストル》の音だった。

私達は再び立すくみながら、顔を見合した。そうして、次の瞬間に、我れ勝ちに、短銃の音のした方に、馳け出した。

私は署長と鈴井探偵の次に、短銃の音のした部屋に飛込んだ。

ああ、私は生涯あの時の光景《ありさま》を忘れはしない。

香山老人が蒼白い顔をしながら、燃えるような眼を輝やかして、長々と伸びている屍体を覗き込んでいた。部置の片隅には携帯用の蓄音機が廻転していた。

「入っちゃいけない。入っちゃいけない」香山老人は私を押し返えしながら云った。

「葉子を入れてはいけない」

そう云いながら、香山老人は署長に向いて、

「来るのが遅かったです。武山がたった今自殺しました」

「武山が……」

夫が吃驚《びっくり》したように云って、前に出た。すると香山老人は、

「見ちゃいけないと云うのに。とても恐ろしい光景じゃ。それに、もうすっかりこと切れているから、騒いでも無駄じゃ」

署長はじっと香山老人の顔を見つめた。

「香山さん、もう少し委《くわ》しく話して下さい。あなたは一体何用あって、この部屋へ入られたのですか」

「わしは短銃《ピストル》の音を聞いて、ここに馳けつけたのじゃ」

「誰が一体レコードを掛けたのですか」

「武山が死ぬ前にかけたのじゃ」

「武山は一体どうして、この部屋に」

「わしが呼んだのじゃ。御承知の通り、わしはこのホテルに泊っていたので、武山に工場の事を委《くわ》しく聞こうと思って、呼んだのじゃ、武山は快活にわしに話をして、自殺をするような風は、少しも見えなかったのじゃが」

「ふん」探偵はうなずいた。

「無論武山は自殺するような男には見えませんでした。現に、彼は高飛びをする用意をしていたのですから。然し、流石に良心に責められて、急に自殺する気になったのでしょう。みなさん、武山は香山さんを殺した真犯人です。その理由はあちらで説明しましょう」

探偵の話

別室で、みんなは唖《おし》のように黙って、鈴井司法主任の顔を眺めた。鈴井主任は例のかまきりのような眼を、ギロギロさせながら、格別得意そうにしないで語り出した。

「先刻《さつき》もちょっと、香山さんにまで云いましたが、今度の犯罪は、余程内部の事情に通じたもので、どうしても、工場の中の人間と云う事は、最初から目星がついていたのでした。犯人は実に好智にたけた男で、瀬川さんが別荘にやって来れば、必ず、短銃の射撃が始まる事を知って、それを利用する為に、前以て、いろいろの計画をしました。瀬川さんの名で、松本のホテルに一室を取って置いたのも、その一つです。

彼は地下室の射撃が、いつ頃から始まるかと云う事を確かめる為に、二度も電話を掛けました。尤《もつと》も其の電話については、ちゃんと他の人間に責任を持たせました。彼のやり方は、いつでも、抜け目なく逃げ路を作って、第三者に嫌疑を向けるようにしているのです。

彼は射撃の始まる時分、そっと工場を抜けて、地下室の前に来ました。彼は機会を覗《うかが》って、地下室の扉を開けて、中に這入ったのです。香山氏はそんな事には、少しも気がつかないで、夢中で短銃《ピストル》を打っていたのです。

彼はいきなり持っていた短銃で香山氏を射殺して、香山氏が斃れるや否や、直ぐに、香山氏の身代りになって、的を覗って、短銃を打ち放しました。的の方にばかり気を取られていた瀬川氏は恐るべき犯人が、いつの間にか香山氏を斃して、その身代りになっていた事に少しも気がつかなかったのでした。然し、流石に、香山氏の短銃を打つ間隔が、いつもより長くなった事には気がついていました。つまり香山氏の短銃発射の間隔が、延びたのではなくて、全く別の人間に代っていた訳なのです。

犯人は香山氏の身代りになって、短銃を発射しながら、ジリジリと瀬川氏の傍に寄りました。そうして短銃の柄で、瀬川氏の後頭部を一撃したのです。瀬川氏が昏倒すると、彼は、直ぐに附近に置いてあった彼の自動車の中に運び入れました。彼は予《あらかじ》め、用意して置いた尾間の家から切取った縄を香山氏の自動車に結びつけて、約一哩《マイル》ばかり引張って、そこの山蔭に隠しました。瀬川氏がその自動車に乗って逃げたと思わせる為でした。云い後《おく》れましたが、彼は家に残った人達に恐怖心を起させる為に、香山氏を殺し、瀬川氏を昏倒させると同時に、家の中の電燈と電話の線を切断して終いました。尚、奸智《かんち》にたけた犯人は、電話の送話器を利用して、ラジオの拡声器に電線を繋ぎ、蓄音機のレコードを、ラジオを通じて聞えるようにしました。瀬川さんの奥さんが、度々聞かれた奇怪な、葬送曲は即ちそれで、犯人はそれに依《よ》って、家の中にいる人の恐怖心を募らせて、正当の判断を誤まらせようとしたのです。

所で、之ほど巧みに企んだ事でありましたが、犯人はちょいちょい失策を演じました。その主なるものは、第一、彼が余りに用意周倒にやり過ぎて、どんな些細な事にでも、きっと嫌疑者を作って置いた事でした。電話をかけた事については、野呂に疑《うたがい》をかけさせ、自動車を引張った縄については、尾間を疑わせるようにしました。之は余りに細工にすぎて、反って犯人が、野呂や尾間以外の工場内部の人間である事を思わせるに至ったのです。

彼の最も大きな失敗は、帰って来た瀬川さんに、再び嫌疑を向けさせる為に、瀬川さんの部屋に短銃を置いた事でした。而《しか》も、その短銃は、友成さんのものだったのです。瀬川さんの部屋に入った人間は極端に限られていました。犯人は余りに小刀細工《こがたなざいく》をし過ぎ、自分の運命を狭めたのでした。

犯人のもう一つの大きな失敗は、犯罪に使った短銃《ピストル》の指紋を消して終《しま》った事でした。もし工場の事務所に置かれていた短銃に何の指紋もないとしたら、それは恐らく、犯人が指紋の残るのを恐れて、拭い取った証拠になるでしょう。事実犯人は事務所にいたのですから、もし短銃が指紋が残っていても、少しも差支えがないのでした。それを綺麗に拭って終ったのは、犯人の大きな失敗です。

最後に犯人は、私にすっかり見破られたと考えて、私を毒殺しようと試みました。而《しか》も奸智そのもののような彼は、あくまで、その罪を第三者たる尾間に負わせようとしたのです。先刻《さつき》、私が水を呑みたいと云ったのを、幸いにして、彼は水差の中に、毒薬を入れました。私は逸早《いちはや》くそれを発見しましたので、その水を呑みませんでした。

私は署長に犯人の名を囁きました。犯人は到底逃れられないと思って、このホテルに来て、高田君を襲撃して、証拠のピストルを盗んで、そのまま逃げる積りだったのです。所が、私が署長に犯人の名を囁いた時に、香山さんが、それを聞きつけられたものですから、武山はとうとう自殺しなければならない事になったのです。私達は無論武山を法の前に裁きたかったのです。然し最愛の息子を殺された香山さんとして見れば、別の方法で彼を裁きたかったのも無理はありません。私は武山は自殺したものとして、今度の奇怪な事件の最後としたいと思います」

鈴井探偵の話が終ると、みんなはホッとして、悪夢から覚めたように、顔を見合せた。

ああ、香山さんを殺したのは、武山だったのだ。彼は表向き自殺してしまったので、事件はそれで終いになったのだ。後で聞いた所によると、彼は工場の支配人になる積りでいた所、尾間に追い越されたので、深く香山さんを恨んだのだと云う事だった。尾間に酒を勧めて、評判を落させようとしたのも、彼の奸計の一つだったのだ。

香山さんの死と同時に、夫との間に、妙子さんの問題があったり、野呂と杉本の妻とのローマンスがあったり、又神永夫人が、彼女の夫の為を思って、妙な行動をしたりしたものだから、事件がひどくこんがらかって、片端《かたつぱし》から疑いの眼で見なければならない事になったのだ。そうして、どことなく好かないとは思ったが、私には親切にして呉れたし、夫の無実に同情してくれたりしたので、一度だって、武山を疑って見ようとはしなかったのだ。

事件が片づいた時に、私はまるで十年も一度に年を取ったように思った。夫と一緒に東京へ帰った当座は、絶えず探偵につけ覘《ねら》われているような気持が、容易に抜けなかった。

葉子さんとも、その後は殆《ほとん》ど文通しないようになった。今でも相変らず派手に暮している事と思う。

杉本の妻が貰ったと云う、ルビーの指輪は、やはり葉子さんがやったのだった。葉子さんはお金を使い過ぎて、いろいろやりくりをしていたので、杉本の妻に口止めをする為に、指輪を与えたのだった。この事は、葉子さんは後に香山老人に告白したのだった。

杉本の妻は今でも、夫と一緒に幸福に暮しているようである。

隠れた手

一

昭和×年の二月当時二十四歳の青年であった私は、再び生きて帰らない決心で、密《ひそか》に郷里を出て、東京に参りました。何故私がそんな決心をしたかと云う事については、今直《す》ぐ申上げなくても、追々に分って頂く時機が来ると存じます。

無論私は上京したとて、幸運が私を待ち構えて居《い》るだろうとは思いませんでした。押潰されそうに軒《のき》を竝《なら》べた無数の家の中にも、数万台の自動車の飛び違っている街頭にも、夥《おびただ》しく群れ集って溢《あふ》れるばかりの人達は各自の生活のあわただしさに、一介の田舎青年が、帝都のどの隅で喘《あえ》いでいようとも、又のたれ死をしかっていようとも、爪の先ほどの興味さえ持とうとはしないに極《きま》っています。が、此《こ》の当時の私の心持は恰度《ちょうど》そうした誰からも構われない、誰《だ》れからも微塵の関心を持たれないと云《い》う事を、切に希望していたのでした。詰《つま》り私に取りましては、山奥の無人境にいるのも、数百万の人口を持っている帝郡にいるのも、誰一人慰めて呉《く》れる女人もなければ、又自分を憎む敵もいない、全くの独りぼっちの安易さと云う点では、全然同じ事なのでした。喧騒そのもののような大都会の真中に、只《ただ》一人友もなく知人もなく住んでいると淋しい山奥に隠遁《いんとん》しているよりももっと犇々《ひしひし》と身に迫る哀愁を覚えるものです。然し私はそんな感傷的な気分に浸っている訳には行きませんでした。何故なら私は生きる為に、職を求めなければならないのでした。

都会にだって、容易に仕事は転《ころが》っていない、と云う事は十分に覚悟はしていましたが、楽な仕事を求めるなら格別だがどんな仕事でもする気なら、若い男一人腹八分に食って行く仕事位、真逆《まさか》ない事もあるまいと、実は多少多寡《たか》を括《くく》っていたのでしたが、実際に当って見ると、こうも人が余って仕事が少ないものかと、嘆《たん》ずる他はありませんでした。

当時所謂《いわゆる》知識階級と云われる学校出身者の失業は絶頂に達していました。某社で書記を三名募集したら五百名の応募者があったとか、某新聞社で見習記者を二名募集したら、三百名の応募者があったとか云う話はザラにありました。或る料理店で皿洗を求めたら百名余りも押寄せて、中に大学卒業生が三人もいたと云う嘘のような本当の話さえありました。

私は元より大した学歴もなく、強《し》いて俸給生活をしようと云う考えはありませんでした。筋肉労働元より辞する所ではありませんでしたが、さてその筋肉労働と云っても、熟練を要する事には、私のような素人は駄目ですし、力一方の事は下級労働者とはどうしたって競争出来ませんし、限られた労働となると、矢張《やはり》希望者が山のようにありまして、伝手《つて》も何にもない私には朝から晩まで駈けずり歩いても、一塊《いっかい》のパンを恵まれる仕事にさえありつけないのです。

随分慎しやかに暮してはいましたが、元より貯えの金と云うのは云うに足らない少額ですから、一月二月と仕事なしに暮しているうちに、グングンと減って行って、世間は春が来たと云って、花見に浮れ出そうとしている四月に這入りますと、もう明日は絶食するより他には仕方がないと云うドン詰りに来《き》つきました。

働く気は燃えるように持合していながら、仕事がないとは何たる情けない事でしょうか、それには種々と理窟《こつ》のある事でしょうが、私に取っては理窟の問題ではありません。差迫った、全くこう云う時に差迫ったと云わなければ他に差迫ったと云う言葉の使いようのない程差迫った現実の問題なのです。

私がもっと図々しい人間であるか、ドン底生活に馴れた人間だったら、未《ま》だ何とかしようがあったかも知れませんが、田舎から出て来た計《ばか》りの世馴れない私には、全く明日の日をどうして送ったら好《い》いか、途方に暮れて終いました。

途方に暮れても暮れなくても、日は遠慮なくドンドンと経って行きます。とうとう恐れていた明日が今日となりました。私は着の身着のままで、一銭の金さえないのです。然《しか》しじっとしている訳には行きません。疲れ果てた身体をやっと起して棒のようになった足を励ましながら、今日こそはと云う空しい望みを抱いて、職業紹介所に行きました。が、結果は恐れていた通り、何の仕事をも得る事は出来ませんでした。

職業紹介所の門には私同様生気のない失業者が犇《ひし》めき合っていました。彼等の大部分はその日の糧《かて》を得る事が出来ない者なのです。私はそうした人達の群にも巻込まれて当《あて》度《ど》もなく足を動かして、フラフラと流されるように歩んで行きましたが、ふと彼等の間に交された会話を小耳にはさみました。

「東洋ホテルのコック部屋で掃除人夫を使って呉れるかも知れねえってよ」

それは殆《ほとん》ど聞取れないような囁《ささや》き声でしたが、職の話となれば身体中が耳になるほど敏感になっている時です。どうして聞流す事が出来ましょう。そうして、ああ、私はいつの間にこうした卑しい心になったのでしょうか、盗み聴いた瞬間に、「早く行かなければ駄目だ、他の人達の行かぬ間に」と、忽《たちま》ちその話手を出し抜く気になりました。

後で考えて見ますと、人は何事か一心に考えていると、見たり聞いたりする事が、何でもその事に関係があるように、見えたり聞えたりするものです。殊《こと》によると、この時も東洋ホテルと聞いただけで、後の掃除人夫云々《うんぬん》の事は、私が職を欲しいと思いつめている為に、錯覚でそう聴いて終《しま》ったのかも知れません。

然し、私はその時は全く一生懸命でした。何でも早く行かなければ、他人に取られると思って、無論電車賃はありませんから、重い足を引摺《ず》って、心だけは飛ぶような思いで、然し、跛《びっこ》足の老馬のように足掻《あが》きながら、東洋ホテルに向いました。ああ、そうして、私はこの時東洋ホテルに行った許《ばか》りに、奇々怪々な事件の中に巻き込まれようとは、無論夢にも知らなかったのです。

二

東洋ホテルに着いたのは、正午近くだったと思います。東洋ホテルと云うのは帝都第一のホテルで、丸の内と銀座と日比谷とを綴る円の恰度中心《ちょうど》にありまして、そこには金持の外国人か日本人なら余程身分のある人でなければ行かない所なのです。私は無論自分の服装に較べて、正門から堂々と這入るほど非常識ではありませんでした。ホテルの横を何回か往来して裏口と思われる所を見出して、四辺に気を兼ねながら、漸《よう》くの事で中に這入って行きました。

このホテルは有名な外国の建築家が建てましたので、西洋建築でありながら、日本風の特徴を取り入れたと申しましょうか、中は天井が低くて、変に陰気臭く、壁は代赭色《たいしゃ》の煉瓦《れんが》と薄青色の石とが、露出しになっていて、落着いた気分はあるかも知れませんが、紳士淑女が着飾って出入するホテルと云う華やかさがないように思われます。

そんな事は兎《と》に角《かく》として、あたりが今云ったようにケバケバしくなかった事が、私を大胆にしたのでしょうか、私はいつの間にかうかうかと大きな広間に出て終《しま》いました。私が裏口だと思って這入った所は裏口は裏口でも、矢張り客用の裏口で、コック部屋や使用人の部屋に通ずる入口ではなかったと見えます。

広間には厚ぼったい絨毯《じゅうたん》が敷いてありまして、両側にはポッコリ身体が這入って終うような長椅子や肘付椅子が並べてありまして、そこには偉そうに見える男女の客が三々伍々《ごご》腰を下していました。私は飛んでもない所に出たとハッと顔を赤らめました。すると、そこにいた人達がジロジロ私を眺めるような気がします。今にもホテルの係員が来て、撮《つま》み出されるかと思われまして、私はすっかり逆《のぼ》せ上って終いました。何でも早く人のいない所に行って、コッソリ外に出なくてはならぬと思って、広間を急いで横切って、人気のない狭い廊下に這入りました。考えて見ると、私は広間へ出た時に、直ぐに引返えすべきなのでした。然しふいにそういう所へ出てすっかり狼狽《うろた》えて終ったのですから、仕方がありません。人気のない狭い廊下と思って這入り込んだのはつまりホテルの宿泊室で、両側にズラリ並んでいる番号のついた扉は、みんな泊客の部屋の入口なのでした。

廊下をオズオズと歩いているうちに、やっと私もその事に気がつきましたけれども、後へ引返えしては又側の偉そうな人達のいる広間を通らなければなりません。どうかして後へ戻らないで、外へ出る道はないかと、廊下を右に曲ったり左に折れたり、縦横に進んで行きましたが、廊下はどこまでも無限に続いて、両側は番号こそ違え、どこまで行っても同じような部屋続きです。

どうしてこんな所を歩いて人に見咎《とが》められないかとお思いになるかも知れませんが、後で知った事ですが、こうした西洋式ホテルは、部屋の締《しま》りが完全ですから、廊下を通る事は誰でも自由に出来るのです。それに時刻も正午近くでしたから、大抵の泊客は外に出て居るし、割合に廊下の人通りはなかったのでした。

然し、私はそう永く人に見咎められない幸運を喜んでいる訳には行きませんでした。私が丁字形の廊下を右に曲ろうとするとこっちに向いて来る若い女らしい人影があるではありませんか。別に悪い事をしている訳ではありませんが、何となく後暗《うしろぐら》く思って、人に会いはせぬかとビクビクしていた時でしたから、ハッと思って、急いで元に戻ろうとしますと、ああ、元の道からもボーイらしい影が見えます。私は狼狽しながら左に曲りますと、なんと、廊下は袋になっています。絶対絶命です。私は思わず手近の扉の把《とっ》手《て》に手をかけました。すると幸か不幸か、扉には締りがしてなかったと見え、音もなく開きました。急いで覗《のぞ》き込んで見ると、誰もいないらしいのです。私は夢中でその中に飛込み、扉を締めてじっと息を凝《こ》らしました。

三

優しい衣擦《きぬず》れの音がして、女らしい足取《あしどり》が私が息を凝らして隠れている扉の前を通り過ぎました。と、その女はコツコツと隣の部屋の扉を叩きました。間もなく彼女は部屋の中に這入ったようです。この時を外してはと、私は急いで外へ出ようとしますと、不意にヒソヒソという話声が隣室から洩れましたので、私は思わず聴耳《ききみみ》を立てました。

「嬢や、支度《したく》は好いかな」

老人らしい声です。

「お父さん」

若い娘らしい沈んだ声で、

「私、支度などする気にはなれませんわ」

「未だそんな事を云っているか。二時には太神宮で式を挙げて、四時には身内だけに披露の宴をして、直ぐ新婚旅行に出る事に極《きま》っているのじゃないか」

「でも、お父さん、わたし……」

「分らん奴じゃ、お前は未だそんな事を云って私を苦しめるのか。お前は何の為に郷里から出て来た。今日の結婚式を挙げる為《ため》ではないか」

「それは、そうですけれども、お父さん、私どうしてもあの人と結婚しなければならないのでしょうか」

「くどいッ、お前はこの年取った父がどうなっても構わんと思っとるのか。わしは度々云った通り、この前の選挙の時に遣《や》り過ぎた。その為に少なからぬ負債は残るし、急《あせ》った結果、下手をすると反対党から瀆職《とくしょく》罪で訴えられる破目になっているのじゃ、お前があの男と結婚さえして呉れれば、あの男は金を唸《うな》るほど持っている上に反対党に対して非常な勢力を持っとるから、万事都合好く解決するのじゃ。あの男は風采《ふうさい》と云い学歴と云い頭脳と云い、何一つお前の夫として欠ける所はないではないか。その上に、お前はあの男と結婚すれば、この父を窮境《きゅうきょう》から救う事が出来るのだ。今更《いまさら》不服を云う所はないと思う」

「だって、お父さん、私はあの人を愛する事が出来ませんもの。成程《なるほど》あの方は欠点のない方かも知れませんが、私どう努《つと》めても愛する気が起りませんもの、愛のない結婚はきっと不幸を招きますわ。お父さん、未だ遅くはありません。私が可哀相だとお思いになりますなら……」

「ならぬッ。今となって、どうしてそんな事が出来るものか、お前こそ、このお父さんが可哀相だと思わぬか」

私は自分の危い立場を忘れて、外へ出ようとせず、この会話を息を凝らして聞きました。あら方察せられる通り、父の方はどこかの地方の政党の有力者らしく、選挙の不始末を尻拭《ぬぐ》いする為に、政略的に反対党の有力者に可憐な娘を売ろうとしているのです。一々くどくは説明しませんでしたが、娘の凛《りん》とした透き通るような声と、父親に対する謙譲な態度から、彼女がいかに可憐な美しい孝行娘であって、然しながら中々気丈な利発者であるかと云う事は、姿を見なくても、私にはちゃんと分るような気がしました。それに反して、父親なる者はいかに膏《あぶら》切った好色爺で、恥知らずで、慾張りで、因業《いんごう》極る老爺であるかは想像に難くありません。実は、私も最近にこうした無理解な親の為に、愛する仲を引裂かれた者なのです。聞いていても人事とは思われません。思わず同情の涙がにじみ出て、拳を握りしめ、出来たら躍り込んで老爺を殴り倒したく思った程でした。

可憐な彼女は声を忍んで、涙に咽《むせ》んでいたようでしたが、やがて諦めたと見えまして、

「お父さん仰せの通りします」

と細い声で、然し、きっぱりと云い棄てて部屋を出て行きました。それを盗聴《ぬすみぎ》いた時には人事ながら、胸が張り裂けるようでした。

後に残った父親は何かくどくど呟いていましたが、やがて静かになりましたので、この暇にと思って部屋を出ようとしますと、廊下に今度は男の足音が聞えました。もしや、この部屋へ這入って来るのではないかと、ビクビクしていますと幸いに前を通り過ぎて、隣りの部屋をコツコツと叩いて中に這入ったようでしたが、やがて、ぎゃっとか、ぐっとか云う異様な呻《うめ》き声が洩《も》れたと思うと、バタバタと急いで廊下に飛出す足音が聞えました。それから、以前にも勝《ま》して四辺はしんとしました。

この時機を外してはと私は部屋の外へ出ようと、把手に手をかけますと、なんと驚いた事には、少しも動かないのです。そんな筈はないと狼狽《うろた》えながら調べて見ますと、ああ私が茫然《ぼうぜん》と隣室の話に聞入っているうちに、誰かが外から鍵をかけて終ったらしいの

です。私は思いがけなくも、ホテルの一室に閉じ込められて終ったのです。ああどうしたら好いでしょう。

四

私は無駄とは知りながら、扉の把手をガチャガチャ動かして見ましたが、元より鍵のかかった扉が開こう筈はありません。ああこうした一室に閉じ込められるとは何と云う迂闊千万《うかつせんばん》の事でしょうか、多分ホテルのボーイが碌《ろく》に中を調べて見もしないで、鍵をかけて終ったのでしょうが、こんな事をしているうちに、もし客でも来て見つけられたら泥棒と云われても、何の弁解の言葉もないではありませんか、窓は往来の方に向っていますが、ここは二階ですし、昼日中に窓から出るなどと云う事に、到底出来ません。見つけられたらそれこそ、本当の泥棒にされて終います。夜になればどうにかならない事もないでしょうが、日が暮れるまで、誰にも見つからないでここにいられましょうか。

私は困惑して頭を抱えて、暫《しばら》く茫然としていましたが、そのうちにふと思いついて、隣り部屋に通ずる扉をそっと押して見ました。すると、幸か不幸か、締《しま》りがしてなかったと見えて、訳なく開くらしいのです。

隣りの部屋と云うのは、例の地方の有力家らしい、一身の利益の為に、可憐な娘を犠牲にしようとしている男のいる部屋なのです。娘が立去ってから、確かに一人の男が這入って直ぐ出て行った様子でしたが、主人公は出た様子もないので部屋に残っているに相違ありません。然し彼が居るにしては実に静かなのです。何か一心に読み耽《ふけ》っているか、それとも深い考え事でもしているか、殊によったら椅子に凭《もた》れたまま居睡《いねむ》りをしているのかも知れません。と思われる位静かなのです。

仮令《たとえ》居睡りをしているにしても、彼の前を通って部屋を突抜けて、無事に廊下へ出られようとは、鳥渡《ちよつと》常識で考えられません。然し、現在の私としては、それが非常な冒険であっても、今の窮境を脱する唯一つの方法なのです。

幸いに居睡りをしていて呉れたらと、――諄《くど》くも申す通り余り静かだったものですから――扉を細目に開けましたが、だんだんに大胆になって、とうとう半開きにして終いました。すると、果して私の予想した通り、でっぷり肥った洋服姿の紳士が、椅子にかけたまま頭を深く垂れて、睡《ねむ》っている後姿が見えました。

絶好の機会です、私はドキドキする胸を押えて、抜足差足《ぬきあしさしあし》彼の後ろを通り抜けて、幸いに咎《とが》められもせず、廊下への出口に辿《たど》りつきました。やれ嬉しや、と把手に手をかけて、引きましたが、ああ、矢張鍵がかかっていました。押せども引けども、ビクともしません。鍵も生憎《あいにく》鍵穴に差《さ》さっていないのです。私は落胆しました。落胆すると同時に、急に背後の事が気になりましたので、ギクッとしながら振り向きましたが、例の紳士は相変らず、グッタリと椅子に凭《もた》れかかって、頭を胸に埋めるほど垂れています。咎められたのではなかったと、ホッと安心しましたが、安心と共に紳士の姿を始めて、眼を留めて見ましたが、どうも居睡りをしているとしては、少し可笑《おか》しいのです。それに最初見た時は背後姿でしたが、今の場所からは横顔が見えます。その横顔が恰《まる》で血の気がないのです。注意して見ると、どうやら呼吸をしている模様がありません。私はもしやと思って、ぞっと身の毛がよだちました。そうして、四肢をブルブルと顫《ふる》わせながら、おずおずと近づくと、私はアッと竦み上って終いました。私の顔色にきっと灰のように白かった事と思います。私はガタガタと歯の根が合いませんでした。

死んでいるのです！　紳士は確かに椅子に凭れたまま息が絶えているのです。あたりに兇器らしいものもなく、血の流れた痕もありませんでしたから、多分病死なんでしょうが、それにしても、たった今まで、あんなに元気に喋《しゃべ》っていた人が！　いやいや、私はそんな事を考えている場合ではないのです。私の奇妙なそうして恐ろしい立場！　今もし誰かに見つけられたら！

私は一秒の猶予もしていられないのです。早く、早く、ここを逃げ出さなければ……然し、どちらの扉も鍵がかかっているのです！

私はふと考えつきました。死んでいる老紳士が、この部屋の鍵を持っているに違いない、鍵はきっとズボンのポケットに這入っている。所で、死人のポケットを探るなんて、気味の悪い事がどうして出来ましょうか。が然し、そんな事は平常何事もない時に云う事です。今のような、もしこのまま見つかったら、どんな眼に遭《あ》うか分らないような時に、そんな呑気《のんき》な事が云っていられるものですか。

私はブルブルと指先を顫《ふる》わせながら、死人のズボンのポケットに手を突込みました。ああ、何とも云えない、手先から伝わって身体中に沁《し》み亙《わた》る冷い無気味な感触！　それに臆病な私には、今にも死人が動き出して、ポッカリ口を開きはしないかと思われるのです。

漸《ようや》くの事で、手はポケットの底に届きましたが、銀貨や銅貨や紙幣らしいものが、無造作に入れてある間に、大型の鍵らしいものがありました。私はその全部を一摑《ひとつかみ》にして取り出しました。そして鍵を選《よ》り分けると、残りの銅貨銀貨紙幣取り交ぜたものは、自分のポケットに押込みました。みなさんお笑い下さいますな。私はその時には前申上げた通り、文字通り一文なしだったのです。こんなに危険に瀕して、逃げ出す事ばかり考えながらも、尚《なお》金の事が脳のどこかの部分にこびりついていたと見えます。恐ろしい事です。僅《わず》かな金の為にでも、恐ろしい罪を犯す人があるのも、無理はないと思います。そんな事は兎も角、私は死人のポケットから摑《つか》み出した金を、夢中で自分のポケットに押込んだのでした。

私は這うようにして扉の傍に寄添いました。鍵を鍵穴に差込むのも容易な事ではありませんでしたが、天の助けか鍵はちゃんと合いまして、扉を開ける事が出来ました。鍵はどうしようかと鳥渡《ちよつと》考えましたが、旨い智慧《ちえ》を出している余裕がありませんから、そのまま差し込んで置く事とし、注意深く少しずつ扉を開いて、廊下の様子を伺い、あたりに人のいない事を、十分確めた末、漸く外へ出る事が出来ました。然し私は未だ救われたのではありません。何故なら私は未だホテルの中にいるのですから、どうかして人の注目を惹《ひ》かないでホテルの外に出なければならないのです。而《しか》も私はここへは知らず知らず迷い込んだのですから、どこをどう行けば無事に外へ出られるか知らないのです。

然《しか》し、多分は天の助けだったのでしょうが、私は奇蹟的にもさしてウロウロせず、余り人の注目も惹かないで、始めに這入った裏口から、無事に外へ出る事が出来ました。外へ出て、太陽の赫々《かくかく》と輝やいている青空を見上げた時、私はホッと安心の息をつきました。

五

私は出来るだけ大急ぎでホテルを離れました。銀座通りの雑沓《ざつとう》した所に出ますと、始めて追手から逃れたような気持になりました。まあ、之《これ》で大丈夫だと思うと同時に、大分空腹である事に気がつきました。それから、始めてポケットに金のある事を思い出し、愕然（がくぜん）としました。暫（しばら）くは飛んでもない事をしたと、強い後悔の念に襲われました。然し今更元の所へ返しに行く事は絶対に出来ませんし、それかと云って、往来に棄てて終う気もいたしません。考えて見ると、仮令《たとえ》どんな方法で得たにせよ、金は金として通用するのです。又金を見ただけでは、これがどんな方法で得られたかと云う事は、少しも分らないのです。ああ、金は余り便利過ぎます。金が便利過ぎる為に、世の中にどんなに多くの犯罪が行われる事でしょうか。

私の心はこんなに感傷的になったにも拘《かかわ》らず、別の心はいつの間にか、手に命じて金を勘定させていました。尤《もっと》も往来の真中で堂々とやる訳に行きませんから、ポケットに忍ばせたまま勘定したのですが、手触りでは十円紙幣が一枚、五円紙幣らしいのが一枚、銀貨で四五円、合計二十円位あるらしいのです。その他に紙片みたいなものが一枚、手に触りましたので、取り出して鳥渡《ちよつと》眺めましたが、ノートブックを引裂いたような紙に、鉛筆で一二行何か書いてあるらしいのですが皺だらけになっていて、それにポケットの中で揉《も》まれた為、字が薄くなって、殆ど読み取れません。私はチラと見ただけで、又元のポケットに突込みました。

さて、不正な方法で得たものの、金はあるし、空腹は益々激しくなり、考えて見るとと、この二三日は殆ど普通の食事らしいものを執《と》っていないので、良心はとうとう片隅へ追《お》いやられて、私はいつの間にか或るカフェの門を潜っていました。

久し振りの美食がいかに旨かった事でしょう。自分自身のした事が気になりながらも、独りでに咽喉《のど》を滑って行きます。私は努めて平気を装っていましたが、もし私の傍に鋭い観察者がいたら、私が何となくそわそわしながらガツガツと貪《むさぼ》り食べていた事を、観破《かんぱ》したに相違ないのです。

動けなくなる程詰め込んで、ふと頭の上の時計を見上げますと、一時を三十分過ぎています。ふと思い出したのは、先刻、例の紳士が死ぬ前に云った言葉、二時に太神宮で結婚式を挙げると云う事です。あの娘が今日の結婚を嫌がっていたのは、疑う余地はありません。然し、父の窮境を救う為に、云わば人身御供《ひとみごくう》のように結婚の承諾をしたのです。その父が急に死んだとしたら？　あの可哀相な娘さんは、全く束縛から解放せられて、そんな嫌な結婚をする必要はないではありませんか。

では、あの娘は父の急死に気がついたでしょうか。之《これ》には大分《だいぶ》疑問な所があります。と云うのは、私が父娘の話を盗聴《ぬすみき》いたのは、今から一時間前として、零時半です。娘はあの時には未だ支度をする気がしないと云っていたほどですから、無論支度前です。とすると、彼女は結婚すると決心した上は、大急ぎで支度を初めねばなりません。それには母になり——話の様子ではお母さんは居ないらしかったですが——或いは母に代る人の指図で、着付の専門家に化粧から着つけまでして貰い、媒酌《ばいしゃく》人なり介添《かいぞえ》人に連れられて、そのまま太神宮へ行くかも知れません。とすると、彼女は父の死を知らないで結婚する——そんな事は、常識では滅多に考えられないが、どうも第六感の働きと云うのか、私にはそう考えられてならないのです。

もし、あの娘が父の死を知らないで、心にもない結婚をしたとする、とそれは全く無駄な犠牲と云わなければなりません。とすると、私はそれとなく様子を探り、知らないようだったら、それを知らせてやる義務はないでしょうか。いや、義務はあってもなくても、私は知らせてやりたいです。でも結婚式が挙げられるようだったら、娘は父の死を知らないに違いありません。ですから、私は第一に結婚式が行われるかどうかを探って見なければなりません。

そう決心すると、私は急いで勘定を払って、外へ出ました。東洋ホテルへ行こうか、日比谷の太神宮の前に行こうかと、鳥渡《ちょっと》考えた末、時間の関係から、太神宮に急行する事にしました。

太神宮の前に着きますと、門前には折しも数台の自動車が止って、その一台から花嫁姿の美しい令嬢が降りる所で、自動車を取り囲んで、見物が群がって、その前列には一人の警官が立っていました。

時間から云って、その美しい令嬢が、先刻の娘だろうとは思われますが、何しろ顔は見ていないのですから、確乎《しっかり》した事は云えません。只、分った事はその花嫁はこうした目出度《めでた》い席に出る人にも似あわず血色がひどく悪い事です。私は群集を押し分けて、前の方に出ました。

自動車から降りた花嫁は、真《す》ぐに神宮の中へ這入ろうとせず、傍に立っていた介添人らしい人に、きれぎれの低声《こごえ》で、

「お父さんはまだなの」

と訊きました。

介添人は答えました。

「ええ」

「未だですけれども、中で待っているうちに、きっと、いらっしゃいますよ」

「あたし、でも、何だか気にかかって。お父さんはどうしてこんなに遅いのでしょう」

花嫁は心配そうにもじもじして云いましたが、ああ、その声！　間違いもなく、あの私の盗聴いた娘さんの声です。ああ娘さんは、未だ何にも知らないのです！

と、次の車からぬっと現われたフロックコートにシルクハットの背のスラリとした瀟《しょう》洒《しゃ》たる青年紳士は、ツカツカと花嫁の傍によって、中へ早く這入るように言葉をかけました。この青年紳士が嫌がられている花婿に相違ありません。二人は以前から知合の仲と見えます。

「でもお父さまが――」

「大丈夫ですよ。お父さんは直ぐ見えますよ。あの方はいつも定《きま》って時間に遅れる人だから」

「それはそうですけれど、普段と違いますから、今日のような日に――」

「では、中で待てば好《よ》いではありませんか」

男は押つけるように云いました。

「人が見ているではありませんか。さあ早く這入りましょう」

「ええ、でも――」

令嬢は蟲《むし》が知らすのでしょうか、何となくもじもじしていましたが、然しいつまでもこんな所に立っている訳には行きません。とうとう、半分は引摺《ひきず》られるように、中に這入ろうとしました。

ああ、今教えてやらなければ、永久に教える機会はなくなる！　と思いながらも私はどうする事も出来ません。第一、もし私がお前はどうしてその老紳士が死んでいる事を知ったと反問されたら、どうします？　余程《よほど》旨《うま》く行っても、窃盗罪《せっとう》は免がれないではありませんか。

私がハラハラしながらも、どうして好いやら分らず、躊躇《ためら》っていますと、突然に背後から、私を突飛ばすようにして、鳥打帽《とりうちぼう》を被った一人の青年が、ツカツカと前に出て、今正《まさ》に門の中に這入ろうとする花嫁を追おうとしました。が、彼は前に立っていた警官にしっかりと押えられて終いました。

彼は警官に捕まえられてもがきながら、何事かを叫びました。すると、花嫁と花婿は同時に振向きましたが、彼と視線を合したらしい花嫁は、サッと顔色を変えて、一種異様な物悲しい訴えるような表情をしました。そうして、殆ど無理やりに奥の方へ連れられて行きました。

花嫁の姿が家の中に吸い込まれると、警官は捕まえていた青年を放しました。彼は呪うように警官の顔を睨んで、無言のまま、群集の中に紛れ込んで終いました。

私はこの出来事を呆気《あつけ》にとられて見ていましたが、ふと我に返えると、私はあの可憐な花嫁に父の死を知らせてやる機会を失って終った事に気がつきました。もしこのまま結婚式が行われると、花嫁が自分を嫌っている事を知っているらしい花婿は、或《ある》いは無理やりに、新婚旅行に連れて行くかも知れません。それまでには、どうしても彼女に知らせてやらねばなりません。

私はふと思いついて、そっと人目を避けて、ポケットから禿《はげ》た鉛筆を取出して、紙を探しましたが、生憎持合《あいにくもちあわ》していませんでしたので、先刻死人のズボンのポケットから、金と一緒に取出した紙片の皺を延ばして、

「お父さんは部屋で死んでいる」

と態《わざ》と手蹟を隠して、下手に書きまして四辺を見廻し、恰度《ちょうど》そこに居合せた一人の子供を手招きしました。

六

私は下宿の主婦《おかみ》に揺り起されました。

前日、東洋ホテルの中に紛《まぎ》れ込んで、図《はか》らずも不思議な目に会い、日比谷の太神宮の前で新婚早々の美しい令嬢に、その父がホテルの一室で死んでいる事を知らせる使を、附近にいた小供に頼み、私は余計な事をして巻添になりはしないかと云う、非常な不安に駆られながら、其場を逃げるように立去り、久々《ひさびさ》で上野から浅草へと遊び廻《まわ》り、神経を疲らし切って、この場末の汚ならしい荒物店の二階へ帰ったのでした。

私はヘトヘトになりながら、臥床《ベッド》とは名許《ばか》りの、垢に汚れた板のような蒲団に潜り込みましたが、昼間の異様な経験が、走馬燈のようにグルグル眼の前に現われて、中々寝つかれませんでした。然し、いつのほどにか眠ったと見え、こうして揺り起されるまで、何事も知らずにいたのでした。

驚いて限を見開くと、主婦が尋常ならぬ顔をしています。私は跳ね起きました。

「ど、どうしたんですか」

「昨夜泥棒が這入ったらしいんですよ」

「えッ、泥棒が――」

「ええ、雨戸がこじ開けてありましたし、締りをした筈《はず》の裏口が開いていました、今考えて見ると、夜半にミシミシと階段を上る音を、夢のように聞いたのですけれども、あなたではなかったでしょうね」

「いいえ、僕は今までグッスリ寝て終ったんで、夜中に起きません。――そうすると、泥棒は二階に上ったのですか」

「そうらしいんですよ。階下は一向掻《か》き廻したような跡はありませんし、何一つ紛失したものはありません」

「可笑しいなあ、二階なんかに来たって、それこそ何にもないのだが――」

二階と云っても、私の寝ている所一間だけで、全く、お話にならないほど、何にもないのです。尤も可笑しいと云えばこの汚ならしい店へ泥棒に這入る事からして、余程可笑しいんですけれども――。

「何か紛失したものはありませんか」

主婦は心配そうに訊きました。

「紛失しっこありません」

私は顔を赤らめながら云いました。

「ご覧の通り、何にもないのですから」

「でも」主婦は真面目でした。「一度調べて見て下さい」

私は起き上って、隅にあった小さい机の抽斗《ひきだし》を開けました。抽斗の中は古手紙やら反古《ほご》みたいなものばかりで、値打のあるものは何にもないのですけれども、調べて見ろと云われては、この他に調べて見る所はないのです。

「おッ」

私は軽く叫びました。抽斗の中は確かに誰かが、掻き廻した形跡があります。もう一つの抽斗を開けて見ましたが、矢張り非常に乱れています、私はふと思いついて、あわてて鴨居《かもい》の釘にかけてあった洋服のポケットを探りました。そこには昨日の例の不正の金が二十円足らず這入っている筈なのです。

私はホッとすると同時に非常に後めたく感じました。金はちゃんとそこにありました。然し、それが不正の手段で得たものだと思うと、傍に立っている主婦が何だか、私をジロジロ見ているように思えて仕方がないのです。

「何にも紛失したものはありませんよ。主婦《おかみ》さん」私は云いました「誰かがここへ這入って来て抽斗なんか掻き廻した跡はありますけれども」

「じゃ、矢張り這入ったんですわ。こんな所へ這入るとは、随分間抜な泥棒ね」

主婦はホッとしたように云って、半分は自分を嘲《あざ》けるようにニッと笑いました。

「そうですね」

私はうっかり相槌《あいづち》を打ちましたが、後を続けるのに困りました。

「余り取るものがないので驚いたでしょうね」主婦は云いました。

「ですけれども」私は云いました。「お金を盗って行きませんでしたよ」

「えッ、本当ですか」

「ええ、私はこのポケットに少しお金を入れといたんですけれど、このままあります」

「気がつかなかったんでしょうか」

「まさか、そんな事はないと思いますが」

「変ですね。確かに這入ったに違いないんですがね」

「そうですよ、抽斗は確かに探していますよ」

「変じゃありませんか」

「ええ、どうも変ですよ」

二人は顔を見合せました。

七

主婦と相談の結果、別に紛失したものはなし、届けたりなどすると反って面倒だと云うので、黙っている事にしました。

私は階下に降りて、顔を洗い朝食を執《と》り、傍らにありました新聞に眼を注ぎました。いつもなら、何を置いても先ず求人欄を見て、職はないかと眼を皿のようにして探すのですが、今日は昨日の事が気にかかりますので、社会面を第一に見ましたが、私はアッと声を上げました。そこには大きな活字で

東洋ホテルの怪事件

前代議士脇本市兵衛氏の怪死
令嬢結婚式場で卒倒す

と云う段抜きの標題があったのです。

私は貪《むさぼ》るように読みましたが、記事は大体次のようでした。

日比谷太神宮で結婚式挙行の為父脇本市兵衛氏（前代議士五六歳）に伴われ上京、東洋ホテルに滞在中だった令嬢民子（二三）は昨日予定の如く新郎佐々木勝之助氏（三一）と目出度《めでたく》神前にて結婚式を挙げ、午後三時過ぎ新郎と肩を並べて、太神宮の門を出たが、その時一人の子供がツカツカと花嫁姿の令嬢の傍に寄って、紙片のようなものを差出したが、民子嬢はそれを一目見ると「アッ、父が――」と叫んで、新郎の腕に倒れかかり、そのまま気を失って終った。

人々は民子嬢を介抱すると共に、一方東洋ホテルに駆けつけ、脇本氏の部屋を叩いたが、何の答えもない。驚き怪しみながら、合鍵で部屋の戸を開け這入って見ると、脇本氏は中央で安楽椅子に凭《よ》れながら、眠るように死んでいた。近親者や、ホテル関係者は周章して医師を迎え、一方警視庁へ急報したが、検屍の結果死因に疑いあり、直《ただ》ちに帝大医科に送って、解剖に附する事となった。

脇本氏は当日午前中まで元気だったので、無論令嬢の結婚式に列席する筈だったのだが、何故か時刻に姿を見せなかった。令嬢は頗《すこぶ》る気を揉んで、父の来るまで式の延期を求めたが、新郎佐々木氏が諾《き》き入れず、脇本氏の列席を待たず式を挙げたと云う。この佐々木の態度には、当局者は疑問を抱いている。

尚、本社の探聞する所によると、新郎新婦の一行が、太神宮の門に這入る時に、鳥打帽を被った壮漢が、突然群集中から現われ、一行の後を追い門内に闖入《ちんにゅう》しようとしたのを、居合せた警官が抱き留めたと云う。右の壮漢は新婦を知っているものの如く、今回の結婚については、裏面に余程込み入った事情があるらしい。

使いを勤めた子供は直ちに探し出されて、訊問を受けたが何分十歳に満たぬ小児で、その上オドオドしている為、答弁は要領を得ないが、鳥打帽を被った若い男が、お嫁さんが出て来たら、之を渡せと云って、紙片と一緒に十銭白銅を握らしたという。……鳥打帽を被っていたと云う点から、前に太神宮の門前で、花嫁の一行を追おうとした男と同一人でないかと思われ、行方厳探中である。

花嫁民子嬢（最早《もはや》夫人と呼ぶべきか）は、其後間もなく意識を恢復《かいふく》したるも、子供の持参した紙片については、証言を拒み、何事が認《したた》めてあったかを言わず、又該紙片は紛失したと称して、提出を肯《が》じない。推察せられる所によれば、該紙片には脇本氏がホテルの一室にて死んでいる事が書かれていたらしく、脇本氏は鍵をかけられた室内で死んでいたのであるから、彼の死を知っていた鳥打帽の男は、どうしてそれを知ったか、愈々《いよいよ》怪しまれている。

尚別項には次の如き記事がありました。

佐々木氏も脇本氏の死を知っていたか

前代議士脇本氏の怪死につき令嬢民子と当日結婚式を挙げた佐々木氏は、当局の取調べを受けているが、令嬢と共に態々《わざわざ》出京して、東洋ホテルに宿泊中の脇本氏が、令嬢の結婚式に列席しないなどと云う事は常識上あり得ないにも拘らず、脇木氏の欠席を無視して、結婚式を挙行した佐々木氏は或いは事前に脇本氏の死を知っていたのではないかと云う疑いが濃厚になった。何分密室内の死で、外部からは覗《うかが》い得ないのだから、脇本氏の死を知っている者は、又その死の原因についても知っていなければならない筈なので、佐々木氏の言行に頗《すこぶ》る重大視されている。

果然他殺の疑

東洋ホテルの一室で怪死を遂げていた脇本市兵衛氏の屍体は、別項の通り解剖に附せられたが、その結果中毒死と判明し、自他殺いずれとも断定されないが、前後の事情よりして、他殺と意見が一致した。

息もつかず、以上の記事を読み下した私は、振仮名なしの小さい活字で書かれている「東洋ホテル、ボーイの談」と云う見出しを見た時には、頭がグラグラとしました。

東洋ホテルボーイの談。脇本氏の室の担当だったボーイ横田武郎君は語る。脇本さんは正午も食堂に出られたと思います。別に変った様子もありませんでした。令嬢の方は別の部屋に居られまして、係りが違うので能《よ》く分りませんが、何となく元気がなかったようでした。一時前後令嬢は脇本さんの部屋に這入られ、暫くすると出られました。令嬢が脇本さんの部屋に来られました時に、私は廊下の端の方から、令嬢の他に見馴れない若い男の姿をチラリと見ました。無論令嬢の連《つれ》ではありません。鳥打帽を被った、どっちかと云うとホテルの客らしくない、怪しい風体のものでした。オヤ、と思ううちに姿を見失つて終いました。

ああ、あの時に廊下の遙か向うに姿を見かけたボーイは矢張り私の姿をちゃんと見ていたのです。ああ、脇本氏が他殺と極《きま》ると、私はまあ何と云う危険至極な位置に陥《お》ちた事でしょうか。

私は声を上げて泣きたいような気持でした。

八

さて、私はどうしたら好いでしょうか。

何は兎《と》まれ、家の中にじっとしている気にはなれません。こうやっていても、今にも刑事が踏込んで来て、拘引されはしないかと思われます。外に出て人混みの中に交っている方が、不安な気持が少しは薄らぐかと考えられるのです。私は早々に外出の支度をしました。

ふと鴨居にかかっていた鳥打帽を見上げた時、私は又何とも云えない不安に駆られました。鳥打帽を被っている人だって、何千何百とあるでしょうが、今の私にはそれを被って出る事が、東洋ホテル事件の嫌疑者でございと、広告して歩くように感じられます、かと云って、帽子なしでは尚更《なおさら》疑われるでしょうし、代りの帽子を持っていないのです。私は眼を瞑《つむ》って鳥打帽子を摑《つか》み頭の上に乗せました。

外へ出た所が、何の当度《あてど》もありません、やがて十時にはなりましょうが、平日の事とて、どこの活動写真館も開いてはいません。よし開いていても、朝っぱらからそんな所へ這入る気もしません。それに空は春には珍らしく、青々と晴れ渡って、そよそよと吹く風が、何とも云えないほど快よく膚《はだ》を撫《な》ぜます。一つ所などにじっとはしていられません。

昨日までは押し迫った生活難に喘《あえ》いで、血眼《ちまなこ》のようになって仕事を探していた為に、顧《すこぶ》る余裕もなかったのですが、世は春酣《たけなわ》で埃《ほこり》の飛ぶ街頭にさえ、日の光を浴びて、桜が咲き誇っています。無論、私は生活が保証された訳でもなく、将来の方針も少しも立っていないのですが、今はそんな事にかかり合っている気もしませんので、つい浮々《うきうき》と道行く人の後について、花の上野の方面へ向いました。之《これ》が、殺人事件の嫌疑を受ける事を恐れている人間なのでしょうか。他所目《よそめ》には呑気《のんき》に見えるかも知れませんが、私はそうした苦しみから逃れたいばかりに、上の空で歩いているのでした。

　そのうちに私はふと人通りの多い中から、見覚えのある人間の顔を見てぎょッとしました。その人間が矢張り私同様鳥打帽子を被っているので、つい眼を惹《ひ》いたのでしたが、ああその人は紛れもなく、昨日太神宮の門前で、花嫁姿の令嬢を追って、飛出そうとした青年です。彼は然し、私と違って何の不安もなさそうに、悠然と歩いていました。何と大胆不敵ではありませんか。少くとも私にはそう思えました。

　次の瞬間に私は吃驚《びっくり》して飛上りました。誰かが背後から私の肩を叩いたのです。同時に「もしもし」と呼ぶ声がしました。

　私はもう少しで逃げ出す所でしたが、辛《かろ》うじて踏み留りまして、振り返えりました。そこには和服の上にトンビを羽織った、変ににやけた青年がニコニコしながら立っていました。

「何か御用ですか」私は胸をドキドキさせながら訊きました。

「ええ、鳥渡《ちょっと》」

　言葉の後を濁して、彼は相変らずニコニコしています。ああ、この男は刑事なのでしょうか。

「どんな御用事でしょう」

「なに、別に大した事じゃありません。私は怪しいものではありませんから御安心下さい」

「――――」

私は半信半疑で、得体《えたい》の知れぬ男の顔を見上げました。

「お疑いになってはいけませんよ。私は刑事でも何でもありませんから」

何と云う薄気味の悪い男でしょう。私の心を見抜いたように先廻りをして刑事でないと云います。刑事でなくても実に油断のならぬ男です。

「私はね」怪しい男は云いました。「昨日東洋ホテルの広間にいたんですよ。そしてね、あなたが通られるのを見ていたんです」

「え、え」

私はよろよろとしました。

九

和服姿ののっぺりした怪しい青年は、私が狼狽《ろうばい》するのを見てニヤニヤしながら、

「どうしたんですか。東洋ホテルの広間には誰だって這入れるんだから、何もそう驚く事はないじゃありませんか」

「な、何も驚きやしません」

私は益々狼狽しながら、辛うじて答えました。

「ハハハハ」彼は意地悪く笑って「私はあなたが広間に居た所を見ただけでなく、泊客の部屋から出て来る所を見ましたよ」

「え、え」

私は足許《もと》の大地がグラグラするような感じがしましたが、之ではならぬと、一生懸命に声を張上げました。

「嘘です嘘です。私はホテルの部屋などに絶体に這入りません」

「そうですか」相手は私の顔をジロジロ眺めましたが、案外素直に「では、私の思い違いかも知れません」

「一体、あなたは誰です。どうして私にそんな事を云うのですか」

「先刻云った通り、私は刑事でもなんでもありません。実は脇本市兵衛の関係筋のものです」

「えッ、ではあの殺された」

「そうです」彼は大きくうなずきました。「新聞で多分御覧になったでしょうが、脇本が変死を遂げたについて、娘の民子が濃厚な疑いを受けましてね――」

「え、令嬢が、アノ嫌疑を？」

「そうなのです。それにつきまして、少し御相談願いたい事があるんですがね。ここでは話が出来ませんから、鳥渡《ちよつと》そこまで一緒にお出で下さいませんか」

「はい、参りましょう」

私は恰《まる》で催眠術に掛けられた人のようにフラフラと、承諾して終いました。後で考えて見れば、私はそんな事に関係はないと云張って断然拒絶すべきでした。然し、あの可憐な令嬢が嫌疑を受けていると聞いた瞬間に、私は気の毒で耐らなくなり、彼女の疑いを晴らしてやる事が私の義務のように考えたのでした。彼女はどうしたって、父の死を知っている筈はありません。父の死を知っていれば、結婚式を挙げる筈はなく、又私の報知を受取って、あんなに驚く筈はありません。彼女は父の窮境を救う為に、健気にも犠牲になって、心にもない男と結婚しようとしたのではありませんか。彼女が真実の父を殺すなんて、どうしたって考えられません。

「では、どうか一緒に来て下さい」

怪しい青年は歩き出しました。私は夢遊病者のように、半《なか》ば無意識に足を運んで彼に従って行きました。ですから、どんな道を通ったのか、後では少しも記憶がありません。ゴミゴミした横丁から横丁へと抜けて、厚いコンクリートの塀に挟まれた、やっと一人が通れる位の路次《ろじ》に這入り、秘密に包まれたような古呆《ぼ》けた家の中に連れ込まれました。

「ここなら誰にも聞かれる虞《おそ》れはありません」

彼は奥まった一室に案内して、私に坐るように勧めながら云いました。

「令嬢にどうして嫌疑がかかったのですか」

私は待ちかねたように訊きました。

「民子さんが脇本氏に会った最後の人ですからね。民子さんがお父さんの部屋を出た時と、お父さんが死んだ時刻とが殆《ほとん》ど同じなのです」

「民子さんが脇本さんに会った最後の人ではありません」私は思わず叫びました。「民子さんがお父さんの部屋を出た時には、お父さんは確かに生きていました！」

「え」青年はニヤリと物凄い笑を洩らしました。「どうしてあなたがそれを御存じですか」

「知っているんじゃないのです」

私はあわてて云いました。

「想像です。いや推理です。令嬢がお父さんの死を知っていれば、太神宮へは行きません。結婚式など挙げなかった筈です」

「それはどう云う訳ですか」

青年は憎いほど落着いて冷然と訊きました。

「そ、それは、訳があって知っているのです。その上、民子さんより後にアノ部屋に這入った人間があると云う事は、誰かが小供を使いにして、民子さんに脇本さんの死を知らせたので分っています。アノ部屋に這入らなければ、脇本さんが死んでいる事は絶対に分らぬ筈です」

「その通りです」青年はうなずきました。「私も、誰かアノ部屋に這入った者があるに相違ないと思っています」

「それは佐々木です。新郎の佐々木に違いありません」

私はふと思いついて叫びました。

「彼です。それで彼は脇本氏の死を知っていたのです」

「それはどう云う事ですか」

「民子さんは」私は少し躊躇《ためら》いながら云いました。「佐々木との結婚を嫌っていたのです。ですからもしお父さんが亡くなったと云う事を知れば、決して結婚なんかしないのです。佐々木はそれを知っているものですから脇本さんが死んでいる事が令嬢に分らぬうっに、無理やりに式を挙げたのです。新婦のお父さんが臨席しないうちに式を挙げるなんて、随分《ずいぶん》乱暴な話ではありませんか。それが詰《つま》り彼が脇本氏の死を知っていた証拠です」

「あなたは、何んだか深い所まで御存じのようですね」

「いえ、なに、知っている訳ではありません。先程申上げたように、全く推理なんです」

「そうすると、あなたのお考えでは、令嬢がお父さんの部屋を出られて間もなく、佐々木氏が部屋に来た。そうして脇本氏の死んでいたのを発見した。けれども彼はそれを態《わざ》と知らぬ振をしていた、とこう云うんですね」

「ええそうです」

「そうするとお父さんを殺したのは、矢張民子さんだと云う事になりはしませんか」

「違います違います。だって、民子さんはお父さんの死んだのを知らなかったと云う証拠があります」

「誰かの知らせで、始めてお父さんの亡くなった事を知って非常に驚かれた事を云うんですね」

「そうです。それが何よりの証拠です」

「然し、驚く真似位、誰にでも出来ますからね。殊《こと》に美しい女は芝居が上手です」

「民子さんの場合は断じてそうではありません。真似なんて、それでは民子さんが余りに可哀想です」

「大そう自信がありますね。では、民子さんは無罪としましょう。そうすると、犯人は当然佐々木さんと云う事になりますね」

「さあ、それは直《ただ》ちに定められません」

「然しですね」怪青年はのしかかるように、「令嬢が去って、直ぐに佐々木氏が這入って来て、その間に脇本氏が殺されたとすると、令嬢が犯人でなければ、犯人は佐々木氏以外にないではありませんか」

「それはそうですけれども――」

「仮りに犯人を佐々木氏だとすると、令嬢に紙片を与えて、お父さんの殺された事を知らせたのは誰ですか」

「――」私は急に返事が出来ませんでした。

「無論佐々木氏のした事でない事は明白です。とすると、佐々木の他にもう一人誰か脇本氏の死んだ事を知っている人間がある筈ですね」

「どうもそう思えます」私は辛うじて答えましたが、声が嗄《しわが》れて恰《まる》で他人が喋っているように感ぜられました。

「それは誰だとお思いですか」

「多分、太神宮の前で令嬢の後を追おうとした青年だろうと思います」

「では、その青年は、いつ、どうして脇本さんの部屋に這入ったのですか」

「そんな事は私には分りません」

「これは可笑しい。あなたは今まで非常に明快な推理で、事件を或る程度まで解決なすったのに、最後に肝心な所で急に分らなくなったのですね」

「ええ、急に分らなくなりました」私は半ば絶望しながら、投げるような返辞をしました。

「では、その点を私が説明しましょう」

怪青年は意味ありげにニヤリと笑いました。

十

ああ、一体この怪青年は何者なのでしょうか。之から彼が云い出した事は、諄《くど》くなりますから簡単に申しますが、要するに彼は私が東洋ホテル内でした事は、極く些細な一部分――例えば私が死者のポケットから金を盗んだ事など――を除くの他、尽《ことごと》く知っているらしいのです。而《しか》もそれを直接にそう云わずに、間接にあてつけるように云うのです。私はじりじりと身体を締めつけられるようで、最後に、耐らなくなってアノ部屋にいたのは私です、と危く叫ぼうとした時に、彼は巧みにそれを押えて云わせず、要するに令嬢に紙片を送った人間を知るよりも、紙片に何が書いてあったかが明《あきら》かになれば好い。令嬢は何故かアノ紙片を隠して終ったのだと説きまして、こうつけ加えました。

「もし、あなたが令嬢に紙片を送った人を知っているなら、その男に云って、令嬢から紙片を取返すように云いなさい。そうして、その紙片を私に差出しさえすれば、私はその紙片を送った人間には少しも迷惑をかけず、令嬢の疑いをきっと晴らして見せますから」

「然《しか》し」

私は唾を飲み込みながら云いました。

「令嬢はあんな紙片は棄《す》てて終ったでしょうし、あれを送った人間は殊《こと》によると、令嬢とは全く未知の人かも知れませんから、今更アンナ小《ちっ》ぽけな紙片を取返えす事は出来ないでしょう」

「出来ますよ。令嬢は決してあの紙片を棄てやしません。きっと持っています」

「でも——」

「もう一度云いますが」青年の言葉の調子には聞逃せない脅迫が籠《こも》っていました。「もし、あの紙片が出なければ、令嬢の父殺しと云う恐ろしい嫌疑《けんぎ》は晴れませんよ。それに、私はあれを送った人間を知っていますから、その筋へ密告します。そうすれば、その人間も安穏《あんのん》には済まぬ筈です」

「取り返えします。取り返えします」私は思わず叫びました。

暫くして私は青年に送られて、大通りに出て、そこで青年に、もう一度紙片を取返えして彼に渡す事を誓って、漸く彼と別れる事が出来ました。私は絶えず何者かに追駆《おいか》けられるような気持で、無我無中でそこいら中を歩き廻りました。

私の運命はアノ怪しいのっぺりとした青年の手に握られているのです。彼が一つ口を滑らせれば、私は直ぐ捕えられて恐らく何の弁解も効なく、処刑せられるでしょう。一体、あの青年は何者か。私は繰り返えし考えて見ましたが、さっぱり分りません。兎に角、令嬢民子の嫌疑を晴らすべく努力しているらしく、その点では彼は善人のようですが、彼の風采や云った言葉などを考え合せると、どうも、何か悪い事を企んでいるのでないかと思えてなりません。然し、善人にせよ悪人にせよ、私の運命は彼の手に握られているのです。私は彼の命令通りに動くより仕方がありません。

さて、あの紙片を民子さんから返して貰うのにはどうしたら好いか。(私にはあんな薄汚い皺だらけの小ぽけな紙片を、民子さんが保存している筈はないと思われるのですけれども)それには、どうしたって、民子さんに会って話をするより他はないのです。私は一体どこへ訪ねて行けば好いのでしょう。果して彼女が会って呉れましょうか。殊によると、彼女は既に拘引されているかも知れません。

私はいろいろ考えた末、先ず新郎の佐々木勝之助の動静を探ろうと決心しました。民子さんは最早結婚式を挙げたのですから、或いは佐々木と同棲しているかも知れません。アノ騒ぎでは予定通り新婚旅行などに出かけた気遣いはありませんから、未だ東京にいるに相違ありませんが、さて、どこで彼の宿所を探り出しましょうか。

こんな事を考えているうちに、いつか私は電車通りを歩いていましたが、ふと前を見ると、何たる奇遇でしょうか、先刻も見かけた、例の令嬢の後を追おうとして警官に抱き留められた、鳥打帽子の青年が歩いて行くのです。彼は先程の悠然と落着いた足取りではなく、ひどくいらいらとして、急ぎ足で行きます。私はハッと気がついて、彼の後について行けば殊によると民子さんのいる所が分りはしないかと考えたものですから、悟られないように尾行する事にしました。

彼は今云う通り、非常に急いで傍目《わきめ》も振らずに歩んで行きましたから、尾行するのには私のような全然その経験のないものにも、誠に好都合でした。彼はやがて大通りから外れて、淋しい横丁へ折れ、門構えの或るささやかな家に這入りました。私は塀の蔭に身を隠して、そっと様子を伺いました。

と、家の中から玄関にチラと姿を現わしたのは、ああ、矢張私の推測通り、民子嬢でした。私はそっと門札を見ましたが、そこには横田寓《ぐう》とある切り、大方《おおかた》民子嬢はここを隠れ家にしているのでしょう。鳥打帽子の青年はすぐ奥に這入りました。私はどうかして中の会話が盗聴《ぬすみき》きたいと、裏口の方に廻りましたが、幸いここは一寸した空地になっていて、而《しか》も行止りですから、昼間ながら行き通う人もなく、身を潜めるには倔強《くっきょう》でした。私は裏口に近づいて、塀に耳をくっつけました。

「民子さん」と呼んだのは今這入って行った青年の声です。「残念でした。たった一刻遅れたばかりに、あなたは結婚式を挙げて終いました」

「ええ」民子嬢は悲しそうに答えました。「私はもう佐々木の妻ですの」

「え、え、では――」

「未だ身を委《まか》せた訳ではありませんけども、式を挙げましたし、もう籍も這入りましたから――」

「え、では籍が――」

「ええ、佐々木の希望で、式と同時に結婚届を出しましたの。お父さんの不幸の事さえ、一分前にでも知っていたら、こんな事にはならなかったのですけれども私は不幸を泣いていますわ」

「佐々木はお父さんの亡くなった事を知っていたんでしょう」

青年は急《せ》き込んで訊きました。

「ええ、そうらしいですわ」

「畜生！　ひどい奴だ」青年は喘《あえ》ぐように云いました。

「青木さん。そんな風に云わないで下さいましね。佐々木は今は私の夫ですもの」

彼女は自分を嘲《あざ》けるように云いました。

「た、たみ子さん」

「青木さん」

二人は手を取って、互《たがい》の不幸を嘆いているのでしょう。暫く沈黙が続きました。私は可哀想な二人の身の上の事を考えると、人事ながら我身につまされて、暗然として思わず、涙を呑みました。

と、突然、背後から私の肩を押えるものがあります。私は吃驚《びっくり》して飛上りながら振向きますと、ハッと顔色を変えました。

そこには、灰のように蒼白い顔をした、瀟洒《しょうしゃ》たる紳士姿の佐々木勝之助が立っていました。

十一

「君はそこで何をしているのだ」

不意に私の肩を背後から押えた佐々木勝之助は、軽蔑したように云いました。

私は思いがけない出来事だったので、一時ははッとしましたが、佐々木に傲然《ごうぜん》と詰《なじ》られるように云われますと嚇《かっ》としました。年や身装を見て、すぐ態度や口の利き方を変えるのは、こうした紳士風の人に能《よ》くある、一番悪い癖です。私は彼をグッと睨めました。

「あなたは何の権利があって、そんな事を訊くのですか。ここで何をしていようと、あなたの関係した事ではありません」

「権利？」彼は鸚鵡返えしに云って、私の顔をつくづくと眺めながら、「今時の若い者は、栄養不良な蒼い顔をして、頭だけ先の方へ、それも間違った方へ、進んで行って、黄色い嘴《くちばし》で、直ぐ権利だの、平等だのと云い出す。フフン、君はこの家を何だと思っているのだ。これは私の妻のいる家だ。妻のいる家の裏口を、迂散《うさん》な男が覗いているのを、夫たる私が咎める権利がないと云うのかい」

「それならそれと最初から、穏やかに云えば好いじゃありませんか」私は怯《ひる》まず云いました。

「ここは私の妻の家だが、何故こんな所に佇《たたず》んでいるのだと、もう少し丁寧に聞けば好いじゃありませんか。あなたのような紳士顔をしている人に、一番欠けているのは、人に対する礼譲《れいじょう》です」

「なるほど」彼は苦笑いをしました。「自分で疚《やま》しい事をして置きながら、年長者に食ってかかるのが、今の青年の礼譲なんだね。私は礼儀の講義なんか、真平《まっぴら》だ。兎に角、君はここにいる理由を云って見給え」

「嫌です。御免蒙《こうむ》ります。無論私にはちゃんと理由があるんですけれど、云いません」

「それなら僕も強《し》いて聞こうとは云わん」

彼は暫く私の顔をジロジロ眺めたてていましたが、やがて言葉をつぎました。

「君は先刻ここへ一人の男が這入ったのを知っているか」

「知りません」

「なに、知らない。君は実に卑劣な男だな。何故嘘を言うのだ」

卑劣と云われて、私は思わず顔を赤らめました。私は今こそこうして貧乏していますけれども、未だ卑劣だと云って、人にうしろ指を指された事はないのです。

「私が悪うございました」私は素直に謝りました。「いかにも、私はここへ或る人が這入るのを見ました」

佐々木は鳥渡《ちょっと》意外と云う風に、私の顔を見直しました。

「君は案外正直な男だ。所で、君はここへ這入った、その男を前から知っているのかね」

「いいえ、ちっとも知らないのです」

「本当だろうね」

「本当ですとも」私は相変わらず横柄な彼の態度に、むっとしながら答えました。

「そう、そんなら何の必要があって彼の後をつけたのかね」

「何の必要って、別に私は彼の後をつけた訳ではありません」

「君は未だ本当の事が云えないね」彼は吐き出すように云いましたが、やがて、ふと気を変えたように、

「いや、私は少し云い過ぎたようだ。どうか気を悪くしないで呉れ給え。君があの男を実際知らないと云う言葉を信じて、君に頼みたい事があるが、聞いて呉れないか」

「どう云う事ですか」

「君にあの男の後をつけて貰いたいのだ。そうして、彼の宿所を突き留めて貰いたい」

「宿所を突留めて、どうするんですか」

「彼が持っている筈の、鳥渡した紙片を取り返えして貰いたいのだ」

「え、え、何ですって」

「そう驚く事じゃないよ」彼は私を制するように云いました。「鳥渡した紙片を彼の手から取戻して貰いたいのだ。その紙片と云うのは、もともと私のものだったのだから、私は取戻す権利があるのだ。どうだ、引受けて呉れないか。御礼はウンと出すが」

私は不思議に堪《た》えない面持《おももち》で、彼の顔を仰ぎ見ました。何と云う暗合《あんごう》でしょう。先刻会ったあのノッペリした怪青年は、民子の手から紙片を返《か》えして貰えと云うし、佐々木は民子の愛人らしい男の手から、矢張り紙片を取り返えせと云う、どうも奇妙な事です。

「紙片と云うのは、どんなものですか」

私は承諾する積りはありませんでしたが、思わず訊き返えしました。

「紙片と云うのはね」

彼が口を開こうとしました時に、裏口がガタガタと音がしました、私はもしここへ例の青木が出て来ては、何か騒ぎが持上るかも知れないと考えたので、態《わざ》と一声、

「エヘン」と咳払いをしました。

然し、それにもかかわらず、ガラリと戸が開いて、現われたのは、民子嬢でした。彼

女は蒼《あお》ざめた顔の眉を上げて、キッとこちらを見ました。

十二

佐々木はちょっと辟易《たじろ》ぎました。民子は顔の筋一つ動かさないで云いました。

「あなたは何をしにここへ、お出になったのですか」

「之は驚いた。それが妻が夫に対する言葉なのか」

佐々木は苦々《にがにが》しげに云いましたが、黙ってポケットから手帳を出し、鉛筆で何やら走書きして、それを引裂き、私の方に差出しました。

「では、君、お願いするよ」

彼は恰《あたか》も私が何もかも承知しているかのように、傲然《ごうぜん》と云いました。私もつい彼の横柄な態度に押されて、そのノートの切端を受取りました。

佐々木は私に紙片を渡すと、家の中へ這入ろうとしました。すると、民子が彼の前に立って叫びました。

「いけません、お這入りになつては」

「益々以《も》って驚いた事だ。何故私は這入ってはいけないのか」

「ここは私の家ですもの。誰だって無闇に入れはいたしませんわ」

「ふふん。青木は這入っても好いと云うのかね」

佐々木は憎々しげに云い放ちましたので、傍で聞いていた私は、思わずハッとしましたが、民子は案外落着いて、少しも動じた様子はありませんでした。

「あなたそんな失礼なものの云い方は止して下さい。なるほど、私はあなたの妻です。然し、男の方は一旦夫となると、何故そんな傲然とした口の利きようをなさるのですか。あなたは、つい昨日まで、私を民子さん民子さんと呼び、私を女神のように、云っていたではありませんか」

「そ、それはそうです」流石《さすが》の佐々木も間が悪そうに、口籠《くちごも》りながら、「そ、それはそうだが、夫が妻に対して、相当の威厳を示すのは、日本の習慣だから……」

「然し、それは悪い習慣ですわ。悪い習慣は改めなければなりません。尤《もつと》も、相当の威厳を保つのは、男として必要な事かも知れません。けれども、あなたのは余り横柄《おうへい》過ぎますわ」

「それは時と場合に依《よ》る」佐々木はうろたえた陣備《じんぞな》えを漸く立て直しました。「妻たるものが、結婚の翌日から、夫に無断でこんな所に隠れて、夫以外の男を呼入れるような不都合を働いていても、尚《なお》優しい言葉を使えと云うのか」

民子は佐々木の勢込《いきおい》んだ詰問に答えないで、悩ましそうな眉を上げて、チラリと私の方を見ました。佐々木も気がついたと見えて、私の方を向いて、

「君、もう好いから帰って呉れないか」と云いました。

私も実は先刻から、この二人の会話を聞いているのは、どっちかと云うと苦痛だったのですから、之を機会に二人を離れ、塀について表の方に向いましたが、恰度《ちょうど》塀の角を廻って、彼等の姿が見えなくなった時に、突然、背後で可成《かなり》大きな叫声がしましたので、私は思わず立止りました。

「あ、あなたは私を騙《だま》したのです」民子嬢の声でした。「あなたは父の死んだ事を知りながら、それを隠して、結婚式を無理《むりや》りに上げさせたのです。結婚届の調印だつて、父の死後あなたが勝手に押したのかも知れません」

「黙りなさい」佐々木の声です。「騙したとは怪しからん。私がどうしてお父さんの死

んだ事を知りましょうか。お父さんは扉の堅く閉った一室で、亡くなられたのです」

「扉はあなたが締めたのです。あなたは確かに、昨日父の死ぬ前後に、父の室に這入りました」

「馬、馬鹿な事を云っては困る。そんな事が他人の耳に這入っては、飛んだ疑いを受けなくてはならん事になる。昂奮の余りそう無闇な事を云われては困る」

「いくらお困りでも」民子の声は幾分低くなりました。「確かにそうなんですもの。私はちゃんと証拠を握っています」

「なに、証拠を」

「ええ」

民子はきっぱり云って、それから急に声をひそめて、何やら云いましたが、それは私の耳に届きませんでした。ただ佐々木の大きな叫声が聞えただけです。

「ええッ！」

彼は飛上るほど驚いたらしいのです。ああして見ると、私の推測通り、私がホテルの隣室にいる時に、民子の父脇本市兵衛の部屋に這入って、グッと云うような叫声を上げて、逃げ出したのは、確かに佐々木勝之助で、而《しか》も、民子嬢はその事について、何か確証を握っているらしいのです。

私はホッとしながら、表の方へ歩き出しました。すると、表口から出たのでしょう。私の前を青木青年が歩いて行きます。私は思わず「青木さん」と呼びました。

十三

青木は吃驚《びっく》りして振向きましたが、見覚えのない私を見て、怪訝そうに眉をひそめました。

「何か御用ですか」

「ええ、別に用ってないんですけれども――」

「じゃ、何故呼び留めたのですか」

彼は迂散そうに私を見ました。

「実は、私の方であなたを知っているもんですから。私は昨日脇本さんの結婚式の時に、太神宮の前にいましてあなたが巡査に留められたのを見たのです」

「それで、どうしたのですか」

彼は益々警戒し出しました。傍に依《よ》ってつくづく見たのは始めてですが、彼は青年と云っても、年は私よりは大分上で、かれこれ三十でしょう。眉のきりりっとした、いかにも頼もしそうな男です。

「結婚式がすんでから、一行が太神宮の門を出られると、子供がつかつかと花嫁の前に出て、紙片をさし出したでしょう」

私は青木に妙に疑われ出したようですから、決して怪しい人間でないと云う事が証明したくなり、呼び留めた時にそんな積りはなかったのですが、この人になら打明けても差支えないだろうと思って、真相を話そうとしました。青木は少し興味を起《おこ》したらしく、ピクリと眉を動かしました。

「はあ、そう云う話ですが」

「あの紙片は、実は私が持たしてやったのです」

「ええッ」

流石の彼も非常に驚いたらしく、私の顔を覗《のぞ》き込むようにしましたが、私が満更《まんざら》嘘を云っている様子もないので、急に、本気になって、早口に云いました。

「ど、どうか、もう少し委《くわ》しく云って下さい」

私はあたりを見廻しましたが、幸いここは淋しい横丁で、人通もなく、盗聴きをされるような心配はありませんでしたので、私は口を切りました。

「実はこうなんです」

私は出来るだけ簡単に、然し、要所要所は逃さないように、そもそも東洋ホテルに迷い込んだ時から、すっかり話しました。只、私は脇本老人のポケットから、金を盗み出した事だけは、流石に云う事が出来ませんでした。後で考えて見ますと、いっそこの時に何もかも、打明けて終うと好かったのでしたが、どうも止むを得ませんでした。

青木の顔は見る見る輝やいて来ました。

「有難う有難う」彼は幾度も頭を下げて、礼を云いながら「よく云って下さいました。これで前後の事情が、非常にはっきりしました。よく隠さずに話して下さいました。無論私は少しもあなたを疑いません。之で脇本氏を殺した犯人を探し出すのに、誠によい手掛りが出来ました」

「脇本さんは殺されたのでしょうか」

「ええ、そうだと思います」彼はうなずきましたが、ふと思いついたように、「それで、あなたはここへ何をしに来られたのですか」

「それはこう云う訳なんです」

　私はこの青木が非常に頼もしく思われましたので、何事も残らず云って終えと思って、例の怪青年の話、怪青年に頼まれて、紙片を取返えさなければならない事、その為に青木の跡をつけた事など、すっかり話しました。

「ふうむ」青木は唸るように云いました。「その若い男と云うのは、実に怪しい奴ですな。殊によると、その男が何か犯罪に関係があるかも知れん。あなたの事を能《よ》く知っているようですが、あなたは見覚えがないのですか」

「一向心当りがないのです」

「それで、もし紙片が取戻せたとしたら、どこへ届けるのですか」

「アッ、それは聞いて置きませんでした」

　私は叫びました。全く、何と云う迂闊《うかつ》でしょう。

「定《き》めてないのですか」彼はニコリと笑いながら、

「大方《おおかた》そんな男ですから、始終あなたを監視していて、あなたの家にでも、取りに行く積《つも》りでしょう」

家と云う言葉に、私はふと、例の怪しい盗人の事を思い出しました。

「私の家と云えば、昨夜、不思議な泥棒が這入りましたよ」

私は委しくその話をしました。

「いよいよ複雑ですね。それも、今度の事件と何か関係があるかも知れませんね」

「関係があると云えば、佐々木が私にあなたから、何か紙片のようなものを取り返えして呉れと云いましたよ。そうそう、何か書いたものがある筈です」

私は佐々木が鉛筆で走書して渡した紙を、改めても見ず、青木に渡しました。青木はそれを、ためつすがめつ見ていましたが、急に晴々とした嬉しそうな声で叫びました。

「之は実に好いものが手に這入りました。天罰です。全く天罰です。佐々木が迂闊《うかつ》にも、こんなものを、あなたに渡すとは。あなたは実に私達の恩人だ」

そう云って、彼は私の手を感謝に充《み》ちたように、グッと握りしめました。

十四

青木は私の手を握りしめながら云い続けました。

「全くあなたは私達の恩人だ。何とお礼申上げて好いやら分りません。いや、こんな所で立話もなんですから、一つ私の下宿にお出下《いで》さい。私達の事を委《くわ》しくお話申上げますから」

青木の云うがままに私は伴われて彼の下宿に行きました。彼もやはり私同様素人家の二階を借受けていますので、無論私よりはずっと勝《ま》しでしたが、世間並から云うと普通以下の暮《くら》しらしく見受けられました。

「脇本さんも佐々木も私もみんな同郷で、茨城県の××村の者です」青木は語り出した。

「この三軒の家は村では屈指の豪家で、元を糺《ただ》せばみんな縁続きの間柄なのです。殊に私の父と脇本さんとは特別親しくして居りましたが、この二人が揃って政治道楽を始めたのです」

政治道楽と云うものは一旦始め出したら、容易な事では止るものではない。殊に選挙の味と云うものは、競馬や麻雀などに見られる一種の賭博心理で、勝てば勝ったで有頂天になり、負ければ負けたで又夢中になります。殊に選挙は他の勝負事と違って、名誉が伴うのですから、非難されはしないかと内証でビクビクものでやっても面白いのが賭事です、況《いわん》や堂々と男らしく公然と輸贏《しゆえい》が争えるのですから、選挙は先《ま》ずあらゆる勝負事の王と云って好いですから一旦始めたが最後決して止められるものではありません。

然し、他の賭事と違って選挙は誰でも候補に立つと云う訳には行きません。先ず相当の地盤と金が必要です。いや、金の方が先です。そこで地方の政党支部などが候補に公認するのは、その地方の徳望家《とくぼうか》かさもなければ、金満家でどっちかと云うと金満家の方が先でしょう。所で、そう云う金満家が立候補しますと、一種の職業運動家がいて先ず取巻き、その後に有象無象《うぞうむぞう》の無数の選挙寄生蟲が控えて、一斉にたかり出しますから、余程の大金持でない限り、忽ち吸い取られて終って、代議士に一回当選する位に漕ぎつける時分には、もう無一文になっているのが普通です。仮令《たとえ》無一文になっても、代議士に一回も当選すれば未だ好い方で、大抵は県会議員が止り、悪くするとそれにも当選しないうちに潰れて終うのがあります。

さて運好く代議士に当選して、未だ財力に余裕のあるものは、引続き候補に立てますが、今云うように代議士当選まで漕ぎつけて無一物になったものは、それから先は当人の政治的手腕とか識見とか云うものに依るので、そう云う点に勝れた頭脳を持っている人は格別ですが、元より平々凡々の頭の持主が金の力で代議士になったのでは、金がなくなればそれっきり、先ず一回当選を最後として、財産を蕩尽《とうじん》した代償として、前代議士の肩書を一生担ぐ名誉を得るのが落ちです。

そこで、今私に話して聞かせている青木の父はつまり県会議員止りで没落した一人で、脇本氏は代議士一回当選で、一生前代議士で押し通す一人なのでした。

青木の父が無一物になって窮乏のうちに死ぬのと、脇本氏が代議士に当選するのとが殆ど同時で、同じような家柄なり財力なりで、同じように政治に手を出し始めながら、一は一家没落の悲運に際会し、一は時を得顔《えがお》に天下を闊歩《かっぽ》すると云う事になったのです。青木脇本両家はその時を境にして、その間に冷たい障壁が設けられるようになり、青木が出入するのを脇本氏は喜ばないようになりました。所がその時には青木と脇本氏の令嬢の民子とは既に熱烈な相思の間であったばかりでなく、青木の父の生前親同志で許婚の間柄であったのですから、ここに悼《おそ》ましくも運命悲劇の幕は切って落されたのでした。

脇本氏が青木を近づけなくなったのは、代議士の肩書を得て大官権門に出入するようになり、娘の民子を素寒貧《すかんぴん》のみすぼらしい青年に妻《めあわ》すのが嫌になったと云う、虚栄的な原因もありましょうが、彼にはそれよりももっと差迫った事情があったと云うのは、彼は一回の代議士当選で既に財政上に非常な打撃を受けて、正に破産に瀕《ひん》して居り、それを代議士と云う肩書で漸《こと》く糊塗していたと云う事情があって、どうにかしてそれを未然に防がなくてはならず、私《ひそ》かに苦心焦慮《しょうりょ》しているうちに、佐々木勝之助から申込みがあったので、溺れた者は藁《わら》をも摑《つか》むと言う譬《たとえ》の通り、彼は義理も人情も振り捨てて、青木を近づけず嫌がる娘を無理やりに佐々木に縁づけようとしたのです。

佐々木家は脇本青木両家が政治に手を出して、一は没落し、一は没落せんとする有様となっている間に、孜々《しし》として営利に努めて、先代が死んだ時には村と云わず、県中でも指折りの大金持になっていました。先代が死んで勝之助が相続しましたが、若い彼は野心満々やがて選挙に打って出るつもりで、先ず脇本氏と反対の政党に這入り、少なからぬ金を寄附したり、党の有力者を何回となく招待したり、盛んに潜勢力《せんせいりょく》を養い始めました。次期の総選挙には彼は当然出馬して而も当選確実と云われています。脇本氏が娘の婿に貧乏人の青木を排斥《はいせき》して、富豪であり県下の有力者である佐々木を選んだのは決して不思議ではありません。

青木は裏面にそんな魂胆があるとは夢にも知らず、彼が貧乏な為に民子嬢との結婚を承知しないのだと信じ、彼は他郷に出て誓って成功して帰るから、それまで民子嬢を他に縁づけず待っていて呉れるようにと談じました。老獪《ろうかい》な脇本氏はうんと大きくうなずきました。

「娘ももう年頃じゃが、あんたのお父さんとの約束もあるし、無論あんたに貰って貰うつもりじゃ。じゃが、あんたも未だ若いし、家運を挽回すると云う重任を負うとるのじゃから、未だ妻帯は早い。単身で大いに奮闘して成功を望みますぞ。それまでは無論娘は待たせて置く。心配せずにその意気組みで大いにやって下さい」

然し、その時既に脇本氏は娘をこの青年に妻そうなどとは考えていなかったのでした。青木はそんな事とは少しも知らず、前途に横わる幾多の難関を考えて勇気百倍しながら故郷を出たのだった。

所で、いかに脇本氏でも青木の前で立派にこう云い切って置いて、青木の姿が見えなくなると、掌《てのひら》を返えすように娘を佐々木に縁づけようとは考えていなかったらしいのですが、急に降って湧いた事件の為に、一刻を争って娘を佐々木に与えなければならぬ羽《は》目《め》になったのでした。

と云うのは脇本氏は彼の属している政党の支部の会計監督をしていたのでしたが、何でも数万と云う少なからぬ金がいつの間にやら紛失していたと云う事なのです。それが氏が監督不行届の為に部下が費消したのか、脇本氏自身が苦しまぎれに一時融通したのか不明なのですが、兎に角その為に脇木氏は場合によっては、委託金費消の罪名を負わなくてはならぬ羽目になりました。以前の脇本氏ならそれ位の金はどうにか急場の間に合せたでしょうが、今日、彼にはその十分ノ一も埋める事は出来ません。そうこうしているうちに事態を一層悪化させたのは、突如として内閣が更迭《こうてつ》して、今までは脇本氏の属している政党の天下だったのに、一朝にして佐々木の属している反対党が内閣を組織したのです。そうなると今までは中央政府の威力でどうやら治《おさま》っていた支部も、容易に統制がつかなくなり、そこへ新たに与党になった反対党が攪乱《かくらん》策として、脇本氏の不始末を公表して、彼の政治的生命を断とうと計り出したのでした。こうなると、脇本氏は自己を守る為には、財力もあり反的党の有力者たる佐々木勝之助を敵にする訳には行きません。それに脇本氏は佐々木が人物の点から云っても、娘の婿として恥かしくないと考えていたものですから、別に娘を犠牲にすると云うような考えでもなく、親の威光で民子嬢を佐々木に嫁けようとしたのでした。

「私は民子さんからの急報で、漸く成功の端緒《たんちょ》についた所でしたが、取るものも取敢えず帰郷すると、脇本父娘は既に結婚の為に上京した後なので、大急ぎでその後を追いましたが時既に遅かった事は御承知の通りです。又脇本氏が不思議な方法で殺された事は、私よりあなたの方が能く御承知です」

青木は長い物語を終ってホッと息をつきました。

十五

ああ、世の中には何と云う能く似た話がある事でしょう。青木の話は殆ど一字一句の訂正を加えないでそっくり私の身の上に当て嵌《はま》るのです。私は今まで恥かしいので身の上を隠していましたが、実は私は静岡県××町の高浜義一と云うものです。こう云えば一地方の出来事ながら、多少中央の問題になりましたから、新聞で御承知の方もありましょうが、私の父はやはり脇本氏同様県下某政党の支部長を勤めているうちに、保管していた金の紛失から責任を負って自殺したのです。私はその為に相思の仲だった或る令嬢との間を割《さ》かれ、無一物になって何の当《あて》もなく、ブラリと上京して来たのでした。私がこの物語の冒頭に或る事情の為と云って置いたのは、全くこう云う事なのです。話の様子では父も脇本氏も共に同じ政党に属しているからです。何と云う奇妙な暗合でしょうか。私は直ぐにその事を青木に告げようと思いましたが、青木が口を開いて他の事を話出しましたので、そのまま黙って終いました。

「所であなたが民子さんに渡された紙片と云うのは之ですね」

青木はいつの間に手に入れたのか、皺だらけの小さい紙片を拡げて見せました。それには私の手蹟で覚えのある文章が書いてありました。

「ええ、それです。どうしてそれがあなたの手に這入りましたか」私は驚いて訊きました。

「民子さんから預ったのですが、あなたはどうしてこの紙片を手にお入れになったのですか、隠さずに仰有って下さいませんか」

私は思わず顔を赤くしてうつむきました。然し、徒《いたず》らに隠している時ではありませんので、決心をして顔を上げて、脇本氏のポケットから鍵を出そうとして、お金に触れた事を話しました。

「誠にお恥《はずか》しい訳ですが、全く無一文だったので、浅間《あさま》しい事ながらつい誘惑を感じまして、半ば夢中でお金を掴み出しました。その中にその紙片があったのです。私の卑しい心をどんなに軽蔑されましても、一言の申開きはありません」

「いや、能くお打開け下さいました。私にも覚えがあります。そんな事はホンのちょっとした過ちで誰にもある事です。それよりも、そうして恥を忍んで包み隠さずに、男らしく事実を云われるお心がどんなに貴いか分りません。のみならずそうしてあなたがその紙片をお取出しになった事が、私達に非常に有難かったのです。この紙片とこちらの紙片とを比べて見て下さい」

そう云って青木は私が脇本氏のポケットから取り出して、民子嬢に警告する為に与えた紙片と、つい先刻佐々木がノートを引裂いて私に与えた紙片とを並べて差出しました。見ると、一つは古びて皺だらけで、一つは未だ新しいのですが、紙質と云い大きさと云い、全く同じ手帳から破り取られたものに相違ありません。

「なるほど、之は同じものですね」

「そうです。全く同じ手帳から破り取られたものに相違ありません」

「然し、佐々木のノートの切端がどうして、脇本さんのポケットにあったのでしょうか」

「無論、佐々木が脇本さんに渡したのでしょう」

「ああ、そうでした。紙片には何だか書いてありましたね。よく読めませんでしたが」

私は金と一緒に紙片を改めた時に、鉛筆で一二行走り書きのしてあったのを思い出した。

「そうです。実は私にもよく読めないのです。どうも何かの暗号ではないかと思われます。この紙片を欲しがるものが、佐々木の他にあるとすると何か重要な事が書いてあるのかも知れません。然し、私はそれよりもこの紙片が脇本氏のポケットにあった事実によって、佐々木は脇本さんの死の直ぐ前に会ってやしないかと思うのです。私はこの紙片を利用して佐々木をとっちめる事が出来ると思います。所であなたは一つ私の味方をして、佐々木をここへ呼んで呉れませんか」

「お安い御用ですけれども、彼が来るでしょうか」

「来ますとも、あなたは佐々木から受取られたノートの文句を、未だ読んでお出にならないそうですが、一つ読んで御覧なさい」

青木は私が先刻彼に無造作に渡した紙片を返えしました。それには次のような事が書かれていました。

「青木の手よりこのノートの切端と同じ紙片に、鉛筆にて一二行走り書きのしてある紙片を取り戻すべし。いかなる手段によるもよし。もし青木が買収に応ずるならば買収するもよし。成功の上は千円の謝金を呈す」

「なるほど」私はうなずきました。「ひどく欲しがっていますね、それに彼は脇本氏の持っていた紙片が彼のノートの切端である事を自白していますね」

「そこですよ。先刻私があなたからこの紙片を渡された時に喜んだのは。佐々木のような抜目《ぬけめ》のない男でも、やはりしくじりをやりますよ。所であなたは私が買収に応じるかと云って、佐々木をここまで呼んで来ては下さらないでしょうか」

「呼ぶのは訳はないですが、もし彼が来たらあなたはどうするお積りですか」

「大丈夫ですよ」青木は私の気を察したように、「決して乱暴な事をしたりしませんよ。この紙片を種《たね》に彼に復讐するだけです」

私はこの青木と云う青年に好意を持っていましたし、民子嬢には前から私《ひそ》かに味方しているんですし、その上、佐々木と云う男は傲慢で卑怯で虫が好きませんでしたから、青木の復讐の手伝いをする事を寧《むし》ろ愉快に思ったのでした。で、私は青木に教わりまして、佐々木の泊っている旅館に行きました。彼は京橋の堂々たる一流の旅館に陣取っていました。番頭はジロジロ私の風体《ふうてい》を眺めながら取次ぎました。幸いに彼は民子嬢の所から帰っていましたので、直《す》ぐ面会して青木が買収に応ずると云うから、彼の下宿まで来て呉れと云いますと、佐々木は暫く考えた末に承諾しました。

佐々木と二人で青木の下宿の一室に通った時はもう夕方でした。

佐々木は部屋に這入ると流石に緊張したように顔面筋肉を硬《こわ》ばらして、黙って青木を睨みつけながら突立ちました。

十六

「そんな恐い顔をして突立っていないで、まあ、お坐りなさい」

　青木は割に愛想好く云いました。

　佐々木は渋々坐《すわ》りながら、

「君は一体何の用があって僕をこんな所へ呼んだのか」と詰《なじ》るように云いました。

「高浜君からお話した筈ですがね。私はあなたからそんな質問を受けようとは思いませんでしたよ。こうやってお会いするのは私よりもあなた自身の希望ではありませんか」

「僕は何も君と会う事を希望しやしない」

「なるほど、そうでしたね。私と会う事は御希望でなかったかも知れませんが、ここへ来られた用件はあなたに能《よ》く分っている筈ですね」

「愚図愚図云わないで手取早く取引をしようじゃないか。君はいくら呉れと云うんだい」

「まあそう急《せ》くものじゃありませんよ。急いては事を仕損ずると云う事がありますからね。取引より前に佐々木さん、あなたが脇本さんの死の直前にアノ部屋に這入られた話をして下さいな」

「な、何だって」佐々木は顔色を変えた。

「あなたは脇本さんの死ぬ直ぐ前にアノ部屋へ這入ったでしょう。その話を――」

「馬、馬鹿な事を云っちゃ困る。飛んでもない事だ。そ、そんなありもしない事を無闇に云っちゃ、僕は非常な迷惑をする」

「佐々木さん、ここだけの問題ですから、今更隠したりしないで――」

「だ、黙れ、き、貴様は飛んでもない云いがかりを云うんだな。き貴様は一体何の証拠があってそんな怪《け》しからぬ事を云うのだ」

「証拠ですか。ハハハハ。法律家は直ぐ証拠呼《よば》わりをしますね。あなたには良心がないのですか。証拠がなければ事実は消滅すると思っているんですね。我々の考えでは事実は証拠の有無にかかわらず存在すると思いますがね。我々は証拠よりも良心を重んじますよ」

「何をつべこべと下らん事を云うのだ。じゃ、君は何の証拠もなしに云ったんだな」

「おっと、未だ安心するのは早いぞ」青木は急に威丈高《いたけだか》になって叫びました。「君のような良心の麻痺した男をとっちめるのには証拠が何より大切だと云う事は知り抜いているのだ。そんなに証拠が欲しければ云ってやる。証人はここにいる高浜君だ」

「なにッ！」

「高浜君は君が脇本さんの部屋に這入って、妙な叫声を挙げたのを隣室でちゃんと聞いていたのだ」

「――」

「覚えがないのならないと云って見ろ。僕は高浜君と一緒に警察に行くばかりだ」

「ま、まって呉れ。それじゃあの時に隣りの部屋で何だか人の気勢《きせい》がしたと思ったが、この男が隠れていたんだな」

「別に隠れていたと云う訳じゃない」私はあわてて云いました。「偶然に居合《いあわ》したのだ」

「それで」青木は云いました。「君が部屋に這入った事も、あわてて逃げ出して行った事もちゃんと知っていたのだ。さあ之でも覚えがないと云うか」

「僕の這入った時にはもう脇本氏は死んでいた」佐々木は蒼白い顔をして、喘《あえ》ぐように云いました。

「所が生憎《あいにく》な事には君の好きな証拠がないからね、脇本さんの殺された時刻に非常に近い時に君がアノ部屋に出入したとなると、君の位置は随分危いよ」

「馬、馬鹿な事を云ってはいかん。僕は誓うよ。僕は断然誓うよ。脇本氏は僕が這入った時には確かに死んでいた」

「君は何の目的で脇本さんを訪ねたのかね」

「そ、それは――ここでは鳥度《ちよつと》云えないがちゃんとした理由があったのだ」

「何か不正な目的だね。無論。その目的が達しられなかったので君が脇本さんを殺したんだね」

「違う違う」佐々木は必死になって叫びました。「僕の這入った時には脇本氏はもう殺されていたんだ。それは決して嘘ではない。それで僕は驚きの余り忽《たちま》ち飛出して終ったんだ。後から考えて見ると、いっそアノ時に紙片を――なに、そんな事はどうでも好い。君は信じて呉れなければいけない。脇本氏は誰か他の人間に殺されたんだ。断じて僕じゃない」

「では君がアノ部屋に這入った時に脇本さんはもう死んでいたんだね」

「そ、そうだ」

「それは確かかね」

「確かだ。断じて間違いではない」

「そうすると、君は脇本さんの死んでいるのを知りながら、それを誰にも知らさないで、無理やりに令嬢を太神宮に連れて行って結婚式を挙げたんだね」

「そ、それは――」

佐々木は明かに青木の係蹄《けいてい》に陥《お》ちたのを悟って、口惜しそうな顔をした。

「君が脇本さんを殺したのか、そうでないかは第二段としても、少くとも君は脇本さんの死を隠して無理やりに結婚式を挙げたと云う道徳的の責任は負わなければならんね」

青木は冷やかに云った。

「そ、それは――」

「君のやった事は人道に反しているとは思わないかね。少くとも君と脇本さんの令嬢との結婚は無効だとは思わないか」

「そ、そんな事はない。なるほど脇本氏の死を隠していたのは悪かったけれども、民子との結婚はずっと以前からの約束だし、少しも無効だとは思わない」

「そんなら君は脇本さんの死んでいる事を何故《なぜ》民子さんに告げなかったのだ」

「――」

「それを告げたら民子さんが結婚の約束を破棄すると思ったからだろう」

「――」

「君の沈黙は民子さんの意志に反して結婚式を挙行した事を認めている。君は男らしく民子さんとの結婚を取消し給え」

「怪《け》しからん」佐々木は最後の勇気を奮《ふる》って叫びました。

「君は僕を脅迫するんだね。君は僕にそんな事を要求する権利はない」

「僕は君の良心を眼覚《めざ》まそうとしているのだ。少しも脅迫なんかしていない。然し、君がどうしても僕の云う事を聞いて良心の命ずる所に従わないならば、この上は法律なり社会なりの制裁を仰ぐまでだ。僕は僕の持っている紙片と、君が脇本氏の死の前後にアノ部屋にいたと云う事実を公表するまでだ」

「うーむ」

佐々木は苦しげな表情をして腹立しそうに唸りましたが、やがてふと思いついたと見えて、急に勇気づきました。

「き、君は大体どうしてその紙片を手に入れたのだッ！」

十七

佐々木の怒鳴った言葉に私は思わずハッと顔色を変えました。紙片の事を追究されると、今まで佐々木を攻めていた攻道具は逆に私を攻める道具となり、私は非常に苦しい立場に置かれるのです。

「この紙片がどうして僕の手に這入ったか、何も君に説明する必要はない」青木は格別動じた様子もなく答えました。

「ふふん」佐々木は漸《ようや》く窮境を脱して攻勢を取るように嘲笑《あざわら》いました。「それは恐らく云えないだろう。その紙片は脇本氏が殺された当時、彼の手にあった筈だからね。脇本氏の死の前後にアノ部屋の中に這入ったものでなければ手に這入る訳がないよ」

私は一生懸命に気を落着けて、恐怖の状を顔に現わすまいとしたけれど、顔色はきっと灰のように白くなったに相違ありません。気の所為《せい》だか佐々木の眼がじっと私に注《そそ》がれるようでした。

「それは君の思い違いだ」青木は冷然と云いました。「この紙片は脇本さんの持っていたものではないよ」

そう云って彼は例の私が脇本氏の死体から探り出した紙片を差出しました。佐々木は一眼見るといきなり飛びかかって奪《と》ろうとでもするように、ビクリと身体を動かしましたが、直ぐ思い直したと見えて欲しくて堪らないのをじっと耐えるような表情をしながら、

「うむ。それだ。その紙片だ。その紙片は脇本氏が持っていたに相違ないのだ。誤魔化そうと思っても駄目だ」

「確かに脇本さんが持っていたに違いないか」

青木は云いました。

「違いないとも」佐々木はきっぱりと云いました。

「君はどうしてそれを知っているのだ」

「そ、それは」

佐々木は再び青木の係蹄に陥ちた事を知って忌々しそうな顔をしながら黙りました。

「どうして脇本さんの手にあった事を知っているのか説明し給え」青木は追及しまし

た。

「うむ」佐々木は唸《うな》り出しました。「貴様達は共謀で僕を窮地に落そうとするのだな。今こそ思い出したが、太神宮から出て来た時に民子に父親が死んでいる事を知らせたのは君達の仕事だな。そうすると君達はあの時に既に脇本氏の死んでいる事を知っていたのだ。脇本氏の死をそんなに早く知るには、アノ部屋にアノ時刻に出入しなければ分る筈がない。脇本氏を殺したのは君達の仕業《しわざ》だなッ！」

「そう昂奮《こうふん》しちゃいかんよ。脇本さんが殺されているなどと云う事は全然知らなかったので、従って我々は脇本さんの死には無関係だけれども君がそう疑うなら之からみんなで警察なり検事局なりへ出頭して司直の裁きを待とうじゃないか」

「うむ。それは——」

勢い込んでいた佐々木は又もやグッと詰《つま》りました。彼の先刻からの様子では脇本氏を殺した者とは思えませんが、この事が公になると、彼は濃厚な嫌疑を蒙《こうむ》る上に民子嬢との結婚について非常な非難を受ける事になりますから、その筋へ出ると云う事は好ましくない事だったに違いありません。（と私は思ったのでしたが、後で分った事に依《よ》ると彼には警察を恐れなくてはならないもっと大きな理由があったのでした）

「君は警察へ出るのが恐いのかね」青木は云いました。

「なに、少しも恐い事はない。然し――」

「然し、どうなんだね」

「――」

「出ないで済めば出ない方が好いのだろう。そこで僕はもう一度訊くが、君は民子嬢との結婚を破棄する積りはないかね」

「ない――と云ったらどうする」

「そうすると君の嫌な事をしなければならんよ」

「君は愈々《いよいよ》僕を脅迫するんだね」

「ちっとも脅迫していない。僕は正義の為と民子嬢の為に云っているんだ。君は詐欺的な結婚を続けて行こうとしても到底駄目だろうと思うがね」

「君に口惜しいだろうが、民子は僕の妻だからね。法律がちゃんと保護して呉れるんだ」

「法律で縛った結婚なんか詰らないと思うが、君はそう思わんかね。君は、魂のない生きた死体を所有しているようなものだが」

「うむ」

佐々木は暫く考えていましたが、漸く敗北を悟ったと見えて、

「なるほど、君の云う所も一理あるかも知れん。僕は敢《あ》えて固執しないよ。条件次第で取引しても好いよ」

「取引とは何だ」

「つまり僕は民子との結婚を破棄する代りに、君は僕にその紙片を提供して、僕に関する不利益な事は今後一切沈黙を守ると云う約束を――」

「呆《あき》れた男だな」

青木は噛んで吐き出すように云って暫く相手の顔をじろじろと眺めた末に云い続けました。

「僕はそんな取引は民子さんを侮辱するものだと思うけれども、今の場合はいたし方がない。君の条件を容《い》れよう」

「ではその紙片を寄越《よこ》し給え」

「馬鹿云っちゃいけない。君のような男に口約束だけで直ぐこの紙片が渡せるものか。先ず離婚の手続きを済ませ給え。紙片を渡すのはその後だ」

「そ、それでは困る」

「僕の方でも先渡しなどは御免を蒙《こうむ》る」

「そうか、それでは仕方がない」佐々木は諦めたように云いました。

「君の云う通りにするから僕の秘密について喋らないようにして呉れ給え」

「無論だ。僕は無闇に喋りはせんよ」

「それからその紙片も絶対に他人に渡さないように頼む」

「それも承知した。然《しか》し参考の為に云って置くが、この紙片を欲しがっている男が、君の他にもう一人あるよ」

「ええッ」佐々木は顔色を変えた。「それは本当か」

「本当だとも。未だ年の若い男だそうだが、高浜君に喧《やか》ましく云ってせがんでいるのだ」

「なにッ、高浜君に？　じゃ、その紙片を手に入れたのは高浜君か」

「そんな事はどうでも好い。只、君の方の手続が余り遅れると、紙片はそっちの方へ譲るかも知れんよ」

「そ、そんな事をせられては困る。そ、その男は恐ろしい奴だ。そいつにこの紙片が渡ったら、僕ばかりではない君達も非常な迷惑をする。決して渡さんように頼む。それに迂闊《うかつ》な事をしていると、そいつに奪《と》られるかも知れんよ。十分気をつけて呉れ給え」

「では君はその男を知っているんだね」

「知っていると云う訳ではないが、心当りはある」

「佐々木君。君は未だ何か隠しているね。もう好い加減にすっかり仮面を脱いだらどうかね」青木は突然きっとなって云いました。

「な、なにも隠していない」

「いいや。僕を騙そうと思っても駄目だ。男らしく云って終い給え」

「何も云う事はないと云ってるじゃないか」

「よし、そんなに僕を愚弄《ぐろう》するなら、僕はこの紙片を今云う男にやって、秘密をすっかり聞く事にする」

「その男は容易に秘密を喋りはしないよ」

「喋らして見せるさ」

「――」

佐々木は今までに見た事のない悲痛な表情をしました。彼は内心の動揺で激しく苦悶《くもん》していたようでしたが、やがて途切れ途切れに云いました。

「もうこうなっては仕方がない。一切を潔《いさぎ》よく告白しよう」

そう云って佐々木の語り出した事は、実に奇々怪々を極めた事でした。

十八

佐々木は苦しそうな息をつきながら語り始めました。

「こうなれば男らしく白状して終おう。実は僕は民子を手に入れたい許《ばか》りにあらゆる手段を試みたが、最後にとうとう脇本氏を失脚させて窮境に陥れる策を取った。こうすれば脇本氏はきっと僕に救けを求めに来るだろうし、僕は反対党の立場にあるけれども、幸に脇本氏には相当の信頼を得ているから、彼を援助するのと交換条件に娘を懇望《こんぼう》したら、必ず諾《き》いて呉れると思ったのだった。

脇本氏を失脚させる事は反対党に大打撃を与える事であったから、僕の属している党では支部長始め暗々裡《あんあんり》に僕の目的を遂げるのを助けて呉れた。僕はそれで仕事が大変し易くなった。僕は私《ひそ》かに或る人間を雇入《やとい》れて、脇本氏の党に入党させ、彼が十分信用するように持ちかけさせて機会を待っていた。

やがて絶好の機会は来た。脇本氏は長い政党生活にすっかり財産を蕩尽《とうじん》して終って、借財の為に身動きが出来なくなって、苦し紛れに党の金をホンの僅かだったが一時流用した。僕の雇入れた男はそれを見逃がさなかった。彼はいつの間にか会計係りになっていたのを幸に、数万円の金を費消して帳簿を改竄《かいざん》し、それが尽《ことごと》く脇本氏が費消したようにして、行方を眩《くら》まして終った。

脇本氏は無論その為に殆ど起《た》つ事の出来ない大打撃を受けた。もしこの事が公になれば、彼は刑事被告人になり、債鬼《さいき》は山のように攻め寄せて、忽ち破産して終うだろう。脇本氏は遂に反対党たる僕に援助を求めた。僕の張っていた網にかかった訳である。

で、このまま僕の計画通り進行して、無事に結婚式が済めば何も云う事はなかったが、ここに困った事は僕の雇入れた男が、実に強《したた》かな奴で不正な手段で数万円の金を懐中にして置きながら、僕の弱味につけ込んでしきりにゆすりに来るのだ。それも決して彼は姿を現わさないで、実に巧妙な方法でゆするのだ。僕はその男にひどく悩まされながら、どうにか事を運ばして愈々《いよいよ》結婚式を挙げる所まで漕《こ》ぎつけたが、ここに突然思い設けない事が起った。それは僕の雇入れた人間が、かつて某県で同様の手段で、某党の支部長を陥れたが、偶々《たまたま》その支部長が脇本氏と同じ党に属していたので、その人は党の暗号を利用して、脇本氏に一切が卑怯な奸計《かんけい》である事を指摘した手紙を送った。それは然し、抜目のない例の男が途中で横奪《ど》りして脇本氏の手には渡らなかった。

所が、僕はその手紙のうちから他日敵党の暗号の研究にもと思って、ノートに二三行書き抜いて置いたが、最近にツイうっかりしてそのノートを引裂いて脇木氏に渡した事に気がついた。僕はすっかり蒼くなって結婚式を挙げる日の正午近く脇本氏の部屋へそれを取返えしに行くと、脇木氏は椅子にかけたままグッタリと死んでいた。僕はアッと声を上げて後も見ないで逃げ出したのだ。それから後の事は諸君が御承知の通りだ」

現代生活の裏面と云いましょうか、奇々怪々な醜事実を語り終って、佐々木はそれでも流石に幾分恥じ入ったように顔を雲らせました。

「只今の話の某県と云うのは」私は途中で訊きたくて堪らなかったのを耐えていたので、話が終るや否や云いました。

「どこの県の話ですか」

「確か静岡県だったと思います」

「えッ、ではその支部長と云うのは——」私は顔色を変えました。

「さあ、能《よ》く覚えていないが、何でも高橋とか高畑とか高の字がついていたと思う——」

「えッ、高の字が。それでは高浜ではありませんか」

「あッ、そうでした。高浜です。そうするとあなたは……」

「私はその高浜の伜《せがれ》です。父は公金費消の申訳に自殺しました」

私にはもう後の声が出ませんでした。ああ、何と云う不思議でしょう。私の父は脇本さんと同じ人間の毒牙にかかって自滅させられたのです。私が脇本氏のポケットから掴《つか》み出したのは、書いた人間こそ違え、父が死を覚悟しながら同じ苦しみに踠《もが》いている人に送った暗号の警告文でした。私がフラフラと東洋ホテルに紛れ込んで、脇本さんの部屋に這入ったのも偶然とのみは云えません。亡くなった父の霊が導いて呉れたものでしょう。

「えッ、ではあなたが——」佐々木は呆れたように云いました。

「高浜君、世の中には不思議な事があるものだなあ」青木は詠嘆《えいたん》するように云いました。

三人は暫く黙り込みました。

暫くすると佐々木が云いました。

「私にはどうやら脇本氏を殺した犯人が分りました。犯人は私が雇入れた人間に相違ありません。彼は私の不注意から暗号文が脇本氏の手に落ちたので、それを取り戻す為に遂に脇本氏を殺したのです。どんな方法でやったのか分りませんが、彼は巧妙に殺人を行って、その嫌疑がすっかり私にかかるように仕組んだのです。実に恐ろしい奴です。彼のやり方はいつもそうで、単に表面に現われた所では彼は少しも証拠を残しません。彼はいつでも蔭で悪事を恣《ほしい》ままにします。恐るべき彼の隠れた手です」

「その男と云うのはどんな男で名は何と云うのですか」

「色の白いのっぺりした青年で、名はいろいろに名乗りますからどれが本名ですか分りませんが、谷部と云うのが本性らしいです」

「では、その男は私に紙片を民子さんの手から取戻せと云った青年です」私は叫びました。

「ええ、そうに違いありません」佐々木はうなずきました。

「私は先刻その話を聞いた時に、直覚的に彼に違いないと思いました」

「彼はどう云うものか私が東洋ホテルに這入った事から、脇本さんの隣室に潜んでいた事までですっかり知っていました」

「君は一体どう云う訳で、隣室にいたんですか」佐々木は訊きました。

「つい紛れ込んだのです」私は顔を赤くして答えました。

「どっちの隣りでしたか。君のいたのは」

「脇本さんの部屋に向って左です」

「なに、左？　はてな」佐々木は首を傾げました。「それでは右隣りにも誰かいた筈だ。私の聞いた物音は確か右隣りからでした。君は左の部屋だと云う事は確かでしょうね」

「確かです」

「それでは右隣りにいたのは誰だろう。殊《こと》によるとそれが谷部だったかも知れない」

「そうですそうです。きっとそうです。私は漸く真犯人の見当がつきました」

　私は大声で叫びました。

十九

其日《そのひ》の夕方、私は何日振りかで思い出しただけでもぞっとする東洋ホテルの客室の廊下を、脇本氏の死体を発見した当日と同じように、ビクビクしながらうろついていました。広間や玄関には既に煌々《こうこう》と電燈がついていましたが、ここの廊下には隅の方に申訳のように暗い電燈がある切りで、昼間でさえ足許《あしもと》が暗い位ですが、今は宵闇が迫っていますので、あたりは模糊《もこ》としていました。その上、他の廊下を歩いている人もなく、両側に並んでいる客室には人一人いないようにしーんとしていました。

私が廊下の角を二つ三つ曲ってうろうろしていますと、不意に前方に真白な詰襟《つめえり》服を着たボーイが現われました。ああそのボーイこそ先の日にやはり廊下の端に立現われて、その為に私は思わず傍らの空室に隠れて、ついにそこへ閉じ込められるに至ったボーイで、あの私を脅かした色の白いノッペリとした青年と同一人で、私の父の敵である谷部と云う男に違いないのです。

私は彼の姿を一眼見ると、アッと叫んで踵《きびす》を返えすと一目散に逃げ出そうとしました。

「オイ、待て」

彼は私の逃げようとするのを見ると、力の籠《こも》った声で私を呼留めて、ドンドン追って来ました。私は忽《たちま》ち追いつめられまして、廊下の突当りに猫に覘《ねら》われた鼠のように立ちすくんで終いました。

「君はまたこんな所をうろうろしているんだな」彼はきっと私を睨《にら》みながら云いました。

「さあ、もう今度は容赦はしないぞ。警官に引渡して脇本市兵衛の殺害犯人として告発するからそう思え」

「ゆ、許して下さい。僕は別に悪い事をしたんではありません。脇本さんを殺したなんて、と、飛んでもない」私はガタガタと顫《ふる》え出しました。

「フン、覚えのない事ならそんなに顫えんでも好いじゃないか、君は告発される事がそんなに恐ろしいのなら、何故僕の云いつけ通りしないんだ。何故僕を裏切って佐々本なんかに内通するんだ」

「な、内通なんかしやしません。あなたの云いつけ通り、例の秘密の紙片を脇本さんの令嬢の所へ取りに行くと、それはもう佐々木さんの手に這入っていたので——」

「そんなら君は何故佐々木を青木の所へ連れて行ったのだ」

「そ、それは佐々木さんの命令なんです」

「馬鹿云え。君は誤魔化そうと思っているが、そうは行かないぞ。僕は何もかも知っているんだぞ」

「そ、それでもそれに違いないんです。そ、それより今大変な事が起っているのです」

「ナニ、大変な事が起っている？」

私は、一生懸命に云いました。

「ええ佐々木さんが青木に捕《つかま》ってひどい目に会っているのです。私は夢中で飛出して来た所なんです。もう少しで巻き添えを食う所でした」

「なんだって、佐々木が青木にやられたとは、どこでそんな事があったのか」

「す、すぐそこの部屋です。その部屋の中で佐々木さんが青木にひどい目に会わされているんです」

「どこの部屋だね。案内し給え」

彼は半信半疑と云う風に云いました。私は相変らずブルブル顫えながら彼を一つの部屋の前に連れて行きました。披はちょっと扉に触って見ましたが、鍵が下りていたのでポケットからガチャガチャと鍵束を取り出し、その一つを鍵穴に当てて扉を開きました。

「アッ」

流石の彼も中を一眼覗くと突立ちました。中には佐々木が後手《うしろで》に椅子に身動きもならないように縛りつけられて、口にはハンカチを押し込まれて、無念そうな表情をしていました。

暫くじっと突立って様子を見ていた彼は、やがてツカツカと中に這入って、私を手招きして後に従わせ、扉を中からしっかり締りをして、縛られている佐々木の傍へ寄ると、せせら笑いながら云いました。

「何だこの態《ざま》は。君は僕の云う事を聞かないで、単独に青木に会ったりするからこんな眼に会うのだ。意気地のない話じゃないか」

彼の罵《ののし》る言葉に佐々木は只うんうん唸るばかりでした。彼は始めて気がついたように、

「なるほど、猿轡《さるぐつわ》を嵌《は》められていては口が利けまい」

そう云って彼は荒々しく佐々木の口に押込んであったハンカチを取り出しました。

佐々木は弱々しい声で訴えるように云いました、

「縄を解《ほど》いて呉れ」

「アハハハハ」彼は哄笑《こうしょう》しました。「佐々木と云われる者が嫌に哀れっぽい声を出すじゃないか。承知しましたと縄を解いてやれば好いだろうが、そうは行かないよ、君は都合の好い時には人を散々使って悪い事をさせて置きながら、必要がなくなると振向きもしないのみか、反《かえ》って人を陥れようとする。早い話が、君は脇本市兵衛を失脚させる為に僕に散々骨を折らせながら、僕が静岡県で高浜をやっつけた旧悪が露顕《ろけん》しそうになると、それを機会に僕を遠ざけた上に、高浜から脇本に送った密書を写し取って、逆に僕を痛めつけようとするとは卑劣千万《ひれつせんばん》じゃないか。君は僕と縁を切って単独になった為に、青六風情《ふぜい》にそんな眼に会わされたのだ。云わば自業自得と云うものだよ。アハハハ」

「そ、それは君の思い違いだ。僕は何にも密書を写したのは、君に対してどうと云う事はない、只敵党の暗号を盗むつもりだったのだ。所が、密書を写して置いたノートをうっかり脇本に渡して終って」

「馬、馬鹿な」彼は突然激怒したように叫びました。「うっかり脇本に渡したなどとぬけぬけした事を云うな。誰があんな大切なものをうっかり他人に渡す奴があるものか。あれは貴様が脇本に対して取った単劣な行為をみんな僕の所為《せい》にする為に、態《わざ》とあの密書を彼に渡したのだ。何と云う卑劣な男だ。僕を散々利用した挙句、いよいよ娘が手に這入るとなると、僕を裏切って自分は涼しい顔をしていようと云うのだ。そんな事もあろうかと思って、僕は脇本が上京してこのホテルに宿を取る事を知っていたから、前以ってボーイに這入り込んで、始終脇本の様子を覗《うかが》っていたのだ。そうしたら果して貴様は僕を裏切った。アノ日脇本は娘と云い争って、娘が出て行って只一人になった時に、貴様が送ったアノ紙片を取り上げて、ブツブツ呟《つぶや》きながら暗号の翻訳《ほんやく》に取りかかったのだ。僕は隣りの室で様子を覗っていたが、どうやら僕の旧悪が現われそうなので、脇本が安楽椅子に腰を下ろした時に、かねて仕掛けていた装置を働かして、椅子の下から一本の針を彼の身体に突込ましたのだ。その針には恐ろしい毒が塗ってあったので、脇本はウンとも云う暇はなく死んで終ったのだ。僕は直ぐ室に這入って、取り敢えず疑いを招く装置を取外し、次に例の紙片を取返えそうとしていると、向うの室で思いがけない人の気勢がしたので、あわてて逃げ出したのだ。そうすると、ここに立っている男がのっそり部屋に這入って来て、死んでいる脇本のポケットを探って飛出して行った。飛んだ邪魔者の為に僕の手筈はすっかり狂って終ったのだ。そこで一方僕は紙片の行方を探ると共に、一方脇本殺害の嫌疑が貴様にかかるように、旨く手筈を整えたのだ。さあ、例の紙片を出せ。紙片さえ貰えばもう君に用はない。後は野となれ山となれだ。紙片は貴様が持っている筈だ。さあ出せ」

彼が憎々しげに捲《まく》し立てるのを聞いて佐々木は首を振りました。

「紙片は僕は持っていない。青木が持っている筈だ。実は僕もその紙片を手に入れる積りで、青木の為にここまで誘《おび》き寄せられて、こんな眼に会わされたのだ」

「なに、青木が持っている？」

彼がこう叫んだ時に隣室との間の扉が開いて青木が姿を現わしました。

「谷部君、紙片が欲しくば条件次第でやっても好いよ」

「なにッ、うぬ」不意に現われた青木の姿に彼は一瞬間呆然としていましたが、直ぐに恐ろしい剣幕で青木に詰め寄りました。

「条件と云うのは刑務所へ行く事さ」青木は平然として云いました。

「おのれ」谷部はいつの間に取り出したか、短刀を抜き放って青木に飛びかかろうとしました。

「危ない」縛られていた佐々木が叫んで突然立ち上ると、厳しく縛《いまし》めてあった縄がバラリと床に落ちました。谷部は始めて計られた事を悟りました。

「おのれ、一杯嵌《は》めたな」

彼は口惜しそうに歯をバリバリと噛み鳴らして、短刀を振り廻しながら今度は、佐々木に飛つこうとしました。然し、この時に表の扉が開いて、私服の刑事連がドヤドヤと這入って来ました。

「谷部大人しくしろ」

「もう駄目だぞ」

刑事は口々に叫びました。谷部は絶望的な表情をすると、短刀をガラリと床の上に落しました。

好敵手甲賀・大下

横溝正史

戦前の探偵作家といわれる人たちで、戦前において十分とまではいかないまでも、それにちかいていどにまで作家としての本領を発揮しえたのは、江戸川乱歩、甲賀三郎、大下宇陀児の三氏だけではないかと思う。

夢野久作さんは遠隔の地でありすぎたし、海野十三氏はＳＦへいきすぎた。小栗虫太郎さんと木々高太郎氏は出るのが少し遅れたと思う。なにしろ日華事変が起こってからは、日本の探偵小説界は日ましに窮屈になっていったのだから、戦前の探偵小説界で十分驥足《きそく》を展《の》ばそうと思えば、どうしても昭和三、四年ごろまでに世に出ていなければならぬ勘定になり、そういう意味でも江戸川、甲賀、大下の三氏が辛うじてまに合ったのだと思う。

縁側でくつろぐ甲賀三郎（昭和５年11月）

この三人のうちどういう意味でも乱歩さんは一頭地をぬいていたから、戦前の探偵作家のうち好敵手といえば、やはり甲賀さんと大下さんだったと思う。私がそう考えるのはひとつには二人の経歴によるのかもしれない。二人が一高の先輩後輩であり、大学はちがっていても、ふたりとも応用化学を専攻した技術者であり、しかも私が相識ったころ、二人とも窒素研究所に奉職していたというそのせいかもしれない。これを要するに二人とも申分のない秀才であった。

作家として世に出たのは甲賀さんのほうがほんのちょっぴり早かった。私が神戸から上京して「新青年」の編集部にはいったのは、大正十五年六月のことだったが、そのころ甲賀さんは「新青年」以外の雑誌にもうボツボツ売れかけていたのに反して、大下さんのほうはまだまだ無名にちかかった。

私が博文館に入社してからまもなく、当時の編集局長長谷川天渓先生が勇退されて、それまで「新青年」の編集長だった森下雨村先生がそのあとを襲われることになっていたのが、なにかのつごうでそれが一時延期され、森下先生はしばらく「文芸倶楽部」の編集長をやられることになった。それまでの「文芸倶楽部」たるや昔日の面影さらになく、大衆娯楽雑誌としてもまことに影のうすい存在だったが、森下先生が編集長に就任されるにおよんで、すっかり面目を改めて一流の大家人気作家、イキのいい新人がズラリと顔をならべた。

いまは亡き牧逸馬さんの林不忘さんが時代物の長篇作家としてデビューを飾ったのもこのときだったと思う。これは余談だが、編集局長を予定されていた森下先生の構想によると、「文芸倶楽部」の編集長として、牧逸馬さんが予定されていたのだそうである。しかし、のちにあれほど多方面の才能を発揮した牧逸馬さんのことだから、それを辞退されたのも当然であったろう。そのかわり森下先生が「文芸倶楽部」を担当されるにおよんで、長篇時代物作家として登場してきたのである。このときズラリと並んだ豪華執筆陣のなかに甲賀さんも名をつらねた。おそらくそれが甲賀さんとしては最初の長篇小説だったろう。題は忘れたが、私の記憶にして誤りがなければ昭和二年のことだったと思う。

おなじ昭和二年に大下さんは私の担当していた「新青年」に「闇の中の顔」という題の長篇小説を書いている。しかし、じっさいに大下さんが売り出したのはそれから二年のちの昭和四年「週刊朝日」に連載された「蛭川博士」以来だろう。それからあとは甲賀さんと大下さん、肩をならべる人気作家となり、文字どおりのライバルだった。

しかし、この好敵手、おなじ応用化学出身であり、おなじ窒素研究所に籍をおいていた二人だが、その性格も作風もまるでちがっていた。

甲賀さんがつねに自信満々で闘志旺盛なのに反し、大下さんももちろん自信は十分持っていたのであろうが、いつのまにやら流行作家になりすましている自分に、どこかテレているようなところがあった。甲賀さんが論客で堂々と論陣を張っていたのに反し、大下さんはあまり議論を好まないほうであった。会って話をしていても甲賀さんには銀時計の頭のよさがしのばれたが、大下さんはできるだけそれをおもてに出さないようにトボけていた。これを要するに二人は対蹠的な人柄だったが、それぞれの意味で魅力があった。

作風にしてもふたりはまるでちがっていた。戦前甲賀さんは本格派の第一人者として自他ともに許していた。当時の本格と戦後の本格とでは多少ちがっているようだが、つねに探偵小説の正道をいくものとして、その作風は大上段にふりかぶって爽快だった。そのなかには「気早の惣太」のような地下鉄サムふうのユーモア物もあったが、だいたいが真っ向うひた押し型の堂々たる作風だった。

それに反して大下さんは一作ごとに風俗小説的なキメの細かさを掘りさげていった。

探偵小説は探偵小説なりに性格描写などに気をくばっていた。キメの細かい、しかもさりげない文章のうちに、読者をヒヤリッとさせる着想や描写には、一種独特のものをもっていた。

おなじような経歴をもち、おなじ勤先きから相前後して作家として世に出ながら、その作風がまるでちがっているということは、まことに興味ふかいことだったが、二人とも探偵文壇の巨頭であったことはいうまでもない。

『盲目の目撃者』覚え書き

日下三蔵

甲賀三郎は一八九三（明治二十六）年、滋賀県に生まれた。本名・春田能為《よしため》。筆名は郷土の伝説の英雄・甲賀三郎兼家に由来する。

東京帝国大学（現在の東京大学）工学部を卒業後、農商務省臨時窒素研究所に技師として勤務。当時の同僚に、作家デビュー以前の大下宇陀児がいた。

一九二三（大正十二）年、「新趣味」の懸賞募集に投じた「真珠塔の秘密」が一等に入選してデビュー。短篇「琥珀のパイプ」「ニッケルの文鎮」などで注目を集め、数多くの作品を発表。同年デビューの江戸川乱歩と人気を二分する流行作家となった。

謎解き重視の「本格」を提唱し、文学性を重視する木々高太郎と論争を繰り広げている。理科学的トリックを盛り込んだ作品を得意としたが、むしろ長篇作品においては、波瀾に富んだストーリーの面白さで読ませるサスペンスものが多かった。

スリの気早の惣太、探偵作家・土井江南（コナン・ドイルのもじり）、怪盗・葛城春雄、記者・獅子内俊次、弁護士・手塚龍太と、数々のシリーズ・キャラクターを生み出している。

第一長篇『支倉事件』（A）は大迫力の犯罪小説で、戦前の長篇探偵小説の中でもトップクラスの面白さだが、これは実話をベースにした実録もので、甲賀三郎の作品系列の中では異色作である。

その他の代表作としては、春陽文庫で昭和後期までロングセラーとなっていた『姿なき怪盗』（B）を筆頭に、『電話を掛ける女』（C）『妖魔の哄笑』『乳のない女』『犯罪発明者』『蟇屋敷の殺人』（D）などが挙げられるだろう。

現在、Aは創元推理文庫の『日本探偵小説全集1　黒岩涙香　小酒井不木　甲賀三郎集』、Bは論創社の『論創ミステリ叢書　甲賀三郎探偵小説選Ⅳ』、Cは『論創ミステリ叢書　甲賀三郎探偵小説選』、Dは河出文庫で、それぞれ読むことが出来る。

本書には、サスペンスと意外性のバランスが良く、著者の持ち味が上手く発揮された中篇作品のうち、新刊本で入手できない三篇を集めてみた。各篇の初出と刊行履歴は、以下の通り。

盲目の目撃者「サンデー毎日」（毎日新聞社）
　１９３１（昭和６）年６月14日～８月２日号
『盲目の目撃者』新潮社／長篇文庫／31年９月（図１）
　※「歪んだ顔」「毒虫」を併録
『盲目の目撃者』春陽堂書店／日本小説文庫／32年３月（図２）
　※「山荘の殺人事件」を併録
『盲目の目撃者』松竹株式会社出版部／47年３月（図３）
　※「鍵なくして開くべし」「原稿料の袋」を併録
『盲目の目撃者』東方社／東方新書／56年２月（図４）
　※「鍵なくして開くべし」「原稿料の袋」を併録
山荘の殺人事件「婦女界」（婦女界社）31年10月～32年２月号
『盲目の目撃者』春陽堂書店／日本小説文庫／32年３月

『山荘の殺人事件』東書房／47年9月（図5）
※「屍体の恐怖」を併録
『山荘の殺人事件』東方社／東方新書／56年5月（図6）
※「屍体の恐怖」を併録
隠れた手「家の光」（産業組合中央会）29年5月～12月号
『血染の紙入』春陽堂書店／日本小説文庫／36年10月（図7）
※「血染の紙入」「浮かぶ魔島」を併録

図1

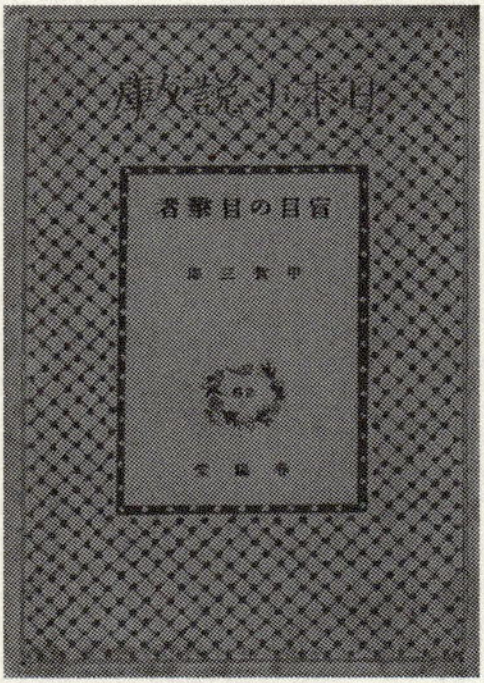

図2

図3

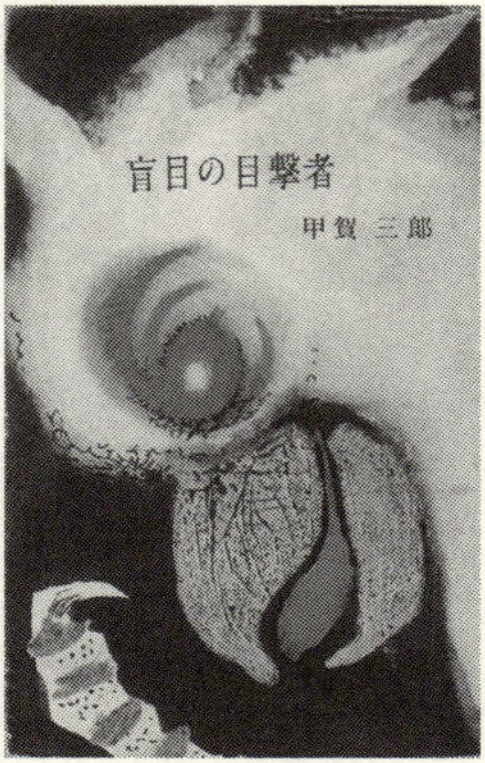

図4

『隠れた手』東方社／57年6月（図8）
※「電話を掛ける女」「血染の紙入」を併録

同時代作家の証言として、横溝正史のエッセイ「好敵手甲賀・大下」を巻末に収めた。講談社の大部の全集《大衆文学大系》の第二十一巻『江戸川乱歩　甲賀三郎　大下宇陀児集』（73年1月）の月報に発表されたもので、講談社《新板横溝正史全集》の第十八巻として刊行された第二エッセイ集『探偵小説昔話』（75年7月）に収められ、現在は柏書房の『横溝正史エッセイコレクション1　探偵小説五十年　探偵小説昔話』で読むことが出来るが、本書には初出の月報から甲賀三郎の写真を再録しておいた。キャプションは「縁側でくつろぐ甲賀三郎（昭和5年11月）」。

それぞれの作家のデビュー時期は、横溝正史が大正十年四月（「恐ろしき四月馬鹿」）、江戸川乱歩が大正十二年四月（「二銭銅貨」）、甲賀三郎が大正十二年八月（「真珠塔の秘密」）、大下宇陀児が大正十四年四月（「金口の巻煙草」）。いずれも国産探偵小説の黎明期から活躍して、ジャンルの基礎を築いた開拓者たちである。

横溝の文中、「牧逸馬さんの林不忘さん」とあるのは、谷譲次名義でめりけんじゃっぷシリーズ、牧逸馬名義で犯罪実話や探偵小説、林不忘名義で『丹下左膳』などの時代

図5

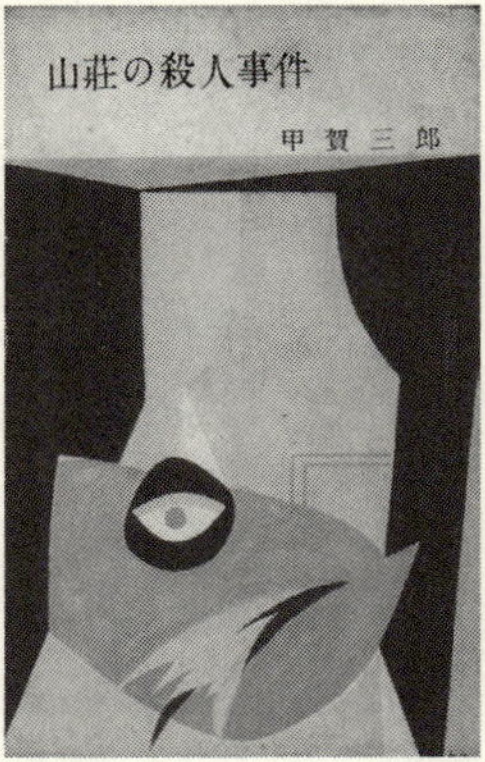

図6

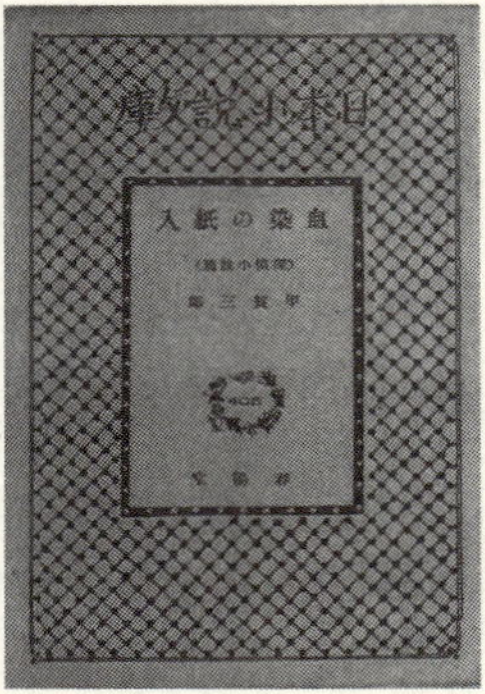

図７

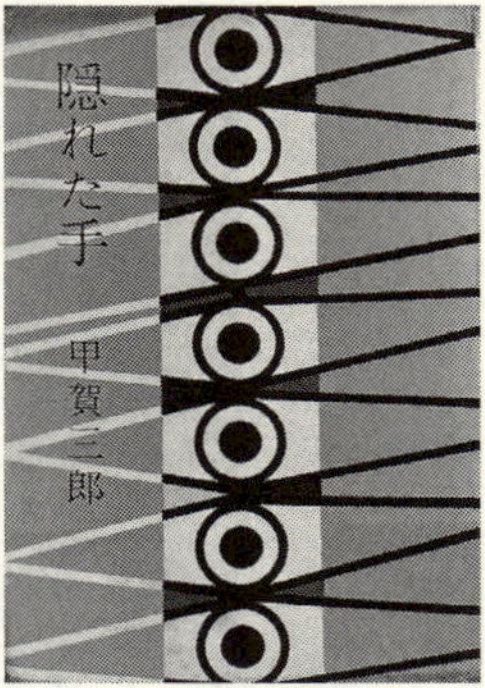

図８

小説を書いた人気作家のこと。「文藝倶楽部」に連載された甲賀の長篇は『阿修羅地獄』だが、それより早く『支倉事件』が「読売新聞」に発表されているので、これは第二長篇ということになる。

なお、《大衆文学大系》の該当巻に採られた甲賀三郎の作品は、「琥珀のパイプ」「支倉事件」「体温計殺人事件」「黄鳥の嘆き」の四篇であった。

最後に東方新書版『盲目の目撃者』のカバーそでに、甲賀と縁の深かった大下宇陀児が寄せたコメント「甲賀三郎と探偵小説」をご紹介しておこう。

甲賀三郎は文士として、いささか型破りのところがあったように思う。たいていの文士は、迷ったり悶えたりして苦しむことが多く、甲賀三郎には、そういう面が少かったのではないか。言葉をかえると、彼はすべての物事を、割切って考えることが好きであり、また生涯をそれで押し通したのであった。小説にも、その性格がよく出ている。複雑な怪事件を、最後には、快刀乱麻を断つ如くして割り切るのである。探偵小説では、この解決の場面の刃切れよさが、一つの要素だともいえることで、性格的に甲賀三郎は、探偵作家に適応していたのだと言えぬこともない。彼と探偵小説との結びつきは、そういう意味で、甚だ当然なことだったと、私は思うのである。

本稿の執筆に当たっては、浜田知明氏に貴重な資料や情報をご提供いただいた他、研究サイト「甲賀三郎の世界」（https://kohga-world.com）を参考にさせていただきました。記して感謝いたします。

本作品中に差別的ともとられかねない表現が見られますが、著者がすでに故人であることと作品の文学性・芸術性に鑑み、原文のままとしました。

（春陽堂書店編集部）

春陽文庫

探偵小説篇

盲目《もうもく》の目撃者《もくげきしや》

2024年9月25日　初版第1刷　発行

著者　甲賀三郎

発行者　伊藤良則

発行所　株式会社 春陽堂書店
〒一〇四―〇〇六一
東京都中央区銀座三―一〇―九
KEC銀座ビル
電話〇三（六二六四）〇八五五（代）

印刷・製本　中央精版印刷株式会社

定価はカバーに明記してあります。
2024 Printed in Japan
ISBN978-4-394-98011-7　C0193